에디션 F
04

샬럿 퍼킨스 길먼
단편선

누런 벽지

에디션 **F** **04**

샬럿 퍼킨스 길먼 단편선

누런 벽지

The Yellow Wall-paper

샬럿 퍼킨스 길먼 | 임현정 옮김

궁리 KungRee

차례

누런 벽지

존과 나같이 그저 평범한 이들이 여름 한철을 지내기 위해 유서 깊은 대저택을 빌리는 것은 대단히 드문 일이다.

내 눈에는 유령이 나올 듯한 집이지만 식민지 시대 저택이니 세습 사유지이니 하면서 낭만적인 행복에 빠질지도 모르겠다. 하지만 그건 운명의 힘에 지나치게 기대는 것이리라.

나는 그 집에 뭔가 기묘한 게 있을 거라고 단언할 수 있다.

그렇지 않다면 그런 헐값에 집을 내놓은 이유가 무엇이란 말인가? 그리고 왜 그렇게 오랫동안 세입자 없이 비어 있었겠는가?

물론 존은 내 생각을 비웃는다. 결혼 후 남편들이라면 다들 이럴 것이다.

존은 지극히 현실적인 사람이다. 신앙이라면 끔찍해하고 미신도 질색팔색한다. 만질 수 없거나 보이지 않는 것, 혹은 숫자로 나타낼 수 없는 것에 대해 말하면 노골적으로 조롱한다.

존은 의사이다. 그리고 이 말을 다른 사람들에게 할 생각은 없지만 지금은 생명이 없는 종이에 쓰는 것이니 안심하고 털어놓자면—내 회복이 더딘 건 존 때문인 것 같다.

존은 내가 아프다는 사실을 믿지 않는다.

그러니 내게 별 도리가 없을 수밖에.

명망 높은 의사인 남편이 친구와 일가친척들에게 내가 일시적인 신경쇠약으로 약간 히스테리 증세를 보일 뿐, 다른 문제는 하나도 없다고 장담하는데 내가 달리 뭘 할 수 있냐는 말이다.

친정오빠 또한 평판 좋은 의사인데 남편과 똑같은 소리를 한다.

그래서 나는 인산염인지 아인산염인지와 강장제를 복용하고 여행을 하며 맑은 공기를 쐬고 운동을 한다. 그리고 회복될 때까지 '일'은 절대 가까이하면 안 된다.

난 그들의 생각이 틀린 것 같다.

개인적으로 나는 성격에 맞는 일을 하면서 흥미를 느끼고 기분에 변화를 주는 게 내게 좋을 거라고 생각한다.

하지만 내가 달리 뭘 어쩌겠는가?

나는 남편과 오빠의 말에도 불구하고 한동안 글을 썼다. 그런데 글을 쓰자 몸이 여간 지치는 게 아니었다. 그도 그럴 게 그들의 눈을 피해 글을 써야 했다. 그렇지 않으면 심한 반대에 부딪칠 게 뻔했다.

가끔 나는 내가 반대에 덜 부딪히고 사람들과 좀 더 많이 어울리고 자극도 좀 더 받는다면 내 상태가 어떨까 생각한다. 하지만 존은 내 상태에 대해 생각하는 게 가장 나쁘다고 말한다. 고백하자면 존의 그런 말을 들으면 항상 기분이 언짢아진다.

그러니 이제 그 생각은 그만두고 집에 대해 이야기해보겠다.

정말 아름다운 곳이었다! 그 집은 마을로부터 5킬로미터가량 떨어져 있으며, 도로에서도 한참 들어간 곳에 고독하게 서 있었다. 이곳은 책에서 봄 직한 영국 저택 같은 느낌을 물씬 풍기는 곳이었는데, 그도 그럴 게 그곳에는 생울타리와 담장, 잠긴 문들, 정원사와 일꾼들이 머무는 작은 별채들이 있었다.

정원은 정말 기분 좋은 곳이다! 난 이런 정원을 한 번도 본 적이 없었다. 그곳은 크고 그늘졌으며 양 옆에 회양목이 늘어선 오솔길들이 곳곳에 있고, 긴 포도넝쿨로 덮인 정자들 밑에는 의자들이 놓여 있었다.

온실도 있었는데 지금은 다 망가진 상태였다.

상속인들과 공동 상속인들 간 법적 분쟁에 있었던 게 분명했다. 어쨌든 이곳은 수년간 비어 있었다.

내 추측이 맞다면 그 집에서 유령이 나올 것 같다는 느낌은 이제 버려야 마땅하지만 상관없다. 그 저택에는 뭔가 기묘한 게 있다. 난 느낄 수 있다.

어느 달 밝은 밤, 존에게 내 느낌에 대해 말하자 존은 찬바람 때문이라며 창문을 닫아버렸다.

가끔 존에게 이유 없이 화가 난다. 분명히 말하지만 난 이렇게 예민했던 적이 한 번도 없다. 아마 이 신경쇠약 때문인 듯하다.

존은 내가 그렇게 생각하는 순간 응당 해야 할 자기 통제를 등한시할 거라고 말한다. 그래서 그이 앞에서만이라도 마음을 다잡으려 노력하는데 그러려니 꽤 피곤하다.

나는 우리 방이 도통 마음에 들지 않는다. 그 방보다는 베란다와 연결되어 있고 창문 위로 장미꽃이 만발하며 구식이지만 아름다운 사라사 커튼이 쳐진 아래층 방이 좋은데 존은 막무가내다.

남편은 아랫방에는 창이 하나뿐이고, 침대 두 개를 들여놓을 공간이 부족하다고, 그리고 자신이 다른 방을 쓰려 해도 가까이에 방이 없다고 말했다.

세심하고 자애로운 존은 특별한 지시가 없는 한 내가 한 발짝이라도 움직이는 걸 허락하지 않는다.

나는 매 시간 처방을 받는다. 존이 나를 얼마나 꼼꼼하게 챙기는지 그 배려를 소중하게 받아들이지 않으면 배은망덕한 사람이라도 된 것 같은 생각이 든다.

존은 우리가 여기 온 것은 오로지 나 때문이라며 푹 쉬면서 되도록이면 자주 바깥바람을 쐬는 게 내가 할 일이라고 말했다. "운동하려면 기운이 있어야 하고 잘 먹으려면 입맛이 있어야 하지만 바깥 공기를 쐬는 건 언제든 당신 마음먹기에 달린 것 아니겠소." 그래서 우리는 집의 가장 위층에 있는 육아용 공간을 사용하기로 했다.

그 방은 한 층을 거의 다 차지할 만큼 큰 방으로 사방이 내다보이는 창들 덕에 해가 잘 들고 바람도 잘 통한다. 어린아이들을 위해 창문에 창살이 달려 있고 벽에 고리 같은 게 있는 걸로 보아 처음에는 보육 공간이었다가 놀이와 운동하는 공간으로 겸용되지 않았을까 싶다.

페인트 색이나 벽지 색깔이 꼭 남학생들이 쓰는 교실 같다. 침대 머리맡 쪽 벽지는 내 손이 닿는 모든 부분이 좍 찢어져 있고 맞은편 아래쪽 벽지 역시 대부분 벗겨져 있다. 이렇게 흉물스러운 벽지는 내 평생 처음이었다.

현란한 무늬들이 무질서하게 뻗어 있는 벽지는 미적 고려가 전혀 없다.

벽지 무늬를 눈으로 좇다 보면 혼란스러울 정도로 흐릿한 곳도 있는 반면 계속 거슬려 자꾸 눈길이 갈 정도로 유난스런 곳도 있다. 눈으로 이 어색하고 불안정한 곡선들을 따라가다 보면 이들은 돌연 자살이라도 하려는 듯 엉뚱한 각도로 푹 꺾이더니 서로 상충되다가 어느새 시야에서 사라진다.

벽지는 서서히 방향을 바꾸는 햇빛에 묘하게 바래서 그을린, 혐오스러울 정도로 불쾌하고 더러운 누런색이다.

우중충하면서도 선정적인 주황색인 부분도 있고 메스꺼운 노란색을 띠는 부분도 있다.

아이들은 당연히 이 벽지를 싫어했을 것이다! 이 방에서 오래 지내야 한다면 나 역시 싫어하게 되겠지.

존이 오니 쓰던 글을 치워야 한다. 그이는 내가 한 글자라도 쓰는 걸 못마땅해하니까.

우리가 이곳에 온 지 2주가 지났는데, 난 첫날 이후 글을 쓰고 싶은 생각이 들지 않았다.

난 지금 위층에 있는 이 형편없는 보육실의 창가에 앉아 있다. 여기에는 내가 기운이 없는 것만 빼면 원하는 만큼 글을 쓰는 데 걸림돌이 될 만한 게 하나도 없다.

존은 하루 종일 집을 비우며, 환자 상태가 심각하면 밤에 집에 들어오지 않을 때도 허다하다.

내 상태가 심각하지 않아서 다행이다!

하지만 신경쇠약 탓에 끔찍하게 우울하다.

존은 내가 얼마나 고통스러워하는지 모른다. 그는 내가 힘들 이유가 하나도 없다고 여기며 만족스러워한다.

물론 이건 신경쇠약일 뿐이다. 여하튼 내게 주어진 일을 하지 못하니 마음이 무겁다.

그러니까 난 존에게 도움이 되고 싶었는데, 평안을 주는 진정한 안식처가 되고 싶었는데 이미 상당한 짐이 되고 있다!

내가 하는 일이라고는 옷을 차려입고 분위기를 즐기면서 이런저런 일들을 시키는 게 고작인데 아무것도 아닌 이 일들을 하는데도 얼마나 큰 힘이 드는지 아무도 믿지 못할 것이다.

메리가 아기를 잘 돌봐서 다행이다. 정말 소중한 내 아기!

하지만 난 아기 곁에 머물 수가 없다. 아기 옆에 있으면 신경이 날카로워지는 탓이다.

존은 살면서 신경과민에 걸린 적이 한 번도 없었던 것 같다. 이 벽지 얘기를 꺼내면 나를 비웃는다.

처음에 존은 벽지를 새로 바르려 했다. 하지만 나중에는 나 혼자 벽지에 사로잡혀 환상 속에 살고 있다며 신경증 환자가 그런 환상에 빠져 있는 게 가장 좋지 않다고 말했다.

그는 벽지를 바꾸고 나면 육중한 침대가 마음에 안 들 테고, 그 다음엔 창살을 덧댄 창문, 그 다음엔 계단 앞 문 등등이 탐탁지 않을 거라고 말했다.

"이곳이 당신에게 좋을 거라는 건 당신도 알잖소. 그리고 여보, 사실 난 고작 석 달 머물 집을 수리하고 싶은 생각은 없소." 존이 말했다.

내가 말했다. "그러면 아래층에서 지내면 되잖아요. 거기엔 예쁜 방도 많은데."

그러자 존은 나를 자신의 품에 끌어안고는 내가 철없는 꼬맹이 같다면서 내가 원한다면 지하실로 옮길 수도 있고 벽을 흰 페인트로 칠할 수도 있다고 했다.

침대나 창문 등에 대한 건 존의 말이 맞다.

이 방은 더할 나위 없이 통풍이 잘 되고 쾌적하다. 게다가 난 충동에 휩싸여 남편을 불편하게 할 만큼 미련한 사람이 되고 싶지는 않다.

나는 저 흉물스런 벽지만 빼면 그 큰 방이 점점 마음이 든다.

창밖으로 정원과 짙게 그늘 진 신비로운 정자들, 고풍스런 멋을 더하는 만발한 꽃들, 덤불과 멋진 나무들을 볼 수 있으니.

다른 창 너머로는 이 저택 부지에 딸린 자은 선창과 만이 아름다운 전망이 눈에 들어온다. 또 이 선창과 저택을 잇는 아름답고 그늘진 오솔길도 있다. 난 언제나 내가 여러 갈래로 뻗은 오솔길과 정자 사이를 거니는 사람들을 바라본다고 생각하는데, 존은 내게 한시라도 공상에 빠지지 말라며 주의를 줬다. 그는 나같이 신경이 쇠약한 사람이 상상력을 동원해 이야기를 지어내 버릇하면 온갖 허황된 공상에 빠지기 쉬우니 그러지 않도록 의지를 굳게 다져야 한다고 했다. 그래서 나는 그의 말대로 하려고 애쓰고 있다. 가끔 나는 내가 조금이라도 글을 쓸 정도로 건강하다면 끊임없이 떠오르는 생각에서 벗어나서 마음이 가벼워질 것 같은 생각이 든다.

하지만 글을 쓰려 하면 상당한 피로감이 느껴진다.

내 글에 관한 조언을 들을 수도 없고 이야기를 나눌 동료도 없다니 정말 힘이 빠진다. 존은 내가 건강해지기만 하면 사촌 헨리와 줄리아를 초대해 오랫동안 함께 지내자고 한다. 하지만 지금 그렇게 활달한 사람들과 함께 지내는 건 내 베개 속에 폭죽을 넣어두는 것이나 마찬가지란다.

하루속히 건강을 회복하면 좋겠다.

하지만 그 생각도 하지 말아야 한다. 이 벽지는 마치 자신이 내게 얼마나 악영향을 미치는지 알고 있는 듯하다.

벽지에는 무늬가 반복되는 부분이 있는데, 무늬는 마치 부러진 목처럼 축 늘어져 있으며 무늬 속 툭 튀어나온 두 눈알이 나를 빤히 쳐다보는 것 같다.

나는 한없이 반복되는 저 무늬의 뻔뻔스러움에 화가 치민다. 무늬는 위로, 아래로, 옆으로 기어 다니고, 우스꽝스럽게 부릅뜬 눈이 사방에서 보인다. 벽지의 무늬가 제대로 연결되지 않은 부분이 한 군데 있는데 한쪽 눈알이 다른 쪽 눈알보다 조금 높이 있다 보니 눈알이 맞닿은 선 위아래로 오르내리는 꼴이다.

나는 전에는 무생물의 표정이 이렇게 다양한지 몰랐다. 이제 모두들 무생물들의 표정이 얼마나 풍부한지 알겠지! 나는 어릴 적 잠에서 깬 후 누워서 민무늬 벽지와 가구를 보곤 했는데 그때마다 내가 느낀 짜릿함과 공포는 아이들이 장난감 가게에서 느끼는 전율이나 두려움보다 훨씬 컸다.

다정하게 윙크를 보내던 크고 낡은 장롱 손잡이들과 언제나 힘센 친구 같았던 의자도 하나 있었던 게 생각난다.

다른 것들이 너무 무서워 보이더라도 그 의자에 폴짝 뛰어오르면 마음이 놓이곤 했다.

이 방에 있는 가구들은 죄다 아래층에서 가져온 것들이다 보니 전혀 어울리지 않는다. 놀이방으로 바꾸면서 육아용 물품은 다 치워야 했을 테니 당연한지도 모르겠다! 아무튼 아이들이 벌여놓은 이런 난리통 속은 난생처음 보는 광경이다.

앞에서 언급했듯 벽지는 여기저기 찢겼지만 또 형제마냥 착 들러붙어 있다. 아이들은 벽지를 싫어한 것만큼이나 벽지를 떼어내려고 집요하게 노력한 게 틀림없다.

바닥도 긁히고 파이고 부서져 있는데 회반죽 자체가 여기저기 파여 있다. 이 방에서 우리가 유일하게 발견한 가구인 크고 육중한 침대는 마치 전쟁통 속에 있었던 것처럼 보인다.

하지만 벽지만 빼고는 아무것도 마음에 걸리지 않는다.

저기 존의 누이가 온다. 시누이는 정말 다정하며 나를 살뜰하게 보살핀다! 내가 글을 쓴다는 사실을 시누이에게 들키면 안 된다.

시누이는 흠잡을 곳 하나 없는 극성맞은 살림꾼으로 그보다 더 좋은 직업을 가지길 바라지 않는다. 그녀는 내가 아픈 이유가 글을 쓰기 때문이라고 생각하는 게 틀림없다.

그래도 시누이가 나가면, 창밖으로 멀어지는 게 보이면 글을 쓸 수 있다.

한쪽 창으로는 나무 그늘이 드리워진 근사한 굽은 길이 보이고 다른 창으로는 멀리 시골 풍경이 보인다. 커다란 느릅나무와 벨벳 같은 윤기가 흐르는 풀밭으로 가득한 아름다운 시골이다.

이 벽지에는 색조가 다른 일종의 속무늬가 있는데, 어떤 빛에는 눈에 보이는데 또 어떤 빛에는 분명하게 보이지 않다 보니 더욱 신경에 거슬린다.

벽지 색이 바래지 않는 부분에 무늬가 보일 정도로 햇빛이 들면 기묘하고 도발적이며 무정형의 그림 같은 게 보이는데, 그 그림이 유치하고 눈에 확 들어오는 앞 무늬 뒤에 숨어 슬금슬금 돌아다니는 것 같다.

시누이가 계단을 올라오는 소리가 들린다!

드디어 독립기념일이 지나갔다! 사람들은 모두 떠났고 나는 녹초가 됐다. 존은 사람들을 몇 명 만나는 게 내게 도움이 될 거라고 생각했기에 우리는 어머니와 넬리, 넬리의 아이들과 함께 일주일을 지냈다.

물론 나는 손에 물 한 방울 묻히지 않았다. 제니가 하나부터 열까지 모든 일을 처리한다.

하지만 피곤한 건 마찬가지였다.

존은 내가 빠른 시일 안에 차도가 없으면 가을에 나를 위어 미첼에게 보내겠다고 한다.

그러나 난 거기에 가고 싶은 마음이 눈곱만큼도 없다. 위어 미첼에게 치료 받은 적 있는 친구 말이 그는 존이나 내 오빠와 하등 다를 바 없다고, 아니 더 심하다고 한다.

게다가 그렇게 먼 곳까지 가는 것도 큰 일이 아닐 수 없다.

무슨 일이든 손 하나 까딱할 가치가 없는 것처럼 느껴지고, 안달하며 투덜거리기 일쑤다.

아무 일도 아닌데도 눈물이 난다. 사실 거의 하루 온종일 운다.

물론 존이나 다른 사람이 있을 때엔 그러지 않는데 혼자 있으면 툭하면 운다.

요즘 나는 꽤 긴 시간을 혼자 보낸다. 존은 중환자들을 보러 시내에 나가는 횟수가 잦고 착한 제니는 내가 원할 때마다 나를 혼자 있게 해준다.

그러면 나는 정원을 좀 걷거나 아름다운 오솔길을 따라 산책하기도 하고 장미 넝쿨이 늘어진 현관에 앉아 있기도 하며 이 방에 올라와 오랜 시간 누워 있기도 한다.

벽지에도 불구하고 나는 이 방이 진짜 좋아지기 시작했다. 어쩌면 벽지 때문일지도 모르겠다.

벽지 생각이 내 마음에 똬리를 틀고 있다. 못으로 고정시켜놓았는지 꿈쩍도 하지 않는 이 거대한 침대에 누워 몇 시간이고 눈으로 벽지 무늬를 좇는다. 이건 정말 곡예나 마찬가지다. 사람 손길 한 번 닿지 않은 구석 맨 밑부터 시작해서 아무 의미 없는 저 무늬를 끝까지 따라가보겠다고 셀 수 없이 다짐한다.

나는 디자인의 원칙을 어느 정도 안다. 벽지의 무늬는 방사나 교대, 반복, 대칭 등 내가 들어본 그 어떤 디자인 법칙도 따르지 않는다.

물론 무늬가 일정한 폭마다 반복되기는 하지만 그뿐이다.

한쪽에서 보면 각 폭은 홀로 서 있으며, 섬망증을 겪는 알코올 중독자가 그린 유치한 로마네스크 문양 같은 팽창한 곡선과 무늬가 뚱하게 홀로 서 있는 기둥을 기우뚱거리며 오르내린다.

하지만 다른 쪽에서 보면 무늬들은 사선으로 이어져 있다. 선들이 섬뜩할 정도로 급하게 떨어지는 파도처럼 사선으로 퍼져나가는 게 마치 이리저리 흔들리며 쏜살같이 쫓아가는 해조류처럼 보인다.

모든 무늬는 가로 방향으로도 이어진다. 적어도 그런 것 같다. 나는 가로로 이어지는 무늬의 순서를 구분하려다가 진이 빠지고 만다.

벽지의 가로로 장식 띠를 붙인 탓에 더욱 혼란스럽다.

방 한 쪽 끝에는 벽지가 거의 온전한 상태로 남아 있다. 간접광이 희미해지고 고도가 낮은 직사광선이 벽에 닿을 때면 그곳에서 방사형 무늬가 보이는 것 같다. 중심에서 끝없이 계속되는 기괴한 문양이 형성되더니 사방으로 곤두박질치듯 달음박질친다.

무늬를 좇다 보니 지친다. 눈 좀 붙여야겠다.

내가 왜 이걸 써야 하는지 모르겠다.

쓰고 싶지 않다.

쓸 수 있을 것 같지도 않다.

존은 내가 이러고 있는 걸 알면 멍청하다고 생각할 것이다. 그래도 어떤 식으로든 내 느낌과 생각을 표현해야 한다. 그러면 얼마나 위안이 되는지 모른다!

그런데 글을 써서 얻는 위안보다 글을 쓰는 데 드는 품이 점점 커지고 있다.

온종일 지독하게 게으르게 지내는 나는 툭하면 드러눕는다.

존은 기운을 차려야 한다면서 내게 에일 맥주와 포도주, 살짝 익힌 육류는 물론이고 대구 간유와 온갖 강장제를 먹인다.

고마운 존! 나를 몹시도 사랑하는 그이는 내가 아픈 걸 끔찍이도 싫어한다. 어느 날 나는 존과 진솔하고 합리적인 대화를 나눠보려 했다. 나는 사촌인 헨리와 줄리아를 방문하고 싶으니 허락해주면 좋겠다고 말했다.

하지만 그는 내가 거기에 갈 수도 없을뿐더러 설령 가더라도 그곳에서 버티지 못할 거라고 했다. 나는 말을 끝내기도 전에 울음이 터지는 바람에 말 한 마디 제대로 하지도 못했다.

갈수록 제대로 생각하기가 힘들다. 이놈의 신경쇠약 때문이 틀림없다.

그러자 다정한 존이 나를 팔로 안아 위층으로 옮긴 후 침대에 눕히고는 내 옆에 앉아 내 머리가 지칠 때까지 책을 읽어줬다.

존은 내가 자신의 연인이자 위안이며 자신의 전부이니 자신을 위해서라도 나를 돌봐야 하고 건강해야 한다고 말한다.

또 나 자신 말고는 그 누구도 내가 신경쇠약에서 벗어나는 걸 도와줄 수 없다며 어리석은 환상에 빠지지 않도록 의지를 굳게 다지고 자제력을 발휘해야 한다고 말한다.

그나마 위안거리라면 아기가 건강하게 잘 지낸다는 사실과 흉측한 벽지로 둘러싸인 이 방에서 지내지 않아도 된다는 점이다.

우리 부부가 이 방을 쓰지 않았다면 사랑스런 우리 아기가 썼을 텐데 그러지 않아도 되니 얼마나 다행인지! 난 내 아기를, 세상 민감한 저 어린 것을 절대 그런 방에 두지 않을 것이다.

전에는 그런 생각이 들지 않았는데 존이 내게 이 방을 쓰라고 해서 다행이다. 아기보다는 내가 그나마 쉽게 견딜 수 있을 테니까.

당연하지만 난 이제 사람들 앞에서 벽지 얘기는 삼간다. 그 정도 분별은 내게도 있다. 그래도 항상 눈으로 주시하고 있다.

저 벽지 안에는 나 말고는 아무도 모르는, 향후에도 모를 무언가가 있다.

겉무늬 뒤에 흐릿하게 보이는 형체가 날이 갈수록 선명해진다.

그 모양은 항상 똑같은데 그 수가 굉장히 늘었다.

겉무늬 뒤에서 여인 한 명이 몸을 낮추고 기어 다니는 것 같다. 정말 질색이다. 존이 나를 데리고 여기서 나가주면 좋겠다는 생각이 들기 시작한다. 과연 그럴지 모르겠지만.

존은 굉장히 현명하고 나를 너무 사랑하다 보니 그이와 내 상태에 대해 얘기를 나누기란 여간 힘든 게 아니다.

그래도 어젯밤엔 얘기를 해보려 했다.

달 밝은 밤이었다. 달이 태양처럼 온 세상을 환히 비춘다.

나는 이따금 저 달빛이 싫다. 달빛은 엉금엉금 기어들어오는 것 같더니 이제 이 창문 저 창문으로 밀려 들어온다.

존은 잠들어 있다. 그이를 깨우고 싶지 않은 나는 아무 말 없이 물결처럼 넘실거리는 저 벽지를 비추는 달빛을 바라보았다. 그러다 보니 오싹한 느낌이 들었다.

벽지 뒤로 희미하게 보이는 여인의 형체가 마치 밖으로 나오고 싶다는 듯 벽지 무늬를 흔드는 것처럼 보였다.

나는 소리 없이 일어나서는 눈과 손으로 벽지가 진짜 움직이는지 확인하려고 갔다. 내가 다시 돌아왔을 때 존이 깨어 있었다.

"무슨 일이야, 꼬마 아가씨? 그렇게 돌아다니면 안 된다니까. 감기 걸려요." 존이 말했다.

존과 얘기하기에 더없이 좋은 기회라 여긴 나는 그에게 여기 있어봐야 나아지지 않으니 나를 데리고 떠나면 좋겠다고 말했다.

존이 말했다. "아니, 여보! 계약이 끝나려면 3주나 더 있어야 하잖소. 어떻게 그 전에 떠나자는 거요.

집수리도 아직 안 끝났고, 난 지금 여길 떠날 상황이 아니오. 물론 당신 상태가 위중하다면 그럴 수 있어. 그렇게 할 거요. 하지만 당신은 훨씬 좋아졌소, 여보. 당신은 모르는지 몰라도. 의사인 난 알 수 있소. 살집도 올랐고 혈색도 좋아지고 식욕도 나아졌소. 내가 한시름 놨다니까."

"살이 오르긴커녕 전만도 못한걸요. 그리고 당신이 집에 있는 저녁에는 입맛이 좀 나아지는지 몰라도 당신이 가고 없는 아침에는 한 술도 뜨고 싶지 않아요!"

"이 가련한 마음을 신이 가호하시기를!" 존이 나를 꼭 끌어안으며 말했다. "당신이 원하는 만큼 아파도 괜찮소! 하지만 지금은 잠자리에 들어야 내일 건강한 하루를 보내지 않겠소? 얘기는 아침에 하자고!"

"그러면 안 떠날 거예요?" 내가 침울하게 물었다.

"아니, 여보, 어떻게 떠나겠소? 이제 3주밖에 안 남았어. 그때가 되면 제니가 집 정리를 하는 동안 며칠이라도 여행을 다녀옵시다. 당신, 정말 차도가 있다니까!"

"몸은 좋아졌을지 모르지만…." 나는 말문을 열다가 입을 다물었다. 존이 자세를 바로잡고 앉더니 나무라듯 근엄한 표정으로 나를 쳐다봐서 더 이상 말을 할 수가 없었다.

존이 말했다. "여보, 제발 부탁이니 당신은 물론이고 나와 우리 아이를 위해서라도 그런 생각일랑 한시라도 마음에 담아두지 말아요. 당신

같은 기질을 가진 사람에게 그런 생각보다 더 위험한 건 없소. 당신이 혹하기 딱 좋지. 허황되고 어리석은 공상이오. 내가 그렇다고 얘기하는데도 당신은 의사인 내 말을 못 믿겠다는 거요?"

나는 물론 더 이상 한 마디도 말하지 못했고 우리는 곧 잠자리에 들었다. 존은 내가 먼저 잠들었다고 생각했지만 난 그러지 않았다. 몇 시간 동안 침대에 누워서는 벽지의 겉무늬와 안쪽 무늬가 진짜 같이 움직이는지, 아니면 따로따로 움직이는지 알아내려 애썼다.

낮에 보면 벽지 무늬에 순서도, 규칙도 없다. 그 점이 평범한 사람의 신경에 거슬린다.

벽지의 색깔만 해도 흉물스럽고 흐리멍덩하며 사람을 화나게 만드는데 무늬는 가히 고문하는 수준이다.

눈으로 좇으면서 다 파악했다고 생각했던 무늬가 어느새 공중제비를 돌면서 내 눈앞에 다시 나타나서는 내 뺨을 때리고 나를 때려눕힌 다음 밟아 뭉갠다. 악몽 같다.

벽지의 바깥쪽 무늬는 화려한 아라베스크 문양으로 곰팡이를 연상시킨다. 싹을 틔우고는 나선형 모양으로 한도 끝도 없이 자라는 독버섯을 상상할 수 있다면 이 벽지의 무늬가 딱 그 모양새다.

가끔 그럴 때도 있다는 말이다.

이 벽지에는 눈에 띄는 특성이 하나 있는데 나 말고는 아무도 모르는 것 같다. 그 특성이란 빛이 변하면 무늬도 변한다는 점이다.

나는 동쪽 창문을 통해 곧고 긴 하루의 첫 햇살이 들면 항상 주목해서 보곤 하는데 벽지 무늬가 믿을 수 없을 만큼 빠르게 변한다.

내가 항상 유심히 보는 까닭이다.

달이 뜨면 밤 내내 달빛이 창문을 채우는데, 달빛에 보이는 벽지는 낮에 본 것과 같은 벽지인지 모를 정도로 딴판이다.

밤에 석양빛이나 촛불 빛, 등불 빛을 받은 벽지 무늬는 창살로 변한다. 겉무늬가 그렇다는 뜻이다. 달빛이 비칠 때가 최악이다. 벽지 안에 있는 여인의 형체가 더없이 또렷해진다.

오랫동안 나는 벽지 뒤로 보이는 흐릿한 무늬가 뭔지 몰랐는데 이젠 그 무늬가 여자라는 걸 확실히 알겠다.

여자는 낮에는 잠잠하다. 벽지의 무늬가 여자를 그렇게 꼼짝 못하게 만든다는 생각이 든다. 영문을 모르겠다. 이 생각 때문에 나는 말없이 몇 시간을 보낸다.

요즘 나는 누워서 지내는 시간이 대부분이다. 존은 좋은 일이라며 가능한 한 많이 자라고 한다.

실제로 남편 때문에 식사 후 매번 한 시간씩 침대에 눕는 버릇이 들었다.

굉장히 나쁜 버릇이다. 왜냐하면 난 잠을 자지 않으니까.

하지만 그들에게 그 사실을 말하지 않다 보니 거짓말만 늘어간다. 그래도 절대 말할 수 없다.

솔직히 말하면 요즘 존이 조금 무섭다.

존은 가끔 굉장히 괴이쩍고 제니도 이해할 수 없는 표정을 짓는다.

어쩌면 벽지 때문에 그런다는 생각이 마치 과학적 가설이라도 되는 듯 가끔 뇌리를 스친다!

나는 존이 모르는 사이에 그를 지켜보기도 하고, 천진난만한 핑곗거리를 대며 불쑥 방에 들어갔다가 그이가 벽지를 쳐다보는 걸 몇 번이나 본 적이 있다. 제니 역시 마찬가지다. 한 번은 제니가 벽지에 손을 대고 있는 걸 목격했다.

제니는 내가 방에 있는 줄 몰랐다. 내가 최대한 차분하게 아주 나지막한 목소리로 벽지에 손을 대고 뭘 하느냐고 물었더니 제니는 도둑질하다가 들킨 사람마냥 획 몸을 돌리더니 아주 성난 표정으로 왜 그리 사람을 무섭게 하냐고 되물었다!

그러고는 벽지에 닿은 모든 게 더러워졌다고, 내 옷은 누런 얼룩투성이이고 존의 옷도 얼룩이 많이 묻었다며 우리 모두 좀 더 조심해야 한다고 말했다!

저 말에 다른 뜻이 없다고? 난 제니가 무늬를 관찰하고 있었다는 사실을 안다. 그리고 나 말고는 그 누구도 무늬를 알아채지 못하게 해야겠다고 단단히 결심한다.

예전과 달리 요즘 삶이 자못 흥미진진하다. 고대하면서 지켜볼 것이 늘어났기 때문이다. 나는 식욕이 늘었고 예전보다 훨씬 차분해졌다.

존은 내가 좋아진 걸 보고 정말 흐뭇해한다! 며칠 전에는 내게 벽지가 신경 쓰일 텐데 잘 지내는 것 같다고 말하며 웃었다.

나는 존의 말을 웃으며 받아넘겼다. 그게 다 벽지 때문이라고 존에게 말할 생각은 전혀 없었다. 아마 그러면 존은 나를 비웃을 것이다. 심지어 벽지에서 나를 떼놓으려 할지도 모른다.

난 이제 벽지의 비밀을 밝혀낼 때까지 이곳을 떠나고 싶지 않다. 한 주가 더 남아 있으니 시간은 충분하다!

나는 훨씬 더 좋아졌다! 벽지가 변해가는 모습을 지켜보는 게 흥미진진하다 보니 밤에는 거의 자지 않는다. 대신 낮에 긴 시간 동안 낮잠을 잔다.

낮에는 피곤하고 혼란스럽다.

항상 곰팡이가 새로 자라나고 누런색이 온 벽지를 다시 뒤덮으니 내가 아무리 공을 들여서 애써 봐도 셀 수가 없다.

벽지 색깔은 정말 기묘한 누런색이다! 벽지를 보고 있노라면 온갖 노란 것들이 떠오른다. 미나리아재비처럼 예쁜 노란 것들 말고 더럽고 불쾌한 누런 것들.

벽지에 이상한 건 또 있다. 바로 냄새다! 난 존과 함께 이 방에 들어온 순간 그 냄새를 알아차렸지만 당시에는 채광이 좋고 통풍도 잘 되다 보니 심하지 않았다. 그런데 일주일 내내 안개 끼고 비가 내리는 날씨가 계속되다 보니 창문을 열든 닫든 냄새가 난다.

그 냄새가 온 집 안을 기어 다닌다.

냄새는 식당을 맴돌고, 응접실과 복도에 숨어 있다가 계단에 누워서 나를 기다리기도 한다.

냄새는 내 머리에도 엉겨 붙는다.

심지어 마차를 타러 갈 때 고개를 홱 돌리면 그 냄새가 난다!

냄새는 또 얼마나 독특한지! 나는 무슨 냄새인지 알아내려고 몇 시간 동안이나 그 냄새를 분석한 적도 있다.

처음에는 굉장히 부드러워서 그다지 불쾌하지 않았지만 아무튼 내가 맡아본 냄새 중 제일 묘할 뿐 아니라 가장 오래가는 냄새다.

이렇게 날씨가 눅눅한 날에는 냄새가 정말 끔찍하다. 한밤중에 일어나 보면 그 냄새가 내 주위를 감돌고 있다.

처음에는 냄새 때문에 신경이 날카로웠다. 냄새를 없애려고 집에 불을 지를까 심각하게 고민하기도 했다.

하지만 이젠 익숙하다. 냄새에 대해 드는 생각이 한 가지 있는데 냄새가 벽지의 색깔과 비슷하다는 것이다! 누런 냄새.

벽 아래쪽 굽도리널 부근에 아주 기이한 자국이 있다. 긴 줄 자국이 방을 빙 두르고 있는 것이다. 침대를 뺀 모든 가구 뒤로도 길고 곧게 이어져 있는데 그 위를 여러 번 문지른 듯 주변으로 번져 있다.

누구 때문에, 어떤 연유로 그런 자국이 생겼는지 궁금하다. 자국이 빙글빙글 빙글빙글 돈다. 어지럽다.

드디어 정말 뭔가 알아냈다.

밤에 무늬가 바뀌는 모습을 끈기 있게 지켜본 끝에 마침내 알아낸 것이다.

겉무늬가 정말 움직인다. 뒤에 있는 여자가 흔들어대니 당연하다!

겉무늬 뒤에는 여자가 굉장히 많은 것 같다가도 여자 한 명이 정신없이 빠르게 기어 다니는데 그 때문에 바깥쪽 무늬가 흔들리는 것 같기도 하다.

그 여자는 환한 곳에 있을 때는 잠자코 조용히 있다가 그늘진 곳에 가면 창살을 잡고 거칠게 흔들어댄다.

게다가 그녀는 쉬지 않고 창살 사이로 나오려고 안간힘을 쓴다. 하지만 누구도 무늬 사이로 나올 수 없다. 무늬가 목을 졸라 죽여버릴 테니까. 그래서 벽지에 저렇게 머리가 많은 것 같다.

무늬는 그 사이를 뚫고 나오려는 여자들의 목을 옭죈 다음 거꾸로 뒤집어 눈을 하얗게 만들어버린다!

저 머리들을 가리거나 치우면 그나마 덜 불쾌할 텐데.

낮이 되면 저 여자가 밖으로 나오는 것 같다.

그렇게 말하는 이유는, 비밀이지만, 내가 그 여자를 봤기 때문이다.

이 방의 어느 창문에서든 그 여자의 모습이 보인다.

벽지 속 여자와 똑같은 여자인 게, 여자들 대부분은 낮에 기어 다니지 않는데 반해 그 여자는 항상 기어 다니기 때문이다.

그 여자가 녹음이 우거진 긴 오솔길을 기어서 오르락내리락하는 모습이 보인다. 여자는 포도넝쿨이 늘어진 어스름한 정자 안에 머무르다가 온 정원을 싸돌아다닌다.

여자는 나무들 사이에 있는 긴 길을 따라 기어가다가 마차가 오기라도 하면 블랙베리 덩굴 사이로 몸을 숨긴다.

그 여자에게 뭐라고 할 생각은 전혀 없다. 한낮에 기어 다니는 모습이 남의 눈에 띄는 건 너무나 창피한 일이니까.

나는 낮에 기어 다닐 때는 항상 문을 잠근다. 밤에는 기어 다닐 수 없는 이유가 존이 당장 이상한 낌새를 눈치챌 것 같기 때문이다.

더구나 요즘 존이 너무 이상해서 난 그이의 기분을 거스르고 싶지 않다. 그이가 다른 방을 쓰면 좋을 텐데! 게다가 밤에 그 여자를 밖에 나올 수 있게 하는 사람이 나 말고는 아무도 없으면 좋겠다.

나는 종종 모든 창문에서 그 여자를 동시에 볼 수 없을까 하는 생각이 든다.

하지만 아무리 재빨리 몸을 돌려도 한 번에 한 창문에서만 볼 수 있다.

한시도 눈을 떼지 않는데도 그녀는 내가 몸을 돌리는 속도보다도 더 빨리 기어 다닐 수 있는 것 같다.

난 가끔 탁 트인 들판에서 강풍에 날리는 구름 그림자만큼이나 빠르게 움직이는 그 여자를 본 적도 있다.

저 겉무늬를 속무늬에서 떼어낼 수만 있다면! 내가 조금씩 해봐야겠다.

내가 이상한 걸 또 찾아냈는데 이번에는 말하지 않겠다! 사람들을 시나치게 믿는 건 좋지 않다.

이 벽지를 뗄 수 있는 시간이 이틀밖에 남지 않았는데 존이 이상한 낌새를 알아채기 시작한 것 같다. 그이의 눈빛이 마음에 들지 않는다.

게다가 존이 제니에게 나에 대해 의사로서 꼬치꼬치 캐묻는 걸 들었다. 제니는 고자질할 게 한 보따리였다.

그녀는 내가 낮잠을 오래 잔다고 말했다.

존은 내가 밤에 거의 자지 않는다는 사실을 안다. 그렇게 쥐죽은 듯 있었는데도 말이다.

남편이 짐짓 굉장히 다정하고 친절한 척 나에게 이런저런 질문을 던졌다.

내가 그 속셈을 모를 줄 아는 모양이다!

석 달 동안 이 벽지 아래에서 잠을 잤으니 존이 그렇게 행동하는 것도 무리가 아니다.

나는 벽지에 흥미를 가졌을 뿐이지만 존과 제니는 알게 모르게 벽지에 영향을 받은 게 틀림없다.

야호! 오늘이 마지막 날이지만 시간은 충분하다. 밤새도록 도시에 머문 존은 저녁이 다 돼서야 돌아올 예정이다.

제니는 나와 함께 자고 싶다고 했다. 음흉한 것 같으니! 난 하룻밤 혼자 푹 쉬어야겠다고 말했다.

영리한 대답이었다. 사실 난 전혀 혼자가 아니었으니! 달빛이 비추니까 저 불쌍한 것이 기어 다니더니 무늬를 흔들기 시작했다. 난 일어나서 여자를 도와주러 달려갔다.

나는 잡아당기고 그 여자는 흔들었다. 내가 흔들면 그녀가 잡아당겼다. 그리고 날이 밝을 때까지 우리는 벽지를 몇 미터나 벗겨냈다.

내 키 정도 되는 벽지를 방 절반 정도 뜯어냈다.

그리고 해가 뜨고 그 끔찍한 무늬가 나를 조롱하기 시작하자 난 오늘 죄다 끝내버려야겠다고 결심했다.

우리는 내일 이곳을 떠난다. 사람들이 모든 가구를 원래 자리로 옮기고 있다.

제니가 어이없는 표정으로 벽지를 바라보았지만 난 명랑한 표정으로 저 악랄한 벽지가 보기 싫어서 그랬다고 말했다.

제니가 웃더니 자신이 할 수 있다며 내게 기운을 빼면 안 된다고 했다.

그때 제니의 본성이 드러났다.

하지만 내가 여기 있는 한 나 말고는 그 누구도 이 벽지에 손을 대서는 안 된다. 살아 있는 것들은 절대!

제니는 나를 방에서 내보내려고 했다. 그러는 속내가 빤히 들여다보였다! 하지만 난 방이 이제 아주 조용하고 텅 빈 데다가 말끔하니 다시 누워서 자고 싶은 만큼 실컷 잘 수 있을 것 같다고 말하고는 일어나면 부를 테니 저녁까지 깨우지 말라고 했다.

제니가 자리를 뜨고, 다른 일꾼들도 가고, 모든 게 사라지자 이제 방에 남은 건 캔버스 매트리스가 놓인, 바닥에 못을 박아 고정시킨 거대한 침대뿐이었다.

오늘밤은 아래층에서 자고, 내일 배편으로 집에 돌아갈 것이다.

방이 이제 말끔히 비워졌고 이제 내 마음대로 할 수 있다.

아이들이 이곳을 얼마나 난장판으로 만들었는지!

이 침대 틀은 여기저기가 물어뜯긴 자국투성이다.

어쨌거나 나는 작업에 착수해야 한다.

난 문을 잠근 다음 열쇠를 현관 앞에 난 길 쪽에 던져버렸다.

존이 올 때까지는 밖으로 나가고 싶지도, 다른 사람을 이 방에 들이고 싶지도 않다.

존을 깜짝 놀라게 하고 싶다.

난 제니의 눈을 피해 방에 밧줄을 가져다 놓았다. 만약 그 여자가 벽지에서 나와서 도망치려 하면 밧줄로 묶으면 된다!

그런데 딛고 설 것이 없으니 팔을 뻗어도 손이 닿지 않는다는 사실을 깜빡하고 말했다.

이 침대는 꿈쩍도 하지 않을 텐데.

나는 침대를 들어도 보고 밀어도 봤지만 힘만 부칠 뿐이었다. 성이 난 나머지 한쪽 모서리를 조금 깨물었더니 내 이만 아팠다.

그 후 난 바닥에 서서 손이 닿는 벽지는 모조리 벗겨냈다. 벽지는 지긋지긋하게 착 달라붙어 있고 무늬는 그걸 좋아라 한다! 목 졸린 머리와 툭 불거진 눈, 비척이듯 자라는 곰팡이, 이 모든 것들이 목소리를 높이며 나를 조롱한다.

나는 무모한 행동도 서슴지 않을 정도로 머리끝까지 화가 치민다. 창밖으로 뛰어내리는 건 괜찮은 운동이 되겠지만 창살이 너무 튼튼하다 보니 엄두도 못 낸다.

게다가 창살이 없어도 그런 짓은 안 한다. 당연히 안 할 것이다. 그런 대처는 부적절할 뿐 아니라 내 의도가 곡해될 수 있다는 걸 난 잘 알고 있다.

창밖을 내다보고 싶지도 않다. 엄청난 속도로 기어 다니는 여자들이 너무 많다.

모두들 나처럼 벽지에서 나온 것인지 궁금하다.

하지만 난 남들 눈을 피해 숨겨둔 밧줄에 꽁꽁 묶여 있으니 아무도 나를 저 길로 내보내지 못한다.

밤이 되면 무늬 뒤로 되돌아가야 할 텐데 쉽지 않은 일이다!

이렇게 큰 방에 나와서 마음껏 기어 다니는 건 정말이지 즐겁다!

밖으로 나가고 싶지 않다. 제니가 그러라고 해도 나가지 않을 생각이다.

밖에 나가면 땅바닥을 기어 다녀야 하는데 모든 게 누런색이 아닌 녹색이다.

그렇지만 이곳에서 난 아무 방해 없이 바닥을 기어 다닐 수 있고, 벽을 두르고 있는 저 긴 얼룩이 딱 내 어깨 높이이니 길을 잃을 일도 없다.

아니, 문 앞에 존이 왔다.

소용없어, 이 사람아! 열 수 없을걸!

어찌나 나를 부르면서 문을 두드려대는지!

이젠 도끼를 달라고 소리 지른다.

저렇게 아름다운 문을 망가뜨리는 건 안타까운 일인데!

나는 최대한 상냥한 목소리로 말했다. "여보, 존! 방 열쇠는 현관 계단 옆 질경이 잎사귀 밑에 있어요!"

내 말에 순간 그가 조용해졌다.

그러더니 그이가 낮은 목소리로 말했다. "이 문 열어, 여보!"

내가 말했다. "못 열어요. 열쇠가 질경이 잎사귀 밑에 있다니까요!"

나는 아주 상냥하고 천천히 똑같은 말을 재차 되풀이하고는 그이에게 그리로 가보라고 여러 번 독촉했다. 당연히 가서 열쇠를 가져온 존이 방안으로 들어왔다. 그는 문 앞에 딱 멈췄다.

존이 외쳤다. "무슨 일이야!? 세상에, 대체 뭘 하고 있는 거야!"

나는 아까와 마찬가지로 계속 기어 다니면서 어깨 너머로 존을 바라보았다.

내가 말했다. "당신과 제니가 막았지만 결국 난 나왔어요. 내가 벽지를 거의 다 뜯어냈으니 이제 나를 다시 들여보낼 수 없을걸요!"

아니 저 남자는 왜 기절한 걸까? 어쨌든 존은 정신을 잃었고, 하필이면 벽 바로 옆 내가 다니는 길목에 쓰러지는 바람에 나는 매번 그이 위로 기어서 넘어가야 했다.

진귀한 보석

·

"셔먼, 뭐가 그리 우스운가? 담배연기나 광장 지붕, 아니면 저쪽 하늘에서 무궁무진한 흥밋거리라도 발견한 모양이군."

"담배연기만큼 내 마음을 진정시켜주는 건 없다네. 저 지붕만큼 단순한 건 없고 하늘만큼 자연스러운 것도 없지. 난 현대 여성들을 생각하면서 웃는 거라네."

"아! 요즘 여자들이 우습다는 건 나도 인정해. 그런데 특별히 어떤 면이?"

"여자들이 가졌다는 고매한 사회적 양심 말일세. 자네도 알지, 워커 양 말이야. 다정하고 분별 있으면서도 쾌활한 아가씨지. 아주 좋은 친구야. 난 워커 양과 많은 걸 즐기면서 좋은 시간을 보내던 차에 문득 그녀가 혹시라도 내 마음에 상처를 줄까봐 세심하게 신경 쓰고 있다는 생각이 들더군. 워커 양은 나와 긴 시간 동안 데이트하는 걸 꺼렸어. 혹시라도 내가… 그러니까 그녀는 내가… 제기랄! 그러니 남자들이 여자들을 영원히 포기하는 게 당연하지!"

해럴드가 기꺼이 동조했다. 그가 말했다. "맞아. 나도 눈치챘다네. 남자가 여자를 사귀는 이유가 자연스런 끌림이나 순수한 동정심 때문이 아니겠나. 그런데 만약 여자들은 자신에게 계속 관심을 두지 않는 남자와는 춤이고 산책이고 뭐고 하나도 하려 들지 않아. 전혀 시간을 내주질 않지. 그러니 여자의 마음이 다른 남자에게 향하는 걸 막으려면 몇 날 며칠을 밤새고 앉아서 여자에게 끝없는 관심을 보여줘야만 한다네."

해럴드는 저 멀리 해변과 해수욕을 즐기는 사람들에게 시선을 던졌다. 그곳에서는 어쩌면 커다란 파도에 놀라 호들갑스럽게 몸을 피한 여자들이 남자들의 주목과 관심을 받고 있을지도 모를 일이었다.

셔먼 블레이크가 기분을 달래며 내뿜은 담배연기가 앞서 언급한 소박한 지붕과 자연스러운 하늘을 향해 피어오르면서 희미해져갔다. 셔먼은 사실 친분이 있는 많은 젊은 여자들로부터 호감 어린 시선을 한몸에 받는 괜찮은 청년이었다. 옆에서 지켜본 셔먼은 책임감에 짓눌려 있었다. 셔먼의 친구인 해럴드 온더웨이트는 문학을 가까이 하고 손에서 신문을 놓지 않는 영리한 젊은이로 매사를 분석하고 포괄적인 추론을 하는 버릇이 있었다.

해럴드가 말했다. "이것 보게, 셔먼, 요즘 여자들은 너무나 복잡해. 천진함을 찾아볼 수가 없다니까. 여자들은 늘 수수께끼 같은 존재였어. 누가 그 속을 알겠나. 그런데 '고등교육'이 그 복잡한 속내에 자의식까지 심어줬단 말일세. 예전 여자들은 이상하게 굴곤 하면서 그 이유를 대지 못했는데, 지금 여자들은 이상하게 굴면서 그 이유를 천 가지는 댈 수 있거든. 남자같이 보잘것없고 단순하고 시종일관된 생명체에겐 피곤하기 짝이 없는 상황이지."

셔먼이 말했다. "자네 말이 맞아. 내 마음이 어디에서 방황하고 있는지 아름다운 내 친구가 눈치를 챘다면 스스로를 고통으로부터 구원할 수 있었을지도 몰라. 그럼에도 그녀가 이른바 자신의 피해자에게 들이는 노력을 생각하면 정말 가슴이 아프다네! 헛심만 들인 거야! 이젠 내가 그리 자주 방문하지 않으니 아마 내 마음이 시들해졌다고 생각할 걸세! 해럴드, 점심 때 보세. 약속이 있거든." 그러더니 젊은 블레이크는 모자를 약간 고쳐 쓴 다음 빠르게 인근 호텔로 출발했다.

해럴드의 시선이 그를 좇았다.

그는 생각했다. "남자가 친구나 연인으로 삼을 만한 꾸밈없고 솔직한 여자를 찾을 수 없다니 정말 애석한 일이야. 솔직히! 여자들이 변덕만 부리지 않는다면 더 이상 바랄 게 없을 텐데!"

줄리아 파웰은 '더 워터 뷰'에 있는 비좁은 방의 창가에 앉아서 약간 곤혹스런 표정으로 흐릿한 푸른 바다 저편을 응시하고 있었다. 줄리아의 어머니가 들어왔다. 잘 차려 입은 그녀는 차분했으며 유쾌한 표정이었다.

"줄리아, 블레이크 씨하고 산책을 할 거니 말 거니? 블레이크 씨가 아래층에서 기다리고 있더구나. 블레이크 씨는 네가 오늘 아침에 무슨 약속이 있는 것 같다고 하던데."

"글쎄요, 어머니. 전 블레이크 씨하고 내내 함께 다니는 게 싫어요. 블레이크 씨가 아마…."

"블레이크 씨의 머릿속 생각까지 네가 그렇게 신경 쓸 필요는 없을 것 같구나. 네가 블레이크 씨 생각을 염두에 두고 있는 걸 알아. 그런데 가끔은 도가 지나친다 싶다. 줄리아, 넌 충분히 아름답고 매력적이야. 하지만 다른 아가씨들도 마찬가지잖니. 친절한 젊은이가 항상 네게만 관심을 기울일 거라고 생각하기는 쉽지 않아. 얘야, 네가 사회를 바꿀 수는 없어."

"그건 저도 알아요, 어머니. 하지만 남자가 만남에 작은 의미라도 부여하면 남자를 부추겼다며 여자가 비난을 받는 세상인 걸 어머니도 잘 아시잖아요."

"그래, 그건 나도 알아. 하지만 이치에 맞게 판단해야지! 이 사회에서 네 또래의 젊은 여자들은 에스코트해주는 남자가 없으면 무엇 하나 제대로 누릴 수가 없어. 혼자 밖에 나가기만 해도 다들 쳐다보잖니. 남자도 여자를 에스코트해주는 걸 좋아해. 남자들이 여자들에게 친절하고 신사답고 정중하게 군다면 여자가 굳이 그 행동에 토를 달 필요는 없겠지."

"그래요, 하지만 어머니, 만약 남자들이 진심이라면, 정말 결혼하고 싶다면 그 뜻을 똑같이 보여주면 돼요. 어머니도 아실 텐데요."

"얘야, 어리석은 소리 말아라! 제일 중요한 건 남자가 그런 말을 할 때 잘 알아들으면 돼. 그리고 네게 아주 작은 관심이라도 표시한 남자들이 다 너와 결혼하고 싶어한다고 생각하는 것 자체가 그다지 처녀답지 않은 것 같구나. 내가 구식일지 모르겠지만 미리 생각을 재단하고 표정과 말을 일일이 분석하면서 네게서 십 리는 떨어져 있을지도 모르는 남자의 마음을 읽으려 애를 쓰는 건 온당치 않아. 왜 세상 짐을 다 짊어지려고 그러니. 네 본분만 잘 지키렴. 남자들 일은 남자들에게 맡기고."

"저랑 같이 가지 않으시겠어요, 어머니? 멀리 가진 않을 거예요."

"아니, 오늘 아침에는 별로 마음이 내키질 않는구나. 발 젖지 않게 조심하렴."

그리하여 파웰 양과 블레이크 씨는 맑은 햇살과 상쾌한 바닷바람 속으로 출발했다. 아름답기 그지없는 바위들을 따라 걷던 둘은 그곳이 다른 연인들로 북적대자 메역취와 옻나무가 가득한 돌밭을 거닐었는데, 그곳은 초목이 드물고 너무 더웠다. 둘은 시원한 숲길을 걸으면서 꽃을 꺾었고 여기저기 널린 소나무들의 일렁거리는 초록 지붕 밑에서 휴식을 취했다. 향긋한 짐으로 무릎을 한가득 채운 그녀는 들고 가기 편하게 커다란 다발을 만들었다. 블레이크 씨는 부드러운 바람을 맞으려는 듯 모자를 벗고는 반한 듯한 표정으로 그녀의 발 앞에 몸을 굽혔다. 그러고는 이런 경우에 어울리는 표현을 찾아낸 듯 대담하게 '줄리아'라고 그녀의 이름을 부르더니 그녀에게 자신이 사랑한다는 사실을 알지 않느냐며 자신의 아내가 되어달라고 청했다.

"사실은… 사실 전 당신이 그렇게 생각하는지 몰랐어요, 블레이크 씨! 알았더라면 상황이 이렇게까지 되도록 그냥 내버려두지 않았을 거예요. 당신이 절 사랑하는지 몰랐어요. 무슨 수로 알겠어요. 모를 수밖에 없잖아요. 이 만남이 당신에게 그렇게 큰 의미가 있는지 몰랐어요. 제 말을 믿어주세요!"

젊은 청년이 가느다란 풀을 한 움큼 뽑은 다음 나뭇가지를 이용해 땅속으로 다시 밀어 넣는 동안 불쾌한 침묵이 흘렀다.

"화가 나신 건 아니죠, 블레이크 씨? 전 당신을 정말 좋아해요. 그리고 미안해요."

"고맙소. 당신의… 친절에 감사하오."

대화를 더 이상 잇기 힘들어지자 그들은 다시 함께 조용히 걸었다.

그는 세심하게 예의를 갖추고서 겨울에 다시 볼 수 있기를 바란다며 작별인사를 하고는 곧바로 자신의 방으로 가서 짐을 꾸렸다.

줄리아는 어머니를 찾았다.

"아니, 줄리아, 무슨 일이야? 아주 녹초가 됐구나. 너무 멀리까지 간 거니?"

"네, 어머니. 너무 멀리 갔나 봐요. 아니 블레이크 씨가 그러려고 한 건지도 몰라요. 내가 어머니에게 말씀드렸던 그대로예요. 염려했던 그대로였다니까요. 내가 받아들일 수 없다고 하자 블레이크 씨는 화를 냈어요. 정말 성을 내면서 빈정거렸다니까요. 마치 내가 자신을 부추기기라도 한듯, 자신과 놀아난 게 나라는 듯 행동했다구요. 제가 얼마나 신중했는지 어머니는 잘 아시잖아요."

"줄리아, 어리석은 소리 하지 말거라. 네가 못되게 군 게 아니잖니. 블레이크 씨가 청혼을 한다 해도 어쩔 수 없어. 난 다섯 번이나 청혼을 받았지만 내가 그들을 부추긴 적은 한 번도 없는걸. 얘야, 한탄할 것 하나도 없어!"

"어머니, 젊은 처녀가 마음 가는 대로, 솔직하게 살 수 없는 이 상황이 한탄스러워요. 상관없어요. 전 가능한 한 제 인생을 즐길 거예요. 누가 뭐라고 해도 신경 쓰지 않겠어요."

"아주 분별 있는 결론이구나. 네 말대로 꼭 하길 바란다. 훨씬 행복하고 편안해질 거야. 그렇게 산다고 해서 네게 올 기회가 사라지는 것도 아니란다. 내가 약속하마. 무엇보다도 유별나게 굴지 마."

점심때라는 걸 상기시키기 위해 방에 들어간 해럴드는 셔먼이 거칠게 짐을 꾸리고 있는 모습을 발견했다.

그가 물었다. "무슨 일이야, 셔먼? 여기 오래 머물 작정이 아니었군."

"난 오후 기차를 타러 갈 걸세." 셔먼이 짧게 말했다.

"무슨 일 있었나? 혹시… 아, 알겠군! 진심으로 유감이네, 셔먼!" 어쨌든 해럴드가 건넨 악수는 작은 위로가 되었다. 맹렬한 분노가 되살아난 셔먼은 창 쪽으로 걸어가더니 유리창을 통해 몹시 흐릿한 풍경을 내다보았다. 그리고 돌연 버럭 소리를 질렀다. "오랜 친구, 동정심을 낭비하지 말게. 당연히 난 마음이 상했어. 대학 신입생마냥 속아 넘어가서 여자 손바닥에서 놀아나다니 마음이 상한 정도가 아니라 머리끝까지 화가 난다네."

해럴드는 궁금하기 짝이 없는 표정이었다. 하지만 말을 꺼내는 게 꺼려졌다. 그래도 무슨 말이든 해야겠기에 한 마디 던졌다. "차였나?"

"그런 것 같아! 차인 거야! 남자들은 말에 확신과 책임감이 있어야 하고 신중해야 한다는데 내가 바로 그랬다네. 아니, 그녀는 여름 내내 나랑 춤을 췄고, 산책도 하고, 승마도 했어. 자네도 봤잖은가. 모두가 봤지!"

해럴드가 말했다. "그래, 내가 다 봤지. 몹시 유감이야."

"고통뿐만이 아니야, 해럴드. 전반적으로 실망했어. 여자들이 이런 식이라면 남자들이 대체 뭘 바랄 수 있겠나? 그러고는 결혼을 하지 않는다며 비난 받는 건 남자들이지."

"맞아, 정말 웃기는 일이지. 여자들이 예전처럼 군다면 우리는 기꺼이 일찍 결혼할 텐데."

"이런 걸 얘기하는 불쌍한 바보들은 핵심을 모른다네. 돈이나 경솔함, 무능의 문제가 아니야. 그것들도 물론 나쁘지. 하지만 이건 가증스러울 정도로 위선적인 불성실의 문제야. 노골적으로, 아주 대담하게 남자들을 부추겨서 바보같이 마음을 내보이도록 한 다음 미안하다고! 내 나이 스물여덟인데 이게 세 번째 교훈이라네. 똑같은 짓을 또 반복한다면 내가 바보 멍청이라는 뜻이겠지."

"그래놓고 여자들은 맨날 오누이처럼 지내자고 말한다네. 계속 친분을 유지하길 바라지. 왜 여자들은 솔직하지 않은 걸까? 그게 게임이었다면 조금은 우쭐댈 만도 한데 말일세."

이 휴양지에 묵는 처녀들의 상황은 이 두 젊은이 때문에 더욱 궁상스러워졌다. 남자 한 명이 여러 명의 여자들을 번갈아가며 에스코트해야 하는 이곳에서 남자 두 명의 이탈은 심각한 손실이었던 것이다.

셔먼은 짐을 다 꾸린 다음 점심식사를 마치고서 그날 저녁 떠났다. 그와 동행한 해럴드는 여자들에게 몸서리쳤다.

그가 말했다. "여자들이 언행에 일관성만 있다면! 내가 바라는 건 그것뿐인데!"

전혀 다른 문제로 바뀔 때

I

“당신, 그렇게 말도 안 되는 편견으로 내 사랑에 맞설 작정이오? 무의미하고 비인격적인 성적 편견 때문에 한 남자가 평생 동안 바친 헌신을 저버리겠다고? 당신은 나를 사랑하지만 나와 결혼할 수는 없다고 말하는군. 내가 당신의 모든 생각에 동의하지 않는다는 이유로. 정말 별난 사랑이구려!”

그녀가 천천히 대답했다. “내 별난 사랑을 변명하는 게 아니에요. 난 단 한 번도 내 사랑이 당신의 모든 면을 받아들일 것처럼 말한 적도, 영원히 변치 않을 것처럼 말한 적도 없고, 평생에 걸친 남자의 헌신과 매한가지일 거라고 한 적도 없어요. 불행하게도 난 느끼는 만큼 생각하라고 배운, 그래서 수많은 사람들로부터 비난 받는 뉴잉글랜드 출신 여자예요. 적어도 내겐 결혼은 몸과 마음의 결합 그 이상이에요. 두 사람의 정신도 결합되어야 한다는 뜻이에요. 진지하기 짝이 없는 내 생각과 믿음에 아무 관심이 없을 뿐 아니라 그것들을 경멸하는 당신을 보고 있으면 끝없는 슬픔과 굶주림과 쓰라린 고통이 느껴져요. 하지만 난 당신의 그런 면까지 배려할 만큼 당신을 사랑해야 하죠."

"그래요, 알아요! 아주 잘 안단 말이오!" 그는 벽난로 쪽으로 걸어가더니 벽난로 선반에 팔을 기대면서 대꾸했다. 그는 벌겋게 달아오른 석탄에서 열기를 빌려온 듯했는데, 그녀에게 되돌아오더니 흥분을 억누르고 다시 입을 열었기 때문이었다.

"이거야말로 그 빌어먹을 현대교육의 또 다른 사례가 아니겠소! 오늘날 여자들은 정신 계발에 지나치게 힘쓴 결과 정신이 몸과 마음을 지배하게 됐소. 건강한 사랑을 따르기엔 정신이 너무나 강하지. 그래서 오늘날 여자들은 그렇게 살다가 그렇게 죽지. 대체 누구에게 좋은 건지 모르겠군."

"사랑하는 조지, 당신이 불공평한 건 예민한 그 성격 탓이에요. 당신은 여자들에게 공정하지 않아요. 우리 사이에서 훼방꾼 노릇을 하는 건 다름 아닌 바로 당신의 그 성격이라구요. 지금 당신 마음속 우상이자 당신의 여왕에게도 공정하지 않다면 당신의 아내에겐 어떨까요?"

윤기 없는 청록색을 띠는 커다란 의자에 기댄 채 흔들림 없이 그를 바라보는 그녀의 모습은 일렁이는 벽난로 불빛 속 그림처럼 아름다웠다. 꼿꼿이 든 그녀의 얼굴은 젊고 건강하고 아름다웠으며, 자유롭고 멋진 몸과 팔의 선은 현대교육이 지성 말고도 다른 것들을 단련시켰음을 보여주었다.

대답하기 전 조지는 여러 가지를 골똘히 생각했다. 참으로 힘들었다. 지난 수백 년 동안 남성 중심적 사고가 세상을 지배했고, 조지 역시 그런 사고 습관이 몸에 강하게 배어 있었다. 그는 모든 면에서 사내였고, 스스로도 그걸 알고 있었다. 그러나 그의 기사도와 그녀에 대한 사랑이 그가 당연하게 내뱉었을 법한 말들을 누그러뜨렸다. 게다가 그의 정신은 그녀의 비난에 담긴 진실을 사실상 받아들이지 않을 수 없었다.

마침내 조지가 말했다. "오늘 밤에는 이 주제에 대해 더 이상 왈가왈부하지 않겠소. 만약 당신 말대로 내가 여자에게 명백하게 불공평하게 대한다는 증거가 진짜로 있다면 난 당신 말이 맞고, 우리가 헤어지는 게 현명하다는 걸 인정하겠소. 자, 내가 떠나기 전에 노래를 조금만 불러주지 않겠소?"

"온 마음을 다해 부를게요." 그녀가 말했다. "당신도 알겠지만 이건 머리가 아닌 마음으로 부르는 거예요. 그러니 우리 음악 때문에 싸우진 말아요."

그는 대꾸하려던 성급한 마음을 억눌렀고, 그들은 피아노 쪽으로 걸음을 옮겼다.

II

다음 날 조지 손더스가 대학 친구이자 법률 사무소 동업자인 하워드 클라크와 함께 힐다 워드 소유의 으리으리한 '별장'이 있는 높은 절벽 밑 해변을 거닐고 있었다.

힐다 워드는 스스로 언급했듯 뉴잉글랜드 출신 여자였다. 뉴잉글랜드 지역은 여자 인구가 남자에 비해 지나치게 많다 보니 여자들이 고향에서 결혼을 하기 어려운데 반해 그들을 데려가는 건 그 지역의 인구를 줄이는 데 큰 효과가 있을 터였다.

뉴잉글랜드 출신 여자들은 좀 특이한 편이다. 여자라는 존재에 관한 사회 규범상 모든 법칙을 제대로 지키지 않으면서 여전히 살아가고 있었고, 건강과 행복, 양쪽 다 성취함으로써 종종 결혼한 자매들과 좋은 대조를 이루었다. 그들의 역할에 대해 논하자면 물론 그들은 별 쓸모가 없었다. 개인적 성취라고 할 만한 것들이 지극히 사소해서 이 미혼여성들이 저지른 비행을 상쇄할 수 없었다. 힐다 역시 마침내 이들 속에 합류하는 듯했다. 그녀는 스물일곱 살이었고, 여행을 다니고, 교양과 경험을 쌓는 '유별나기 짝이 없는' 여성이었던 것이다.

클라크는 그녀를 사랑했지만 그 사랑은 아무 보람이 없었다. 하지만 스스로 놀랄 만큼 사랑의 실패를 별 탈 없이 극복했다. 클라크와 마찬가지로 손더스 역시 힐다를 사랑했는데, 클라크와 달리 그의 마음은 여전했다. 손더스의 사랑은 완전히 공허한 건 아니었는데, 그녀로부터 사랑한다는 말을 똑똑히 들었기 때문이었다. 하지만 힐다는 여전히 결혼을 마다했다.

시가를 통해 위안을 얻으면서 침울한 상태로 1킬로미터 이상을 걷던 손더스가 말했다. "하워드, 자네는 힐다가 나를 좋아한다고 생각하나?"

"힐다가 그렇게 말하지 않았어?" 클라크가 물었다.

"물론 말은 그렇게 하지. 하지만 행동은 그렇지 않아. 만약 정말 사랑한다면 여자들은 그 사랑을 표현하는 데 주저하지 않아. 그런데 요즘 말이야, 적어도 이곳에는 그런 여성이 백 명 중 한 명도 없어. 다들 속이 밴댕이 소갈머리 같다네. 난 해외로 나가게 되어 기뻐."

"언제 출발할지 마음을 정했나?"

"힐다로부터 좀 더 분명한 말을 듣지 못한다면 오늘밤 출발할 걸세. 이른 보트를 타고 보스턴으로 가서 수요일에 출항하는 기선, 이슈리얼호를 타고 떠날 거야. 취소 가능한 선실을 예약해뒀거든. 나는 그 희망을 품고 여기 왔을 뿐인데…." 손더스는 말을 멈추고 지친 듯 바다를 바라보았다.

클라크가 외쳤다. "너무 안타깝군. 조지! 이 기독교 국가에는 자네의 희생을 기꺼이 바칠 만한 여인이 없다네! 자네는 지금쯤 이 나라 최고 변호사가 됐을 거야. 자네가 그 비정한 바람둥이 여자한테 허비한 세월만 아니었다면 정치적으로 이미 상당히 성공을 거뒀을지도 몰라. 자네가 진 애시포드 소송만 해도 그래. 난 자네가 패배한 이유를 알고말고. 불면과 정신적 고통 말고 다른 이유는 없어. 그녀의 행동은 살인이나 진배없어. 공정을 말한다고! 여자들이 그렇게 간절하게 요구하는 공징의 잣대를 스스로에게 들이댄다면 남아날 여자들이 얼마 없을걸."

손더스가 말했다. "그만! 힐다는 여자고 난 그녀를 사랑해. 나를 위해서라도 잠자코 있어주게." 울적한 기분으로 다시 걷던 그들은 그들 위로 솟아 있는 절벽 가장자리에 있는 힐다를 목격했다. 날래고 속박 받지 않은 우아한 자태로 걷는 그녀의 모습이 하늘을 배경삼아 또렷하게 윤곽을 드러냈다. 이내 그들을 본 힐다는 자신이 불편할까봐 절벽으로 올라오려는 그들에게 오지 말라는 손짓을 하고는 가파르고 좁은 길을 내려가기 시작했다.

그녀가 말했다. "아무튼 내려오는 길이었어요. 게다가 두 명이 올라오는 것보다는 한 명이 내려가는 게 쉽잖아요. 그래도 잠깐 숨 좀 돌려야겠어요. 샤크록에 다녀왔거든요. 그리고 얘기할 것도 있고, 의견을 묻고 싶은 게 있답니다."

그들은 그늘지고 바람이 들지 않는 구석에 편하게 자리 잡고 앉았다. 막 이야기를 시작하려던 찰나에 워드 양은 좁은 이 지역에 이름이 어느 정도 알려진 그들의 새로운 친구가 약간 떨어진 곳에서 모자를 손에 든 채 머뭇거리며 서 있는 모습을 보게 되었다.

그는 부유한 귀족 출신의 젊은 러시아인으로 고국에서 명성을 얻고 있었는데, 펜을 무기 삼아 싸우다가 추방되어 지금은 고향에 돌아갈 수 없는 처지였다.

"스테판 백작님, 이리 오지 않겠어요? 오늘은 청중이 있는 게 좋을 것 같군요." 힐다가 청했다.

세 명의 신사가 잠시 대화를 나눈 후 그녀 앞에 자리를 잡자 그녀가 이야기를 시작했다.

"이건 짧지만 실제로 있었던 일이에요. 난 이 사례의 옳고 그름에 대한 여러분의 솔직한 의견을 원해요. 꼭 솔직하게 말해주세요!"

"선량하고 똑똑한 자질을 갖추었지만 약간 괴팍한 면이 있고 자신의 주장을 굽히지 않는 젊은이가 있어요. 그는 자신이 하는 일에 대단한 소신을 가지고 있을 뿐 아니라 실제로 어느 정도 가능성도 보여주었지요. 하지만 그가 제시한 개혁적인 생각이나 그의 능력을 믿는 사람이 없었어요. 젊은이의 앞날은 참으로 막막했지요. 그런 그가 한 아가씨를 만나게 되었어요."

"아무렴요!" 손더스가 말했다.

"운명이로군요!" 클라크가 말했다.

"그는 운이 좋았군요." 백작이 중얼거렸다.

힐다가 얼굴을 찡그렸다. "자, 말을 끊지 말아주세요. 이건 시범 사례예요. 그리고 전 여러분의 가장 냉정한 판단을 원해요. 이 젊은 여자는 남자와 사랑에 빠졌어요. 난 그녀가 마음을 정했다고 말하진 않겠어요. 그건 그녀의 방식이 아니니까요. 어쨌든 그녀는 그와 결혼하고 싶어했어요. 그녀는 훌륭한 여성이었고, 아름답고 똑똑할 뿐 아니라 자신의 분야에서 천재였어요. 그녀는 음악인이었어요. 그들은 음악에 관한 것만 빼면 절친한 친구였던 것 같아요. 그런데 남자는 극단적인 개혁가인데 반해 그녀는 사랑과 음악에만 몰두할 뿐 그 외에는 아무것도 신경 쓰지 않았지요. 그는 선량하고 아름다우며 천성이 여성스러운 그녀를 사랑하지 않을 수 없었지만, 결혼은 원치 않았어요.

친밀한 친구였던 그들은 한쪽은 철학자의 자유를, 다른 한쪽은 예술가의 자유를 이야기했지요.

두 사람 간 차이를 깨달은 남자는 자신의 계획과 희망에 대해 그녀에게 솔직하게 털어놓았어요. 자신에게 그녀는 소중한 친구일 뿐이며 결혼은 하지 않겠다고 결심했다고 말이에요. 모든 건 지극히 명백했어요.

하지만 우리의 젊은 여인에게는 자신만의 계획과 희망이 있었지요. 그녀의 입장을 정당화하자면, 그녀는 그의 계획을 아예 믿지 않았어요, 그리고 자신이 그와 결혼함으로써 그에게 명성과 행복을 동시에 안겨줄 수 있을 거라고 확신했지요. 여자는 계획을 실행에 옮겼어요. 여자의 방식은 단순했어요. 그저 그들 간 우정이라는 특권을 이용해서 남자의 사내다운 천성의 허점을 노리는 것이었지요. 여자는 그렇게 행동하면서 양심의 가책을 느끼는 법이 없었어요. 여자는 남자를 사랑했어요. 그만을 사랑했지요. 여자는 그와 결혼할 작정이었어요. 그뿐이었지요.

물론 그 계획이 실현되는 건 시간 문제였어요. 남자는 사내답게 분투했어요. 여러 번 약혼을 했다가도 깨고, 여자 곁을 떠났다가 다시 돌아오기를 반복했어요. 여자는 동정심 혹은 우정에 호소하거나 망연자실한 듯 비난의 침묵을 통해 남자로 하여금 돌아와서 그녀를 다시 만나도록 했어요. 얼마 후 명성을 얻었다고 생각한 그는 그 명성에 집착했고 결국 여자와 결혼했어요. 여러분도 이해하시겠지만 그 모든 과정에도 불구하고 남자는 여자를 어느 정도는 사랑했으니까요. 하지만 그만은 알고 있었지요."

"뭘 말입니까?" 백작이 그녀의 얼굴에 차분한 시선을 고정한 채 물었다.

"이 관계의 결말이지요."

"그 관계는 어떻게 끝났소?" 손더스가 다소 비통한 어조로 물었다.

"남자가 우려한 대로였어요. 결혼으로 인해 그의 일과 건강 등 모든 게 망가졌어요. 그는 많은 돈을 벌지 못했고, 항상 그렇듯 그 사실이 남자를 괴롭혔어요. 이들에게는 당연히 아이가 있었어요. 지나친 관심과 유별난 요구 사이에서 남자의 정신은 피폐해져갔어요. 쉽사리 흥분하고 화를 잘 내는 기질의 소유자였던 남자는 미쳐버렸고 결국 자살로 생을 마감했어요.

이야기는 이걸로 끝이에요. 이제 두 당사자의 상대적 책임에 대한 신사 여러분의 의견을 듣고 싶군요."

"한 사람의 책임이겠지요." 손더스가 불쾌하다는 듯 말했다. "남자의 의지가 약했던 건 사실이오. 대부분의 남자들이 비슷한 상황을 겪는다오. 그럼에도 비난을 받아야 할 사람은 그 여자요!"

"여자가 남자에게 결혼을 강요한 건 아니었어요. 남자는 결혼을 피하거나 거절할 수도 있었어요." 힐다가 부드럽게 이의를 제기했다.

"설령 그에게 무슨 방법이 있었다 한들, 물론 그렇지 않았지만, 그런 사냥꾼을 피해 어디로 갈 수 있었겠소? 그리고 거절 얘기가 나왔으니 말인데, 남자가 도의상 거절할 수 없도록 만든 건 바로 그 여자요! 아니, 사실이 그래요. 그런 여자의 계략에 빠졌다면 남자에게는 결혼을 피하거나 거절할 방법이 없소."

하워드 클라크가 말했다. "나 역시 조지와 생각이 같아요. 비난을 받을 사람은 전적으로 그 여자예요."

백작이 나무랄 데 없는 억양으로 물었다. "여자가 청혼한 게 맞나요?"

"네, 맞아요." 힐다가 말했다.

"남자가 자신은 그녀를 그 정도로 사랑하지 않고, 그녀에게 적합한 사람도 아니며, 그녀와 결혼하고 싶지 않다고 여자에게 설명한 것도 사실인가요?"

"분명히 여러 번 그랬어요." 힐다가 말했다.

"그리고 약혼을 했다가 그 약속을 깼고, 그녀를 떠났다가 결국 되돌아온 것도 사실인가요?"

"맞아요."

"그 여성이 잘못했다는 이 신사들의 의견에 동조할 수밖에 없군요. 그 여성은 혹독한 비판을 면할 수 없어요."

백작이 차분하면서도 장중하게 한 마디 한 마디를 내뱉는 동안 감탄한 듯 힐다의 시선이 잠시 그에게 머물렀다. 그리고 그녀는 다른 화자들을 살폈다.

"그런 경우는 남자든 여자든 하나도 다를 게 없소. 그런 식으로 사람을 이용하고, 결국 치명적 단점인 나약한 성격을 빌미로 억지로 남자를 취하다니! 그 여자는 범죄자나 다름없소!"

"하지만 그녀는 그 남자를 사랑했어요." 힐다가 대꾸했다.

"사랑이라! 당신은 그런 걸 사랑이라고 하나요? 남자의 인생을 망가뜨리는 사랑이라!" 손더스는 불쾌감에 압도당한 나머지 말문이 막히고 말았다.

힐다 워드는 몇 분 동안 조용히 앉아 있었다. "그렇다면 클라크 씨는요?"

"물론 내 의견도 같아요. 여자에게는 미안한 말이지만 그녀는 이기적인 철면피예요!"

힐다가 길게 한숨을 쉬었다.

그녀가 마침내 입을 열었다. "자, 여러분, 모두가 솔직했길 바라요. 사실 제가 이야기를 할 때 한 가지 실수를 저질렀어요. 사소한 실수일 뿐이에요. 사실들은 모두 그대로인데 성별이 뒤바뀌었거든요. 이 이야기는 제 친구인 메이 헨더슨과 그녀의 남편 이야기랍니다."

백작은 약간 놀란 듯했고, 마음속으로 이야기를 새로운 기반 위에 재구성하는 것 같았다.

하지만 손더스는 맹렬한 어조로 말했다.

"아니, 힐다, 이건 전혀 똑같은 경우가 아니잖소. 존 헨더슨은 훌륭한 친구요. 천재 중의 천재지. 그리고 그의 아내는 신경과민의 심기증 환자였소. 그녀가 떠난 건 그녀가 한 일 중 가장 인간적인 처사였지."

힐다는 그 커다란 눈으로 그를 부드럽게 바라보았다.

"메이는 보기 드물게 건강하고 대단히 촉망받는, 모든 사람에게 귀감이 되는 사람이었어요. 그리고 그녀는 자신은 결혼하고 싶지 않다고, 그럴 수 없고, 그럴 마음도 없다고 남자에게 말했지요."

손더스가 조롱하듯 웃었다.

"여자들은 다 그렇게 말하곤 하지." 그가 대꾸했다. "그녀는 아름다운 여성이었소. 그리고 존 헨더슨에게는 그녀와 결혼할 완벽한 권리가 있었소. 그녀가 진심으로 원하지 않았다면 그와 결혼할 필요가 없었잖소. 여긴 자유국가니까!"

"여기가 자유국가라니 정말 반가운 얘기예요." 힐다가 몸을 일으키면서 말했다. "당신의 대답은 꽤 만족스럽군요. 당신 말이 간밤에 당신이 언급한 그 예시와 잘 맞아떨어진다고 생각하지 않나요?"

손더스가 목소리를 억누르며 대답했다. "그렇군. 완벽한 올가미였군!"

클라크 씨가 기를 쓰고 외쳤다. "성별이 바뀌니까 전혀 다른 문제가 됐어요. 그것 때문에 모든 게 바뀐 거예요."

"그렇군요." 힐다가 말했다.

백작이 조용히 끼어들었다. "그런데 부인, 다른 부분은 완전히 똑같다고 했나요?"

"정확히 똑같아요, 스테판 백작님."

"그렇다면 평가도 분명히 똑같아야죠. 그 남자가 틀림없이 범죄자예요!"

"미안하오만 당신에게 작별을 고해야겠소." 손더스 씨가 끼어들었다. "당신에게 말한 대로 난 오늘 보스턴으로 가서 수요일에 출항하는 배를 탈 거요. 하워드는 나와 함께 내려갈 거요."

작별인사는 다소 냉랭한 분위기에서 순식간에 이루어졌다.

"같이 돌아가지 않을 건가요?" 자리를 떠날 준비를 하는 그녀를 본 클라크 씨가 물었다.

"네. 난 윗길로 갈 거예요."

"제가 동행해도 될까요?" 백작이 물었다.

"등산을 좋아한다면요. 그리고 거센 바람도." 그녀가 대답했다.

그리고 그들은 함께 걸음을 옮겼다.

멸종된 천사

한때 이 세상에는 충돌하거나 대립하는 인생의 모든 요소들을 '척척 해결해주는' 천사들 한 부류가 살았었다.

천사들의 수는 꽤 많아서 거의 모든 집에 한 명꼴로 있었다. 천사로서 이들이 지닌 미덕의 양과 질은 차이가 있었지만 이들 모두가 천사라는 사실에는 이견이 없었다.

그런 존재를 소유하는 이점은 이루 말할 수 없을 만큼 컸다. 일단 천국의 일원이었던 이 천사들 덕에 인간에 불과한 존재들이 천국에 닿을 가능성이 굉장히 커졌다. 천사들은 자신의 주인에게 다음 세계에 대한 일종의 선취 특권을 주었는데, 이 실질적 청구권은 인간 주인에게 큰 위안이 되었다.

왜냐하면 당연히 천사들이 인간에 불과한 이들보다는 훌륭한 덕목을 갖췄기 때문이었다. 그리고 천사들의 바른 행실 덕분에 그들의 주인이 명성을 얻었다.

이렇게 하늘나라 행 무료 티켓을 얻을 수 있다는 직접적인 이익뿐 아니라 이 땅에서 취하는 간접적인 이점 역시 헤아릴 수 없을 정도였다. 천사들이 없었다면 한없이 고되었을 인생이, 천사 한 명을 소유함으로써 모든 면에서 순탄해졌고, 평화로워졌으며, 즐거워졌던 것이다.

인간들을 달래고 진정시키고 위로하고 그들에게 기쁨을 주는 게 천사들이 할 일이었다. 주인의 감정이 아무리 통제 불능이더라도, 심지어 주인이 가끔 법이 허용하는 범위에서 '자신의 엄지손가락 굵기만한 막대기'로 천사를 두들겨 패더라도 천사는 어떤 감정도 드러낼 수 없었다. 자기희생을 감정이라 부르지 않는 한 말이다. 사실 자기희생이라는 말은 종종 천사와 동의어였다.

인간은 날마다 일하러 나갔고, 마음 내키는 대로 스스로를 위로했다. 녹초가 되어 집에 돌아온 인간은 걸핏하면 화를 냈다. 이런 위기 상황에서 천사가 할 일은 그를 위해 미소를 짓는 것이었다. 한결같이 부드럽고 아름다운 미소를.

불행하게도 한계를 지닌 인간은 천사에게 미소를 지으며 위로를 건네는 신성한 임무 말고도 부엌일과 청소, 바느질, 육아와 다른 일상적인 일들까지 요구했다. 천사는 이 모든 일을 하면서도 자신의 덕목을 온전히 간직해야 했다.

그런데 천사의 덕목에는 이상하게도 자기모순적인 면이 있었다.

그것은 원래 내재된 성질이었다.

그런데 인간은 그것을 덕목이라고 부르는 척하지도 않았다. 그들은 인간에게서 천사의 덕목을 기대할 수 없다는 사실도, 천사의 덕목이 인간들의 세속적 본성의 총합보다도 더 크다는 사실도 알고 있었다. 이런 모든 사실에도 불구하고 인간은 눈에 불을 켠 채 천사가 그들의 덕목을 잃지는 않는지 감시했고, 천사들의 처신에 대해 충고하는 책을 썼으며, 천사들이 인간의 뜻과 판단에 순종하지 않는다면 그 덕목들을 모두 잃게 될 것이라고 노골적으로 주장했다.

근래의 상황을 생각하면 오늘날 우리에게 이런 과거가 이상해 보이겠지만 그때는 모든 게 당연했다. 그리고 천사들—순종적이고 참을성 있는 그들의 마음에 신의 가호가 있기를!—은 거기에 의문을 던질 생각을 하지 못했다.

천사가 그의 덕목에 반하는 처신을 한다면 격노한 인간이 이 거룩한 존재를 가차 없이 벌했으리라는 건 불 보듯 빤한 사실이리라. 천사가 되는 편이 인간이 되는 편보다 훨씬 수월했으므로 천사가 성실치 못한 건 변명의 여지가 없었으며, 자신의 천사다운 연민과 다정한 호의로도 그 사실을 받아들일 수 없었다.

이해하기 힘들겠지만, 천사가 인간 위로 넘어지거나, 인간과 함께 넘어지거나, 혹은 인간에게로 넘어지면—어떤 식으로 표현하든 간에—그 인간은 넘어진 천사를 그 누구보다도 혹독하게 비난했다.

인간은 천사가 몸을 일으키도록 손을 내주는 일이 결코 없었으며, 천사를 진창에 내버려두고는 홀로 제 갈 길을 갔다. 천사는 인간이 밟고 가기 편리한 댓돌에 불과했다. 또한 인간은 순수한 다른 천사들에게 나쁜 영향을 미치지 않도록 천사를 엄하게 관리했다.

이 모든 게 몹시도 기이한 일이니 너무 세세히 따지지 않는 편이 좋겠다.

이 빛나는 영혼의 소유자에게 요구되는 가혹하면서 모멸적인 육체노동의 양은 놀랄 정도였다. 어떤 일은—그녀가 하는 일이 죄다 더러운 일이었지만—그녀의 품위를 바닥까지 끌어내렸다. 그럼에도 불구하고 그녀가 가장 먼저, 엄격하게 지켜야 의무 중 하나는 그녀가 입은 천사 같은 옷을 티끌 하나 없이 청결하게 유지하는 일이었다.

인간은 천사가 입은 낭창낭창한 옷을 지켜보는 게 커다란 즐거움이었다. 그들은 끊임없이 움직이는 천사를 보면서 온갖 달콤하고 아름다운 생각과 기억을 떠올렸다. 또한 이 낭창낭창한 옷차림 자체가 대체로 앞서 말한 천사의 덕목이라고 생각했다. 천사들의 옷은 물 흐르듯 하늘거려야 했으며, 고단한 팔다리를 풍성하게 감싼 드레스 자락은 가구나 계단에 닿을 때마다 우아하게 나풀거려야 했다. 불행하게도 천사들은 날개가 없었으므로 수없이 계단을 오르내리며 일을 해야 했다.

천사들이 하는 일이 주로 먼지를 닦는 일인데 이들에게 그런 옷을 입도록 하다니 참으로 기이한 일이다. 물론 문명화된 이 시대에는 이 모든 게 이상한 일로 보일지 모르겠다. 하지만 천사들이 인간이 혐오하고 경멸하는 일을 자신들의 자연스런 의무로 받아들이면서 온갖 하찮은 일까지 하면서 인간의 시중을 든 것은 사실이었다.

받아들일 수 없는 일인 것 같지만 그들은 받아들였다. 천사는 천사였고, 그런 일은 바로 천사의 일이었다. 그러니 그들에게 뭘 더 바랄 수 있을까?

지금 논의하는 대상에 대해 조금 미심쩍어 보이는 부분이 하나 있으니, 숨죽여 말하자면 천사들은 그다지 똑똑하지 않았다는 사실이다!

인간들은 이지적인 천사를 좋아하지 않았다. 지능은 천사들의 빛을 죽였고, 그들의 미덕을 희미하게 만드는 듯했다. 지각(知覺)이 있는 천사들은 더욱 용납할 수 없었다. 그러므로 인간들은 천사가 인간의 지혜 중 단 하나의 지혜도 배우지 못하도록 온갖 가능한 수단을 동원해서 막았다.

하지만 뜻밖에도 인간과 천사의 결혼이 지속되면서 천사들은 서서히 지식이라는 금단의 열매를 열망하게 되었으며, 결국 그것을 찾아냈고, 따먹었다.

그리고 그날 그녀는 기필코 생명을 잃었다.

이 천사들은 이제 더 이상 존재하지 않는다. 치명적인 열매가 손에 닿지 않는 외딴 지역 여기저기에 아직까지 천사들이 있다는 소문이 있긴 하지만 한 종족으로서 천사는 멸종했다.

가엾은 도도여!

버림받은 남편

엘팔렛 존슨 부인은 대단히 근면한 여성이었다. 그건 가까이 사는 이웃들도 인정하는 사실이었다. 마을의 다른 집이 아직 조용한 이른 아침, 존슨 부인의 집 굴뚝에서 나오는 연기가 부드러운 아침 공기에 검은 색을 섞었고, 아침을 먹기 훨씬 전에 그녀가 빨아 널은 빨래들이 사과나무 가지 아래에서 펄럭였다.

엘팔렛 씨는 가게에 죽치고 있었다. 그는 밭일보다 가게에 있는 걸 훨씬 좋아했는데, 가게에서는 주로 앉아 있을 수 있기 때문이었다. 그곳에서는 장사를 빼면 달리 할 일이 없었다. 손님들은 카운터든 설탕 통이든 크래커 상자든 앉을 만한 곳이면 어디든 앉았다. 앉을 곳이 없으면 심지어 당밀 통에 엉덩이를 붙이기도 했다.

가게 뒤쪽에 의자들이 몇 개 있었는데 그곳에서는 집안일로 바쁜 존슨 부인의 머리로는 상상할 수도 없을 만큼 중요한 정치적 사항에 대한 말들이 오갔다.

거처는 가게 위에 있었다. 두 곳을 잇는 계단을 내려오면 가게 끝으로 이어졌다. 가게에 들어온 손님이 앉을 자리가 아니라 뭔가 필요한 게 있다면 엘팔렛 존슨 씨는 의자를 좀 더 뒤로 젖힌 채 계단 문을 열고 '마리아!' 하고 불렀다.

그러면 존슨 부인이 서둘러 내려와서 손님의 시중을 들었다. 존슨 부인은 영리하게 손님의 비위를 잘 맞췄다. 장부 정리 역시 보통 부인의 몫이었고, 부인은 가게가 문을 닫고 아이들이 잠자리에 든 후에야 그 일을 했다.

하지만 존슨 부인의 이 모든 노력에도 불구하고 엘팔렛 씨의 사업은 곤경에 빠졌다. 그는 부인에게 문제가 뭔지 일일이 설명하는 법이 없었다. 어쨌든 그 때문에 그는 가족 계좌를 이전했고 가게 부채는 부인 명의로 바뀠다.

존슨 씨는 거들먹거리며 이번 일은 그저 의례적이며, 아이들의 안전을 위해서 굉장히 중요하다고 얼버무렸다.

"그리고 마리아," 엘팔렛 씨가 한 마디 덧붙이더니 좀 더 이해하기 쉬운 수준으로 대화를 전환했다. "클라크 씨 집에 버턴 양이라는 아가씨가 있는데 가정집에서 하숙을 하길 원한다는군. 내가 우리 집으로 와도 된다고 해뒀어. 손님용 방이 딱 맞을 거야. 사람 한 명이 늘든 줄든 당신한테 달라질 건 하나도 없잖아."

"하지만 난 올 여름에 친정어머니께 우리 집에 오시라고 하고 싶은걸요." 마리아가 주장했다. "친정어머니가 오시면 집안 살림하고 아기

돌보는 데 큰 도움이 될 거예요."

엘팔렛 씨가 히죽거렸다.

그가 말했다. "난 당신 어머니가 여기 오지 않으면 좋겠어. 절대로. 그리고 이 여자는 오자마자 매일 1달러씩 지불할 거야. 그러면 당신이 그 돈을 당신 명의 통장에 모으면 돼. 통장 여기 있어."

마리아가 통장을 받아서 살펴보았다. 그녀 명의로 된 통장에는 이미 800달러가 입금되어 있었다.

"아니 여보, 이 돈은 어디서 난 거죠?" 그녀가 외쳤다.

"하천 땅을 팔았어." 엘팔렛 씨가 대답하더니 의자를 최대한 뒤로 젖히고는 모자 챙 밑으로 실눈을 뜬 채 부인을 쳐다보았다.

존슨 부인의 창백한 얼굴이 희미하게나마 발갛게 달아올랐다.

"그건 내 땅이에요." 존슨 부인이 천천히 말했다. "친정아버지가 돌아가실 때 내게 주신 거라구요. 그 땅을 팔 생각을 단 한 번도 해본 적이 없는데."

엘팔렛 씨가 말했다. "당신은 사업에 대해서는 아무것도 몰라, 앞으로도 모르겠지. 하지만 이젠 관심 좀 갖고 이해하려고 해봐. 집문서하고 가게 문서, 가구랑 재고 소유 관련 문서야. 딱 다 당신 이름으로 되어 있어. 채권자들이 언제라도 내 돈을 뜯어갈지 몰라서 그렇게 해뒀어. 하지만 올해만 잘 넘기면 모든 게 잘 해결될 거야. 모든 재산을 당신 명의로 돌려놓았으니 채권자들이 손끝 하나 대지 못하겠지. 그리고 하천 땅 말이야. 이 집이나 밭과 마찬가지로 그 땅도 당신 소유가 아니지. 장인이

른이 주셨지만 당신은 나하고 결혼했잖아. 결혼하면 당신 재산은 내 거야. 그래야 해. 남자가 가족을 먹여 살리잖아. 그러니 남자가 재산을 소유해야지. 하지만 올해만큼은 당신 명의로 해놨어."

그 해는 더디게 지나갔다. 존슨 부인은 점차 자신의 위치가 얼마나 중요한지 깨닫게 되었으며, 사업에 더 많은 노력을 기울였다.

사실, 부인은 가장 친한 친구에게도 남편이 술에 취해 산다는 사실을 털어놓지 않았다. 하지만 이제 그 슬픈 사실은 괴롭게도 누구나 아는 사실이 되어가고 있었다.

존슨 부인은 15년의 힘든 결혼 생활 동안 수많은 고통을 겪었다. 하루 평균 열다섯 시간은 일을 했으며 밤잠을 설치기도 했다. 사실 모든 부동산은 그녀의 몫이었고 가게를 운영한 것도 그녀였다. 존슨 부인은 아이 넷을 낳고 키웠으며 둘을 잃었다. 하지만 이 모든 경험에서 배운 게 아무것도 없었다. 적어도 그녀가 인내심이 폭발하는 계기라고 생각했던 게 뜻밖에도 신의 축복으로 판명나기 전까지는. 그건 바로 여자 하숙인이었다. 만약 존슨 씨가 꿈에서라도 그 훌륭한 여성의 진짜 신분을 알았더라면 전통적인 분위기의 손님방을 그녀에게 내주는 일은 결코 없었을 것이다.

하지만 그가 미심쩍어하거나 뭔가 깨달았을 때에는 이미 너무 늦은 상태였다.

그녀는 변호사였는데, 석 달 간 머리 쓰는 일을 금해야 함에도 습관처럼 송아지 가죽으로 장정한 책 몇 권을 들고 왔다.

존슨 부인은 새로운 친구의 활기와 격려에 힘입어 고향 주의 형법과 민법을 어느 정도 읽게 되었다. 게다가 고군분투하는 이 여인에게 인간적으로 큰 호감을 느낌과 동시에 좀 더 넓은 의미에서 삶의 책임을 깨달은 하숙인은 존슨 부인에게 아이들과 세상에 대한 자신의 소임을 새로운 시각으로 바라봐야 한다고 주장했다.

그런 연유 때문인지 어느 날 아침 평상시보다 심하게 과음을 한 후 아주 느지막이 일어나서 심한 욕설을 섞어가며 자신의 충직한 아내를 부르던 엘팔렛 씨는 집에 아내가 없음을 깨달았다.

놀라서 약간 정신이 든 그는 일어나서 집 안 곳곳을 뒤졌다.

아내도, 자식도, 하숙인도 자취를 감췄다!

그리고 잠시 후, 믿을 수 없을 만큼 경악을 금치 못하는 일이 벌어졌으니, 그가 모르는 사이에 집과 가게는 물론 재고 상품과 가구와 농장까지 죄다 처분되었으며 그 돈이 아내와 함께 사라졌다는 사실이었다.

그래도 존슨 부인은 남편에게 편지 한 통을 남겼는데, 거기에는 그가 술을 끊고 자립하는 시민이 된다면 부인은 자신의 방식에 따라 기꺼이 그를 다시 남편으로 받아들이겠다고 쓰여 있었다.

한편 존슨 부인은 엘팔렛 씨가 주소가 동봉된 그녀의 변호사에게 신청하는 대로 그에게 매월 30달러씩 지불토록 했다.

존슨 부인은 남에게 의지하지 않고 직접 사업을 일구었으며 아이들에게는 상냥하게 대했다.

엘팔렛 씨는 편지를 읽고 또 읽었다

변호사의 이름은 그를 혼란스럽게 만들었다.

"엘리자베스! 엘리자베스 버턴이라고! 이런, 제기랄!"

그리하여 버림받은 남편은 인생의 짐을 짊어지게 되었다.

그 후 그는 새사람으로 거듭났다.

가출

작은 도시인 미지빌이 흥분에 휩싸였다. 여자들은 성급하고 경솔하게 서로에게 전화해서 시간을 두고 설왕설래했으며, 시간대를 감안하면 '가게' 안은 평상시보다 남자들로 붐볐다.

목사조차 마음이 상당히 초조했다. 다른 사람들과 달리 목사는 그럴 만한 이유가 있었는데, 교회와 일요 학교에서 벨 젠킨스 양은 그의 오른팔과 같은 여자였기 때문이었다.

벨 젠킨스 양은 대단히 독실한 신자는 아니었다. 나이 많은 그린만 수녀나 과부인 피터슨 씨에 비하면 그녀의 믿음은 독실한 축에 끼지도 못했다. 그러나 그녀는 여기저기 현실적으로 굉장히 쓸모가 많았으며, 격무에 시달리는 목사라면 그 점을 높이 평가한다.

그러므로 그녀가 단조롭기 짝이 없는 조용하고도 분주한 자신의 인생에 돌연 그렇게 기이하고 의외의 방식으로 변화를 주다니 수수께끼 같은 일이었다.

"부인, 들었어요?" 펜들턴 양이 앤드루스 부인에게 물었다. "그 소식 들었어요?"

고맙게도 앤드루스 부인이 아무것도 모르자 펜들턴 양은 기세등등해서 흉중을 털어놓았다. "글쎄 벨 젠킨스 양이 가출을 했다지 뭐예요."

"아니, 세상에!" 감탄사에 이은 앤드루스 부인의 질문은 모든 사람의 입에서 나온 질문과 다를 게 없었다. "누구랑 같이 간 거래요?"

"아직 밝혀지지 않은 게 바로 그거예요." 펜들턴 양은 작고 마른 얼굴을 귀걸이가 짤랑거릴 정도로 흔들어대면서 대답했다. "마을에 사라진 사람이 없어요. 아마 어딘가 다른 곳에서 누구하고든 만나겠지요." 젠킨스 양은 한밤중에 집을 나섰다. 어쨌든 날이 밝기 전에 떠난 듯했고, 반포드까지 걸어가서 보스턴행 기차를 탔다. 그러니까 보스턴행 기차인 것 같다는 말이다. 어쨌든 그녀는 보스턴행 기차를 탔다. 이 모든 걸 알게 된 건 순전히 우연이었다.

"오랫동안 병치레를 하고 있는 메릿 씨 있잖아요. 밤에 창밖을 보고 있었나 봐요. 거의 날이 밝을 무렵이었다는데, 젠킨스 양이 대문 앞을 굉장히 빠른 걸음으로 지나가는 모습이 보이더래요. 메릿 씨 말로는 젠킨스 씨 걸음이 분명하대요. 이 마을에서 남자처럼 보폭이 넓고 그렇게 걸음이 빠른 여자가 없잖아요."

"메릿 씨가 젠킨스 양을 부르려고 했는데 창문을 열기도 전에 종적을 감췄대요. 그래서 골짜기 쪽에서 누가 아파서 젠킨스 양에게 와달라고 했나보다고 결론을 내렸대요. 아시다시피 젠킨스 양은 뛰어난 간호사니까요."

"그리고 윈터보텀 씨가 반포드에서 오늘 아침 일찍 귀가했다는데, 역에서 상행 열차를 기다리고 있는데 반대쪽 열차가 들어오더래요. 그 열차가 막 출발하려는데 가방을 든 한 여자가 뛰어오더니 황급히 마지막 객차에 몸을 싣더라는 거예요. 꼭 무슨 위험에 처한 사람처럼 말이에요.

윈터보텀 씨가 그 여자를 도와주려고 달려 나갔대요. 아니면 잡으려고 했을지도 모르죠. 그런데 알고 보니 그 여자가 벨 젠킨스 양이었다는 거예요!

젠킨스 양은 베일을 쓰고 있었고 바로 객차 안으로 들어갔지만 윈터보텀 씨는 어디에서든 젠킨스 양을 알아볼 수 있다고 했어요. 아시다시피 젠킨스 양이 지난 겨울에 윈터보텀 씨 부인을 간호했잖아요. 전 젊은 여자 중에 그렇게 훌륭한 간호사는 처음 봤는걸요."

펜들턴 양이 숨을 돌리기 위해 잠시 말을 멈추자 앤드루스 부인이 다시 원래 질문으로 돌아갔다.

"젠킨스 양이랑 같이 갈 만한 사람이 누굴까요? 존 마틴 씨가 젠킨스 양에게 관심이 있었는데 그이는 아니잖아요. 젠킨스 양은 그 어디서도 남자친구가 없었죠?"

"그야 아무도 모르죠." 펜들턴 양이 말했다. "젠킨스 양은 최근 몇 년간 꽤 오랫동안 집을 비웠잖아요. 젠킨스 양 어머니가 종종 딸을 몹시 걱정했어요. 젠킨스 양 어머니 말이 젠킨스 양이 보스턴에서 온 어떤 의사와 서신을 교환했대요. 그 의사가 한동안 반포드에 사는 엘더 부인을 치료했거든요. 젠킨스 양은 엘더 부인을 간호하면서 그 의사를 알게 된 거죠. 젠킨스 양 어머니는 같이 간 사람이 그 의사라고 생각해요."

그런데 놀라운 사실은 마을 사람들은 젠킨스 양의 어머니를 딱하게 여겼지만 그녀가 그런 동정을 받을 자격이 있는지는 미심쩍다는 점이었다. 인색하고 옹졸한 여인인 젠킨스 양의 어머니는 스물세 살이나 된 딸을 구식 보육원에서나 어울릴 법한 엄격한 규율로 다스렸다.

젠킨스 양의 어머니는 여동생과 함께 미지빌 외곽에 위치한 작은 주택에 살았는데, 자매는 뉴잉글랜드 출신으로 둘 다 튼튼하고 다부진 체격의 소유자였다. 젠킨스 양의 어머니는 농장을 성공적으로 운영했고, 반포드에 소유하고 있는 큰 규모 주택에 세를 놓았다. 그녀는 이렇듯 유복한 상황인데도 마치 젠킨스 양이 간호 일로 버는 몇 달러가 생활비의 전부인 양 궁핍하게 살았다.

젠킨스 양은 자신에게 돈을 주자고 주장한 사람들을 위해 정말 많은 일을 훌륭하게 해냈다. 그녀는 불평하는 법이 없었다. 그러니 어머니가 딸이 번 돈의 마지막 동전 한 푼까지 요구한다거나 딸에게 얼마나 박하게 구는지 이 수다스러운 마을 사람들은 알 턱이 없었으며, 젠킨스 양의 추레한 외모를 그저 어머니를 닮은 인색한 성격 탓으로 돌렸다. 억압과 강요, 끝없는 감시와 통제 속에 살아온 세월이나 집에서 지냈던 고되고 매정한 삶의 세월, 가출하기 전날 어머니의 거친 언사에 그녀가 편지를 보여주지 않음으로써 벌어진 모녀 사이의 격렬한 다툼, 그 어떤 것도 사람들에게 알려지지 않았다. 마을 사람들이 젠킨스 양의 삶에 대해 알았더라면 그렇게 젊은 여자가 교회 일과 병자를 돌보는 일에 몰두한다며 이상한 눈으로 보는 일은 없었을 것이다.

이제 젠킨스 양은 집을 나갔고, 그 누구도 동행인에 대해 알지 못했다. 몇 년 동안 사라진 이 여성의 소식은 유년기 시절의 고향에 전해지지 않았다.

얼마 후 우쭐대기 좋아하는 펜들턴의 입을 통해 소식이 전해졌다. "보스턴에 사는 사촌이 편지를 보내왔어요." 펜들턴 양이 궁금해 못 견디는 자선 재봉회 회원들에게 말했다. "뭐라고 써 있는지 아세요! 벨 젠킨스 양은 가출한 게 아니었어요. 그러니까 남자랑 도망간 게 아니었다구요. 젠킨스 양은 숙련된 간호사가 되기 위해 병원에 들어가서 공부를 했대요. 그리고 이제 주급 20달러에 수당까지 받는다는군요. 다리를 저는 소녀 한 명과 그 아이의 엄마와 함께 유럽에도 갔답니다. 젠킨스 양은 소녀의 어머니가 자신의 손길을 필요로 한다면 기꺼이 그렇게 하겠다고 해요. 그전까지는 아니고요."

"이런, 난 절대 못해요!" 자선 재봉회 회원들이 말했다.

그녀의 하루

새벽 빛깔이 부드럽게 천천히 침실 벽을 타고 올라오네요.

어둠과 어둑어둑한 회색, 흐릿한 푸른 빛, 부드러운 연보랏빛, 어여쁜 분홍빛, 엷은 노란빛, 그리고 따뜻한 금빛 햇살이 들어오네요.

새로운 날이에요.

멋진 일출과 함께 근사한 생각이 떠올라요.

세상이 깨어나면 나도 일어나죠. 난 살아 있고, 돕는 일을 마다하지 않아요. 사랑하는 집안일들이 내 손길을 기다리고 있어요. 인생에서 내가 하는 이 집안일이 다른 사람들의 인생을 풍요롭게 만든답니다! 내 손길 덕분에 더 행복하고 더 늠름해지는 이 남자도, 아침이 밝아오는데도 쌔근쌔근 자는 이 장밋빛 아기들도, 아담하지만 사랑스럽고 잘 정돈된 집의 편안한 분위기도, 우리 집을 찾는 모든 사람에게 행복을 전하지요. 나도 마찬가지일 거예요. 제빵사가 보이네요. 일어나야겠어요. 안 그러면 눈부신 나의 계획이 사라져버리고 말 테니까요.

불은 얼마나 잘 타는지! 빠르게 퍼지면서 타닥거리는 소리가 불이 잘 붙었다고 말하는군요. 그윽한 커피향이 집 안 가득 스미네요.

존은 아침 식탁에 놓인 나팔꽃을 좋아해요. 향기로운 꽃은 가벼운 식사와 더 잘 어울리는 법이죠. 건강하고 풍미 넘치는 식사가 다 차려졌어요.

깨끗한 앞치마를 두른 아기들이 죽 그릇 위로 우유 빛깔 입을 벌리고 헤벌쭉 웃고 있어요. 존이 행복하다는 듯 내게 다녀오겠다며 입을 맞춰요.

난 온 마음을 다해 이 소중한 일을 함으로써 가족들과 마음을 나눈답니다. 그들을 돕는 거죠. 이제 몽상은 그만두고 설거지를 해야겠어요.

"안녕! 비누 좀 줘요. 같은 걸로. 커피랑 쌀이랑 젤라틴 두 상자도. 다 된 것 같군요. 아, 크래커도! 좋은 아침이에요!"

아, 달걀을 잊었군요! 내가 가져갈게요. 타피오카를 풀어야 해요. 이제 근대를 올려요. 근대는 익기까지 시간이 오래 걸리죠. 감자를 구울게요. 감자를 아직 안 넣었어요. 이제 우리 예쁜이들은 목욕하고 낮잠 잘 시간이에요.

저녁식사까지 한 시간 반이 남았군요. 저 귀여운 잠옷들을 자른 다음 시침질을 할 수 있겠어요. 해가 정말 환하군요! 아마란스가 따뜻한 장미덩불의 초록 잎사귀들 위로 발을 쭉 뻗은 채 누워 있어요. 아기고양이들이 아마란스 위로 자빠지네요. 아마란스는 이번 주에 새끼들에게 쥐를 세 마리나 물어다줬어요. 잭하고 어린 동생도 포근한 잔디에서 즐겁고 안전하게 잘 놀고 있군요. 조심하렴, 애야! 어린 동생 놔두고 멀리 가면 안 돼!

머지않아 아이들이 다 자라면 난… 아니, 초인종 소리네요!

아, 잘 지내요! 나도 합류하고 싶어요. 나도 그렇게 믿어요. 하지만 지금은 안 돼요. 집안일이 발목을 잡는군요. 이게 내 일이니까요. 시간에 맞춰서 이걸 끝내야 해요. 초인종이 또 울리네. 아기가 깼잖아요!

재봉틀을 매주 살 돈이 있다면 얼마나 좋겠어요. 방문판매자들을 위해서라도 내가 사고 싶은 물건 리스트를 공보에 올려야겠어요. 어쨌든 난 방문판매자들이 파는 물건을 믿지 않아요. 그래도 그 사람들도 먹고 살아야겠지요. 그래, 아가야! 엄마가 갈게!

토르숑 레이스가 나은지 아니면 함부르크 레이스가 나은지 모르겠네요. 함부르크 레이스가 더 부드럽긴 한데 좀 구식 같죠. 아, 여기에 할머니가 보내주신 니트 장식이 있네요. 할머니의 따뜻한 마음에 축복을!

이런! 내일 시간을 내려면 오늘 침실 청소를 해야 하는데. 저녁 먹기 전에 할 수 있겠지요. 침실 상태가 진짜 끔찍해요. 얼른 감자들을 넣어야겠어요. 구운 감자는 정말 맛있거든요! 난 잭이 그 작은 숟가락으로 구운 감자를 퍼먹는 걸 보는 게 좋아요.

존의 말이 내가 자신이 본 사람 중에 스테이크를 가장 잘 굽는다는군요.

네, 여보?

그래요? 글쎄요, 사람들이 더 잘 알겠죠. 사람들이 할 수 있는 게 아무것도 없다고요?

그럴 리가요. 난 개인적으로 그럴 것 같지 않아요. 하지만 당신은 할 수 있을 거예요. 도시 질서도 제대로 잡지 못한다면 남자들이 대체 무슨 소용이래요?

푸딩에 크림 올려줄까요, 여보?

훌륭한 저녁식사였어요. 난 요리하는 걸 좋아해요. 올바른 마음가짐으로 한다면 집안일은 참 고귀한 일이랍니다.

조만간 파이프를 살펴봐야겠어요. 존에게 이 얘길 할 거예요. 석탄도 얼마 안 남았군요.

가장 좋은 부츠를 신을 거예요. 잠깐 시내에 얼른 다녀올 일이 있거든요. 어머니가 오셔서 아이를 돌봐주신다면요. 어머니가 거기에 가고 싶지 않다고 할지도 모르겠어요. 어머닌 시간은 여유 있어요. 그런데 바깥일에 아예 무심하신 것 같아요. 아기는 유모차에 태워서 나가야 해요. 하지만 잭은 너무 무겁죠. 아직 잘 걷지도 못하고요. 게다가 만약 어머니가 오신다면 내가 갈 필요가 없어요. 어쩌면 모두 차로 갈지도 몰라요. 하지만 그건 만만한 일이 아니죠! 3시로군요!

잭! 잭! 그러지 마. 잠깐 기다리렴.

제니의 편지에 답장을 써야 해요. 제니는 멋진 내용을 써 보냈지만 난 그 내용의 반도 동의하지 않아요. 여자는 그런 식으로 가족들을 부양할 수 없어요. 오늘 저녁에 그녀에게 편지를 써야겠어요.

물론 할 수 있다면 나 역시 살아 움직이는 생각과 행동의 거대한 흐름 속에 몸을 맡기고 싶어요. 우리 둘 다 학교에 다닐 때에는 참 많은 것에 관심이 있었죠. 정말 오래전이네요. 하지만 난 그때 전혀 행복하다고 생각하지 않았어요. 제니는 지금 행복하지 않아요. 불쌍한 것. 아내이자 엄마가 되기 전에는 행복할 수 없어요.

아, 어머니가 오시네요! 잭! 귀염둥이야, 할머니가 들어오시게 문 좀 열어보렴! 어머니, 오셔서 기뻐요! 잠깐 계시는 동안 시내에 가서 몇 가지 일을 처리하고 와도 될까요?

어머니가 정말 피곤해 보여요. 어머니가 외출을 좀 더 자주 하시고, 바깥일에 관심을 좀 가지면 좋겠어요. 메리하고 아이들은 어머니에게 너무 벅찬 것 같아요. 해리가 메리하고 아이들을 집에 데려오지 말아야 할 텐데. 어머닌 쉬셔야 해요. 한 가족을 길러내셨잖아요.

이런, 살 물건 목록을 까먹었어요. 너무 서두른 탓이에요. 실이랑 고무밴드, 단추랑 또 뭐가 있었더라? 생각 좀 해봐야겠어요.

가격이 말도 안 되게 싸네요! 어떻게 사람들은 저 물건들을 저 가격에 만들 수 있죠! 세 개 주세요. 이것만 있으면 나머지로 올해를 날 수 있겠어요. 그것들도 참 예쁘군요. 이것들은 얼마죠? 오늘은 아니더라도 곧 잭에게 새 코트를 마련해줘야 해요.

아, 세상에! 차를 놓쳤네요. 어머니가 5시 전에 가셔야 하는데!

길을 질러가야겠어요. 서둘러야 해요.

이런, 우유가 안 왔네요. 존이 오늘 저녁에 일찍 나가야 하는데. 선거가 끝났으면 좋겠어요.

여보, 미안해요. 우유가 너무 늦게 와서 그걸 만들 수가 없었어요.

그래요, 배달원한테 얘기할게요. 아, 아니에요. 그럴 것 같진 않아요. 그는 평상시에는 믿을 만해요. 그리고 우유가 신선하거든요. 쉿! 아가야! 아빠가 말씀하시잖니!

잘 다녀와요, 여보. 너무 늦지 말아요.

자자, 아가야, 자자!

큰 별은 양이고

작은 별은 아기 양이란다

예쁜 달은 양치기로구나

자자, 아가야, 자자!

아가들이 얼마나 예쁜지! 하느님, 감사합니다. 아이들이 정말 건강해요.

다 소용없어요. 오늘 밤에는 편지를 못 쓰겠어요. 특히 제니에게는.

몸이 녹초가 됐거든요. 일찍 잠자리에 들어야겠어요. 존은 내가 늦게까지 안 자고 자길 기다리는 걸 질색하죠. 아직 환하지만 지금 잠자리에 들었다가 내일 일찍 일어나서 청소를 해야겠어요. 귀뚜라미 울음소리가 정말 요란해요.

땅거미가 침실 벽으로 스멀스멀 기어 내려가고 있어요.

따뜻한 금빛과 엷은 노란빛 그리고 어여쁜 분홍빛, 부드러운 연보랏빛, 흐릿한 푸른빛, 어둑어둑한 회색, 그리고 어둠.

다섯 소녀

“우리에게 지금처럼 좋은 시절은 얼마 없을 거야.” 커다란 승리의 여신상 아래 바닥에 앉은 올리브 사전트가 자신의 무릎을 감싸안은 채 슬픈 목소리로 말했다. “우린 이제 이 냉혹한 세상에 나가서 먹고 살기 위해 돈을 벌어야 해.”

아름다운 몰리 에저턴이 주장했다. “난 돈 버는 건 아무렇지도 않은걸. 오히려 그러고 싶어. 그리고 포기하지 않을 거야. 하지만 우리가 어쩔 수 없이 헤어지는 게 싫어. 그러지 않아도 된다면 좋겠어.” 그러고는 티끌 하나 없는 자신의 깅엄 앞치마에 떨어진 점심 부스러기를 털어냈다.

다른 소녀들의 앞치마에는 석탄가루가 떡이져 있거나 수채화 물감이 묻어 있기도 했고 기름이나 찰흙이 약간 묻어 있기도 했다. 심지어 앞치마가 이 모든 걸로 뒤범벅되어 있기도 했다. 하지만 몰리의 앞치마는 언제나 청결했다. 그럴 수밖에 없는 게 그녀의 작업은 대부분 연필 소묘로, 보석, 부채, 목각 장식, 레이스 제작을 위해 정교하고 아름다운 디사인을 하는 것이었다. 그녀는 다른 소녀들이 시샘할 만큼 타고난 디자이너였다.

이어서 세리나 우즈가 입을 열었다. 세리나는 건축가가 되고 싶어했다. 사실 티를 내지 않았지만 그녀는 이미 자신의 고향에 있는 학교 건물과 결혼한 친언니가 사는 집을 설계한 건축가였다. 세리나의 언니는 친한 친구들에게 집의 사소한 단점을 언급하면서 불만을 털어놓곤 했다. 하지만 창틀, 페디먼트, 파사드 등 건축과 관련된 온갖 빛나는 아이디어로 머릿속이 꽉 찬 이 열정 넘치는 신진 건축가에게 이런 이야기는 아무 소용도 없을 게 뻔했다. 등받이 없는 높은 의자에 걸터 앉은 세리나는 아래를 내려다보며 천천히 말했다. "자, 우리 헤어지지 말자! 우리들 집에서 다 함께 사는 거야. 내가 집을 짓겠어!"

"그러자!" 줄리아 모스가 말했다. "내가 집을 꾸밀게! 각자 쓸 방을 각각에게 딱 맞게 디자인하고 각자 좋아하는 색깔로 칠하는 거야. 아래층 방은 설교를 듣고 시 낭송을 하는 방으로 만들자!" 줄리아가 벽화 디자인에 대한 자신의 계획을 막힘없이 열정적으로 설명하는 동안 자리에 함께한 다른 소녀들이 기뻐하며 박수를 보냈다.

곧 모드 애너슬리가 합류했다. 모드는 장신에 창백하고 호리호리했으며 사려 깊고 짙은 푸른 눈동자와 차분한 목소리를 지닌 소녀였다. 화가인 그녀는 최고 비평가들의 인정을 받은 전시회에 그림을 전시한 적 있었다. 모드가 진지하게 말했다. "우리가 진짜 그렇게 할 수 있다는 걸 모두들 알고 있어? 우린 모두가 좋은 친구고, 최근 2년 동안 함께 생활했잖

아. 우린 각자에게 서로가 전부라는 것도 알고, 멈춰야 할 때나 혼자 둬야 할 때도 잘 알아. 올리브 말대로 우린 생계를 유지하기 위해 돈을 벌어야 해. 그래도 따로 버는 것보다 함께 버는 게 덜 힘들 거야." 그러고 나서 모드는 결연하게 테레빈유가 담긴 컵에 제일 큰 붓을 헹궜다.

올리브가 힘차게 일어섰다.

"난 우리가 할 수 있다고 믿어!" 그녀가 말할 때 불현듯 파란 눈동자가 열정으로 빛났다. "우리가 뭉치고 다 함께 노력해서 세상에서 가장 아름답고 가장 당당하며 가장 쓸모 있는 삶을 살겠다는데 그 누가 우리를 막을 수 있겠어? 자금을 모아서 땅값은 싸지만 멋진 곳으로 가는 거야. 거기서 세리나가 다양한 기능을 가진, 정말 아름답고 편리하고 멋진 주택들을 설계하는 거지. 그 주택에 스튜디오를 마련해서 예술가들에게 세를 놓으면 우리에게도 도움이 될 거야. 난 스물한 살이 되면 돈이 좀 생겨. 그 돈으로 무엇보다도 일단 투자를 하고 싶어." 올리브는 말을 멈추고 숨을 쉬었다. 득의양양한 그녀의 얼굴이 발갛게 상기되어 있었다. 다른 소녀들은 다시 진지한 표정으로 서로를 쳐다보았다.

모드가 말했다. "우린 정말 만만찮은 일에 대해 의견을 나누는 거야. 너희도 알겠지만 사는 것에 대한 거니까. 진짜 바르게 사는 것 말이야." 모드가 말하면서 자신의 팔레트를 살살 긁었다. 팔레트에 붙어 있던 진한 적색 점토와 황색 안료, 녹회색 안료 부스러기들이 섞여서 아름다운 색깔을 띠었다. "우리가 해내지 못할 이유가 없어. 하지만 이건 우리 삶이어야 해. 그러니 난 우리 모두가 미혼으로 남지 않았으면 좋겠어."

핼쑥하고 사랑스러운 계란형 얼굴에 부드럽고 윤기 나는 밤색 머릿결을 가진 아름다운 모드는 연인이 땅에 묻히는 모습을 본 이후 자신이 선택한 예술을 일생의 동반자로 삼았다. 모드는 소중한 친구들에게 더욱 진심 어린 어조로 말했다. 아름다운 몰리의 볼은 상기된 게 역력했고, 줄리아는 그 말을 들으면서 괜히 미안해하는 듯했다.

마지막으로 지명된 소녀가 다소 도전적인 어조로 말했다. "아무튼 우리가 결혼한다 해도 그 결혼이 우리가 일을 그만두는 걸 의미하는 게 아니길 바라. 아마 언젠가는 나도 결혼을 하겠지. 하지만 그게 요리를 하겠다는 뜻은 아냐! 난 항상 장식 일을 할 거고, 돈을 많이 벌어서 가정부를 고용할 거야."

몰리가 보조개를 지으며 말했다. "왜 결혼이 장애가 되는지 모르겠어. 우리가 정말 크고 아름다운 집에서 행복하게 살고 아주 유명해진다면, 우리와 결혼하고 싶은 남자라면 누구든 그 집으로 올 수 있지 않을까?"

세리나가 물었다. "넌 우리가 무슨 몸 하나에 머리가 다섯 달린 괴물이라고 생각하는 거니? 누구든 우리와 결혼하다니! 우리랑 결혼하려면 남자 다섯은 있어야 해, 몰리!"

올리브가 말했다. "자, 농담은 그만. 우린 모두 정규 교육을 받은 성인이야. 모두들 늘 일이 고픈 사람들이지. 사실 우리 중 몇 명은 일을 해야 해. 솔직히 말해 우리가 아파트 같은 걸 짓지 못할 까닭이 없잖아? 모범이 될 만큼 멋진 '공동 주택'말이야. 예술적 감각을 살려서 심미적일 뿐 아니라 위생적이기도 하고, 모든 걸 갖춘 아파트를 짓는 거지. 그곳에는 중앙 주방같이 필요한 모든 설비가 갖춰져 있어. 우리가 쓸 스튜디오와 방도 있고, 전시를 할 수 있는 복도도 있지. 또 가족이 사용할 수 있게끔 방이 여러 개 있는 공간을 만들어서 임대를 줄 수도 있어. 나중에 우리에게 가족이 생기면 우리가 그 공간을 사용하고 다른 곳을 임대를 주면 돼!"

흥분에 들뜬 올리브가 얼굴 없는 승리의 여신상을 껴안았고 다른 소녀들이 열광적으로 손뼉을 쳤다.

그 후 학교의 모든 과정을 마칠 때까지 그들이 함께한 나날은 얼마나 행복했는지! 헤아릴 수 없이 많은 계획과 입면도들, 빛나는 색채 조합, 조각과 그림, 모형 제작을 위한 수많은 디자인과 장식에 대한 지극히 대담한 비전 등 끝없는 과정이 계속되는 동안 그녀들의 의식 속에서는 다양한 인종, 시대, 스타일 들이 자유롭게 왈츠를 추며 함께 어우러졌다.

작업은 계속되었고, 모드의 훌륭한 그림이 전시회에서 1등상을 받았다. 한편 전시회의 배경이 되는 아름다운 벽면들이 실현 가능성이 가장 낮았던 세리나의 입면도를 바탕으로 제작되었다는 사실과 그 앞에 있는 소녀 한 무리가 훗날 그 벽들의 주인임을 아는 사람은 아무도 없었다. 전시회에는 음유시인이 한 명 있었는데, 그는 순전히 상상 속 인물이었다. 그럼에도 모드는 몰리에게 그가 5인방과 결혼하게 될 운 좋은 젊은이라고 말해주었다.

그들의 멋진 계획이 현실이 되기까지 한두 해면 충분했다. 어쨌든 그 계획에 실현 불가능한 부분은 전혀 없었기 때문이었다. 그들에게 필요한 건 부지 매입과 주택 건축에 들어가는 돈, 그리고 그 아파트에 월세를 내고 거주할 가족들이었다. 그들은 이 가족들이 내는 임대료로 운영 비용에 필요한 자금을 충당할 계획이었다.

모든 이들이 존경해마지 않는 줄리아 모스의 이모 수전이 새로운 저택의 살림을 총괄하기 위해 기꺼이 뉴햄프셔 집을 떠나서 그리로 왔다. 수전은 전에는 자신의 능력을 보여줄 기회가 거의 없었다고 힘주어 말했다.

남편과 사별한 올리브의 어머니는 소녀들의 둘도 없는 매니저가 되었고, 기분 좋은 겨울 저녁 긴 응접실에서는 음악과 유쾌한 수다가 흘러넘쳤다.

스튜디오들 역시 세입자를 금방 구했다. 긴 복도에는 벨베틴 코트와 하늘하늘한 블라우스가 물감이 잔뜩 묻은 깅엄 앞치마만큼이나 자주 눈에 띄게 되었다. 한편 상상 속 인물이었던 음유시인이 천상의 목소리를 가진 성악가로 현현하여 꼭대기 층에 있는 방에 거주했다. 물론 소녀 다섯과 결혼했을 리 없는 그는 앞서 암시된 바와 같이 머지않아 올리브와 결혼했으며 결혼 후에도 여전히 쾌적한 그 공간에 거주했다, 그들의 편의상 한 가족이 퇴거하긴 했지만. 올리브의 방은 음유시인의 야심만만한 여동생에게 세를 놓았다.

어여쁜 몰리 역시 몇 달 후 뒤를 이었다. 헌신적이지만 보수적인 연인의 확신을 얻는 데 시간이 좀 걸리긴 했지만 결국 그들은 공원 근처의 아파트만큼 아름답고 커다란 공동주택 내 스위트룸에 보금자리를 마련할 수 있었다.

세월이 흐르면서 소녀 5인방 모두 결혼했다. 모드조차 더욱 새롭고 강렬한 기쁨에 일찍이 경험한 슬픔을 잊었다.

5인방은 모두 함께 살았다. 단란한 가정을 돌보는 일이 작업시간을 침해하다 보니 휴식시간이 들쑥날쑥했지만 그래도 항상 함께 일했다. 남쪽 부속건물에 위치한 아담하고 멋진 유치원은 아이들로 점점 만원이 되어갔다.

"삶에서 계획을 세우는 일만큼 중요한 건 없어." 고요한 어느 6월 저녁 5인방이 장미 그늘이 드리운 현관에 함께 앉아 있는 가운데 올리브가 말했다. 이들은 나이가 들었음에도 자신들의 일에 열정적이었고 서로에 대한 사랑도 여전했다.

세리나가 진심으로 말했다. "계획한 일을 할 때는 더욱 그렇지."

엄마의 자격

·

"더 이상 말도 꺼내지 말아요!" 나이 많은 브릭스 부인이 당치도 않다는 듯 고개를 흔들면서 말했다. "천금을 준다 해도 자기 자식을 버리는 엄마는 없어요!"

수재너 제이컵스가 끼어들었다. "마을 사람들한테 자식을 맡기는 엄마도 없죠! 우리는 할 일이 없어서 자식들을 우리 손으로 키우나 원!"

제이컵스 양은 풍족한 농장과 주택을 소유한 부유한 노처녀로 가난한 사촌과 둘이 살았다. 사촌은 집안 살림과 허드렛일을 맡아 하는 식모이자 그녀의 말벗이며 피부양자였다. 반면에 브릭스 부인은 지금은 다섯밖에 안 남았지만 자식을 열셋이나 낳았다. 그러니 제이컵스가 느끼는 모성애는 브릭스 부인의 그것과는 비할 수 없을 것이다.

마을의 재봉사로 일하는 왜소한 체격의 마사 앤 시몬스가 새된 목소리로 말했다. "그 여자는 자기 자식을 먼저 구한 다음 마을을 위해 할 수 있는 일을 했어야 했을 것 같아요."

마사는 결혼한 후 남편과 사별하고 지금은 병약한 아들을 돌보고 있었다.

서른여섯이지만 아직 미혼인 탓에 어머니의 눈에는 그저 연약한 어린아이 같은 브릭스 가의 막내딸이 대담하게 한 마디 했다.

"여러분들은 그 여자가 우리 모두를 위해 한 일은 안중에도 없는 것 같군요. 만약 그 여자가 자기 자식을 먼저 챙겼다면 우리 아이들 중 살아남은 아이는 한 명도 없었을 거예요."

"네가 이러쿵저러쿵할 자리가 아니야, 마리아 아멜리아. 자식을 낳아 기른 적도 없는 네가 어떻게 엄마들 일을 판단할 수 있겠니. 하늘이 무너져도 엄마는 자기 자식을 버려두면 안 돼. 신이 그 여자에게 돌보라고 보낸 아이는 그 아이야. 다른 집 자식들이 아니라. 넌 입 다물고 있어!"

"그 여자는 엄마 자격이 없었다니까요. 제가 처음에 말한 대로." 제이컵스 양이 모질게 다시 말했다.

"무슨 얘기인가요?" 시 위원회에서 나온 사람이 물었다. 시 위원은 업무적 관점에서 이야기에 관심을 가졌지만 여자들은 그 점을 깨닫지 못했다. "그 여자가 뭘 했다는 겁니까?" 시 위원이 물었다.

세세한 이야기를 듣는 건 어렵지 않았다. 어려운 건 오히려 앞뒤가 맞지 않는 여자들의 수많은 이야기 속에서 사실을 간추리는 것이었다. 어쨌든 시위원이 어느 정도 정리한 이야기는 아래와 같았다.

숱한 비난의 대상이 되는 여주인공의 이름은 에스더 그린우드로 그녀는 이곳 토즈빌에서 살다가 죽음을 맞았다.

토즈빌은 제분소 마을이었다. 라인 강의 노상 강도 귀족들이 작은 마을들이 굽어보이는 성에 살았듯 토즈빌 주민들도 작은 마을이 내려다보이는 아름다운 언덕에 살았다. 제분소와 거기서 일하는 사람들의 거처는 골짜기 아래쪽에 쭈욱 밀집해 있었다. 계곡은 폭이 좁고 근처 산들은 오가기에 경사가 너무 가팔랐으므로 노동자들이 사는 집들은 다닥다닥 붙어 있었다. 계곡물은 힘차게 흘렀다. 마을 위에는 저수지가 있었는데, 마을 옆에 난 좁은 길을 빼면 골짜기 전체가 저수지였다. 그곳은 청명한 물이 반짝이는 호수였다. 호숫가에는 백합과 붓꽃이 만발했고 호수 물에는 강꼬치고기와 퍼치가 가득했다. 마을 주민들은 호수에서 물고기와 얼음과 제분소를 가동할 전력을 얻었다. 제분소는 마을에 빵을 제공했다. 푸른 호수는 쓸모가 많았고, 사람들 눈에 즐거움을 선사했다.

이 아름답고 근면한 마을에서 에스더는 비탄에 잠긴 홀아버지 밑에서 어느 정도 방치된 채 자랐다. 에스더의 아버지는 젊은 아내와 에스더보다 먼저 태어난 귀여운 아기 셋을 저세상으로 떠나보냈던 것이다. 아버지는 홀로 남은 딸에게 가질 수 있는 기회를 모두 누리라고 말했다.

"무엇보다도 에스더를 병들게 한 건 바로 그런 상황이었어요." 마을 주민들이 누가 먼저랄 것 없이 나서서 시 위원에게 설명했다. "에스더는 엄마가 있다는 게 뭔지도 몰랐어요. 선머슴이나 다름없이 자랐다니까요! 비가 오나 눈이 오나 인디언마냥 몇 킬로미터씩 동네방네를 쏘다녔죠! 그런데도 그 아버지란 양반은 사람들 조언을 한 귀로 듣고 한 귀로 흘렸어요!"

이 화제는 침 튀기는 토론으로 이어졌다. 그 비겁하다는 아버지는 의사였다. 하지만 마을 사람들에게 그는 도움을 청할 수 있는 명망 있는 동네 의사가 아니라 자기만의 고집과 소신으로 가득한 이질적인 인물로 받아들여진 것 같았다.

"그 의사가 주장하는 내용들은 생전 들어본 적 없는 말들이었어요. 약 처방도 거의 안 해줬어요. '자연'이 치료해주는 거지, 자신은 할 수 없다면서요." 제이컵스 양이 말했다.

"병을 고칠 능력이 없는 건 확실해요." 브릭스 부인이 동조했다. "실제로 아내랑 아이들이 그 사람 손에서 죽은 것 좀 봐요! 난 '의사 선생, 댁의 병부터 치료하세요!'라고 말하겠어요."

마리아 아멜리아가 끼어들었다. "하지만 어머니, 선생님 부인은 결혼할 당시부터 몸이 병약했다고 그러던데요. 그리고 아이들은 다들 소아… 소아… 아무도 못 고치는 그 병 이름이 뭐죠? 그 병으로 죽었잖아요."

제이컵스 양이 인정했다. "그렇긴 해요. 그래도 약 처방은 의사가 할 일이잖아요. 병이 '자연'적으로 다 나으면 의사가 무슨 필요가 있겠어요!"

"전 약을 신봉해요. 아주 많이. 난 봄가을에 아이들이 아프든 안 아프든 예방 차원에서 약을 충분히 먹였어요. 애들에게 무슨 문제가 생기면 먹이는 양은 더 늘렸어요. 그 점에 관해서는 난 전혀 후회하지 않아요." 브릭스 부인이 단호하게 말했다. 그러고는 아이들이 묻힌 가족묘지 생각이 났는지 단호한 태도를 누그러뜨리고는 경건한 어조로 덧붙였다.
"주님께서 주시고 주님께서 거두시도다!"

제이컵스 양이 주장했다. "아빠라는 사람이 제 자식에게 어떻게 옷을 입혔는지 위원님도 보셨으면 좋았을걸! 마을의 수치였다니까요. 멀리서 보면 남자앤지 여자앤지 구분할 수가 없었어요. 게다가 맨발이었다니까요! 그 양반은 에스더가 꽤 컸을 때까지도 맨발로 다니는 걸 내버려뒀죠, 그 애를 보면 오히려 우리가 당황하곤 했지요."

처녀 시절 에스더가 이 마을의 온순하고 얌전한 처녀들과 그렇게 달랐던 이유는 자유분방하고 건강하게 보낸 어린 시절 때문인 듯했다. 에스더를 조금이라도 아는 사람이라면 그녀에게 마음을 주지 않을 이유가 없었고, 동네 아이들도 에스더를 아주 좋아했다. 하지만 나이 지긋한 점잖은 부인들은 고개를 가로저으면서 이 '별난' 여자에 대해 한 마디 덕담도 하지 않았다.

사람들은 에스더가 열다섯이 될 때까지 머리가 얼마나 짧았는지, 과거 기억 속의 에스더를 자세하게 묘사했다. "남자애처럼 머리를 바싹 깎은 걸 보면 엄마 손길 없이 크는 그 애가 딱하기도 했어요, 신발이랑 양말을 다 신었을 때도 그 애 옷차림은 참 남부끄러웠다니까요." "체크무늬 옷이었잖아요. 밤색 체크무늬. 거기에 반바지 차림이었어요!"

마리아 아멜리아가 말했다. "전 에스더가 정말 훌륭한 여성이었던 것 같아요. 저도 에스더가 똑똑하게 기억나는걸요. 에스더는 우리 같은 아이들에게 정말 친절했어요. 저보다 대여섯 살 많았는데, 그 정도 나이가 되면 대부분 여자들은 자기보다 어린애들 일을 나 몰라라 하는 법이죠. 그런데 에스더는 친절하고 상냥했어요. 우리를 데리고 산딸기를 따러 가기도 하고 여기저기 데리고 다녔죠. 새로운 놀이를 가르쳐주기도 하고 이것저것 말해주기도 했어요. 전 에스더처럼 우리에게 잘해준 사람이 한 명도 떠오르질 않는걸요."

감정이 격해진 탓에 마리아 아멜리아의 마른 가슴이 들썩거렸다. 눈에는 눈물이 고였다. 하지만 그녀의 어머니는 매몰차게 딸의 말에 반박했다.

"너를 위해 노예처럼 온갖 고생을 마다않고 산 어미 앞에서 잘도 그런 소리를 하는구나! 할 일 없는 젊은 것이 어린애들 마음 살 만한 일을 하다니 아주 대단하구나! 한 치 앞일도 분간 못 하는 그 딱한 아버지라는 사람은 딸내미한테 여자가 해야 할 일을 제대로 가르친 게 하나도 없어. 뭐 가르칠 수 없는 게 당연한 일이지만."

"적어도 재혼이라도 해서 딸애한테 새엄마라도 만들어줬어야 해요." 수재너 제이컵스가 단호하게 말했다. 그 말투가 어찌나 단호한지 시 위원이 잠시 그녀의 표정을 살피기까지 했다. 그녀는 이 불성실한 아버지가 재혼을 하지 않은 이유가 기회가 없었기 때문은 아닐 거라고 결론지었다.

시몬스 부인이 이해한다는 듯 제이컵스 양을 힐끔 쳐다보고는 조심스럽게 고개를 끄덕였다.

"맞아요, 당연히 그랬어야 해요. 어쨌든 아이들을 키우는 일이 남자들에게 맞는 일이 아니잖아요. 남자들이 어떻게 애를 키우겠어요? 엄마들에게는 본능이라는 게 있잖아요. 제 말은 정상적인 엄마들이라면 다 그렇다는 거예요. 하지만 맙소사, 엄마 같아 보이지 않는 엄마들도 있어요. 자식이 있는데도 말이에요!"

자식을 열셋을 낳은 엄마도 그 말에 동조했다. "시몬스 부인, 옳은 말씀이에요. 모성애는 신성한 본성이라고 할 수 있잖아요. 그런데 그 애에게는 그게 없었어요. 우리가 말하는 에스더 말이에요. 우리 모두 알다시피 그 애는 다른 여자애들 같지 않았어요. 그 애는 다른 여자애들과 달리 옷이나 친구에 전혀 관심이 없었어요. 오히려 시도 때도 없이 어린애들 한 무리하고 산을 쏘다녔지요. 이 마을에 그 애 꽁무니를 따라다니지 않은 아이가 없었을 거예요. 어린애들 집이 에스더 때문에 골머리 깨나 앓았잖아요. 애들이 에스더 이모가 이렇게 말했다는 둥 에스더 이모가 저렇게 했다는 둥 하고 엄마들에게 말대꾸를 해댔으니까요. 에스더도 어린애일 뿐인데 말이죠. 남자친구 사귀는 것보다도 아이들을 더 좋아하다니 정상이 아니었어요!"

"그런데도 결혼을 했잖아요?" 시 위원의 질문이 이어졌다.

"결혼요! 네, 결국 했지요. 우리는 다들 에스더가 결혼은 글렀다고 생각했는데 결국 하더라구요. 에스더 아버지가 가르친 것들 때문에 결혼할 기회가 아예 없을 줄 알았는데 말이에요. 여자애가 그런 식으로 배우다니 정말 끔찍한 일이죠."

시몬스 부인이 끼어들었다. "의사여서 사람들과 다른 게 아니었을까요."

"의사든 아니든," 제이컵스 양이 딱딱한 어조로 말을 잘랐다. "여자애를 그런 식으로 가르치는 건 낯부끄러운 일이지 싶어요."

브릭스 부인이 말했다. "마리아 아멜리아, 냄새 맡으면 정신 드는 소금 좀 가져와. 손님방에 있을 거야. 마르시아 숙모가 여기 왔을 때 어지럽다고 했었잖아. 기억 안 나니? 그러고는 소금 좀 달라고 했었지. 옷장 맨 위 서랍을 보렴. 거기 있을 거야."

서른여섯이지만 아직 미혼인 마리아 아멜리아가 예의 바르게 자리를 뜬 후 남은 여인들은 시 위원에게 더욱 바짝 다가앉았다.

"내 평생 이렇게 망측한 얘기는 들어본 적도 없어요." 브릭스 부인이 목소리를 낮추고 말했다. "에스더에게 아기가 여자 몸에서 어떻게 나오는지 알려준 사람이 글쎄 걔 아버지였다지 뭐예요?"

숨 막히는 침묵이 이어졌다.

"그랬대요. 세세한 것까지 일일이 다 알려줬대요. 정말 징그러!" 체구가 작은 재봉사가 열심히 맞장구를 쳤다.

브릭스 부인이 말을 이었다. "자기 딸한테 너도 엄마가 될 거니까 어떤 일이 생기는지 다 알아야 한다고 그랬다지 뭐예요!"

"교회 부인회 사람들이 에스더 아버지를 찾아갔죠. 다 결혼했고 그 양반보다 나이도 많은 부인들이었어요. 부인들이 댁이 마을에 물의를 일으킨다고 했더니 글쎄 뭐라고 대꾸한 줄 아세요?"

위에서 계단 쪽으로 향하는 마리아 아멜리아의 발걸음 소리가 들렸다.

"엄마, 거기 없는걸요!"

"높은 서랍장 맨 위 칸을 찾아봐. 거기 어디 있을 거야." 그녀의 어머니가 대답했다.

그러고는 음침한 목소리로 속삭였다.

"글쎄 우리한테 '네, 저도 부인회에 있어서 들었어요.'라고 말하더군요. 그러고는 젊은 여자가 엄마가 되기 전에 엄마로서 겪게 되는 일에 무지하다면 자기 자식의 아빠 될 사람을 고를 때 자신의 본분을 다하지 못할 거라고 말하지 뭐예요! 진짜로 '아빠 될 사람을 고른다'고 말했다니까요! 자기 자식의 아버지를 고르다니. 젊은 여자가 하기에 퍽도 좋은 생각이죠."

"그러게요. 그런데 그게 끝이 아니에요. 또 이렇게 말했거든요." 부인회 소속이 아닌데도 부인회가 어떻게 굴러가는지 잘 아는 듯 제이컵스 양이 끼어들었다. 하지만 브릭스 부인은 그녀를 무시하고 재빨리 말을 이었다.

"순진한 딸내미한테 그 끔찍한 병에 대해 가르쳤대요! 진짜로요!"

재봉사가 말했다. "맞아요! 온 마을에 소문이 쫙 퍼졌어요. 그랬으니 에스더와 결혼하겠다고 나서는 남자가 있을 리 만무했죠."

제이컵스 양이 끈질기게 끼어들었다. "'딸을 지키려고 그랬다'는 말은 이해가 가요. 진짜 딸을 잘 지켰으니까요. 결혼생활로부터 말이에요! 세상의 어떤 남자가 인생의 쓴맛을 죄다 아는 여자랑 결혼하려 들겠어요! 분명히 말씀드리지만 전 저런 식으로 자라지 않았어요."

"젊은 처녀들은 순진해야 해요! 난 결혼했을 때 뭘 어떻게 해야 하는지 엄마 배 속에 있는 아기보다도 몰랐다니까요. 내 딸들도 다 그렇게 키웠지요!" 브릭스 부인이 진지하게 주장했다.

마리아 아멜리아가 소금을 가지고 돌아왔을 때 말을 잇는 브릭스 부인의 목소리가 더 커졌다. "아무튼 에스더도 결국 결혼을 했어요. 그런데 남편도 못지않게 별난 사람이더군요. 화가인지 뭔지 잡지 같은 데에 그림 그리는 일을 하는 사람이었죠. 에스더가 언덕에서 남편을 처음 만났다고들 했어요. 아무튼 사람들은 그게 첫 만남이라고들 알고 있어요. 그 둘은 여기저기 안 돌아다닌 데가 없었지요. 남자는 항상 그림 도구를 챙겼구요! 둘은 결혼하고 나서 정착해서 에스더 아버지랑 함께 살았어요. 에스더가 아버지를 떠나지 않겠다고 약속했거든요. 남자는 어디서 살든 상관없다고, 일자리는 옮기면 된다고 했고요."

"그분들은 다들 행복해 보였어요." 마리아 아멜리아가 말했다.

"행복이라! 뭐, 그랬을지도 모르지. 내 생각엔 아주 별난 가족이었던 것 같다만." 과거를 회상하던 그녀의 어머니가 고개를 흔들었다. "어쨌든 한동안은 별 탈 없이 살았지요. 그런데 노인네가 세상을 떴잖아요. 그러고 나서 그 둘은… 아이고, 그 사람들 사는 모양새가 살림이라는 말도 아까웠다니까요."

제이컵스 양이 말했다. "그렇고말고요. 그 부부는 집 안보다 밖에서 보내는 시간이 더 많았어요. 에스더는 남편이 어딜 가든 꽁무니를 졸졸 따라다녔으니까요. 게다가 노골적인 애정행각은…."

모두가 이 기억을 떠올리고는 지극히 못마땅하다는 표정을 지었다. 시 위원과 마리아 아멜리아만 빼고.

브릭스 부인이 말을 이었다. "에스더에게 딸이 하나 있었어요. 그런데 처음부터 그 딸을 얼마나 나몰라라 하는지 정말 충격적이었어요. 모성애가 하나도 없는 사람처럼 보였다니까요."

"그런데 에스더가 아이들을 굉장히 좋아했다고 말씀하신 것 같은데요." 시 위원이 이의를 제기했다.

"아, 아이들, 맞아요. 에스더는 얼굴이 꼬질꼬질한 마을 애들은 물론이고 캐나다 애들하고도 잘 어울렸어요. 제분소 일꾼들 집 애들 한 무리에게 둘러싸여서 소풍인지 뭔지 가는 걸 한두 번 본 게 아니에요. 에스더는 그걸 '야외수업'이라고 불렀어요. 별 생각을 다 했지요. 그런데 정작 자식한테는요! 세상에…." 충격을 받은 듯 브릭스 부인의 목소리가 낮아졌다. "에스터는 아기 옷 한 벌을 마련하지 않았어요. 양말 한 짝도요!"

시 위원이 흥미로워했다. "아니, 그럼 에스더는 애한테 뭘 한 건가요?"

"누가 알겠어요!" 브릭스 부인이 대꾸했다. "에스더는 딸이 어릴 때는 우리에게 얼굴 한 번 안 보여줬어요. 본인도 창피했겠죠. 그런데 그 감정은 엄마가 느끼기엔 이상한 감정이잖아요. 뭐 전 제 아이들이 정말 자랑스러웠어요! 항상 우리 아이들이 예쁘게 보이도록 신경 썼지요! 밤새 앉아서 바느질을 하고 빨래를 하는 한이 있어도 우리 애들 행색이 멀쑥

해 보이도록 애썼어요." 교회 묘지에 있는 여덟 개의 작은 무덤이 떠올랐는지 딱한 노부인의 눈에 눈물이 맺혔다. 그녀는 지금까지도 그곳을 말끔하게 유지하고 있었다. "에스더는 강아지마냥 거의 맨몸으로 풀밭을 구르는 어린 딸을 내버려뒀어요. 원주민도 그보다는 나아요. 잠깐이지만 애들 몸치장을 해주잖아요! 에스더 딸은 원주민만도 못한 대접을 받은 셈이죠. 당연히 우리는 할 수 있는 건 다 했어요. 그게 옳다고 여겼으니까요. 그런데 에스더가 얼마나 치를 떨던지 그냥 내버려둘 수밖에 없었죠."

"그 아이는 죽었나요?" 시 위원이 물었다.

"죽다니요! 절대 아니에요! 댁이 지나가는 모습을 본 아이가 바로 그 애예요. 여자애가 아주 튼튼하고 기운도 세요. 스톤 부인이 데려갔으니 잘 자랄 거예요. 부인이 에스더 걱정을 많이 했거든요. 엄마를 잃은 게 그 애에겐 차라리 잘 된 일이에요. 전 그렇게 믿어요! 그런 취급을 받으면서 어떻게 자랐는지 몰라요! 그 여자는 처음부터 끝까지 모성이라고는 털끝만큼도 없었지요. 에스더는 본인 애가 생긴 후에도 전과 마찬가지로 다른 집 아이들을 예뻐했어요. 그건 본성과 맞지 않잖아요. 이제 그 일이 일어난 경위를 말씀드릴게요. 아시겠지만 에스더 부부의 집은 마을보다 호수에 더 가까웠어요. 남자는 밖에 나갔다가 밤에 마차를 타고 드레이턴에서 호숫가 길을 따라 귀가 중이었나 봐요. 에스더는 남편을 마중 나갔고요. 남편이 오나 보려고 호수 둑 위로 올라간 게 틀림없어요. 아마 거기서 호수 맞은편에서 마차가 오는 모습이 분명히 보였을 거예요. 에스더는 남편이 집에 도착해서 충분히 딸을 구할 수 있을 거라고 생각한 거예요. 에스더의 행동은 이렇게밖에 설명할 수 없어요. 그 여자는 이렇게 했어요. 제정신인 엄마라면 그렇게 할 수 있는지 잘 듣고 한번 판단해보세요. 기사를 읽으셨겠지요. 마을 세 곳을 초토화시킨 끔찍한 참사가 일어났을 때예요. 에스더는 댐에 갔다가 댐이 무너지는 걸 목격했죠. 에스더는 항상 그런 일에 대처가 빨랐어요. 바로 돌아서서 달렸어요. 길 잃은 소를 쫓아서 언덕을 올라가던 제이크 엘더 씨가 에스더가 가는 걸 봤어요. 거리가 너무 멀어서 뭣 때문에 에스더가 저러는지는 짐작하기 힘들었지요. 아무튼 엘더 씨는 평생 여자가 그렇게 달려가는 건 한 번도 본 적이 없다고 하더군요.

그리고 믿기지 않겠지만 에스더는 자기 집을 그대로 지나쳐갔어요. 멈추지도 않았고, 눈길조차 주지 않았어요. 곧장 마을로 달려갔어요. 물론 겁에 질려 제정신이 아니었을지 몰라요. 그래도 그건 에스더답지 않아요. 그래요, 전 에스더가 아무 죄도 없는 그 어린 것을 그냥 죽게 내버려두기로 마음먹었다고 생각해요. 에스더는 위험을 알리려고 무작정 이리로 달려왔어요. 우리는 물론 말 탄 사람을 골짜기 아래로 보내서 소식을 알렸어요. 결국 마을 세 곳 모두 한 명의 인명 피해도 없었지요. 에스더는 우리에게 소식을 전하자마자 되돌아 뛰어갔지만 그때는 이미 너무 늦었어요.

제이크는 그 모습을 모두 목격했지만 무언가 하기엔 거리가 너무 멀었어요. 그는 상황이 너무 끔찍해서 한 발자국도 뗄 수 없었대요. 마차를 타고 순조롭게 달리다가 댐에 가까워져서야 위험한 상황이라는 걸 알아차렸는지 그린우드가 미친 듯이 채찍질을 하는 걸 제이크가 봤대요. 그린우드는 에스더의 남편이에요. 하지만 운은 그의 편이 아니었어요. 댐이 무너졌고, 물은 해일이 되어 그린우드를 집어삼켰어요. 그리고 그 해일이 집에 거의 다다른 에스더와 그녀의 집도 덮쳐버렸지요. 부부의 시신은 며칠이 지나도 발견되지 않았어요. 강 아래로 휩쓸려 내려가 버린 거죠.

부부의 집은 약간 높은 지대에 있었고, 튼튼했어요. 집과 호수 사이에는 커다란 나무들이 있었죠. 물난리 때 저 아래 보이는 돌로 지은 교회까지 그 집이 떠내려갔지만 완전히 부서지지는 않았더라구요. 아이는 침대에서 허우적대고 있었어요. 거의 익사할 뻔했지만 목숨을 건졌죠. 추위에 죽지 않고 살아나다니 기적이에요. 건강한 체질인 게 틀림없어요. 제 부모는 애한테 해준 게 없으니 우리가 돌봐야 했죠."

"그런데요, 어머니," 마리아 아멜리아 브릭스가 말했다. "제 생각에 에스더는 제 할 일을 다 한 것 같아요. 에스더가 위험을 알리지 않았다면 마을 세 군데 모두 흔적 하나 남기지 않고 휩쓸려 내려갔을 거예요. 1,500명의 목숨이 달린 문제였어요. 어머니도 잘 아시잖아요. 에스더가 아이를 살리겠다고 멈췄더라면 제때 여기 오지 못했을 거예요. 어머니는 에스더가 제분소 일꾼들 아이들을 생각한 거라고 여기지 않는 거예요?"

브릭스 부인이 말했다. "마리아 아멜리아, 난 네가 부끄럽구나. 넌 결혼도 안 했고 아이도 없잖아. 엄마의 소임은 제 자식을 돌보는 거야! 그런데 에스더는 다른 애들을 돌보느라 제 자식을 내팽개쳤지. 신이 에스더에게 그 아이들을 돌보라고 보내신 게 아니잖니!"

제이컵스 양이 말했다. "맞아요. 그리고 결국 에스더의 아이는 마을 사람들의 짐이 됐잖아요! 에스더는 엄마 자격이 없는 여자였어요!"

세 번의 추수감사절

·

모리슨 부인의 무릎에 앤드루에게서 온 편지와 제니에게서 온 편지가 놓여 있었다. 다 읽은 두 통의 편지를 바라보는 그녀의 얼굴에는 미묘한 미소가 번졌는데, 그 미소는 인자해 보이기도 했고 냉정해 보이기도 했다.

> 어머니는 제 어머니이세요. 매제가 어머니를 부양하는 건 사리에 맞지 않아요. 이제 어머니를 모시는 건 제게 일도 아니에요. 어머니는 좋은 방에서 아주 편하게 쉬실 수 있어요. 낡은 집은 세를 놓으면 어머니에게 적게나마 금전적으로 도움이 될 거예요. 아니면 집을 파셔도 돼요. 제가 그 돈을 투자하면 어머니께 좀 더 많은 돈을 드릴 수 있을 거예요. 어머니가 그곳에서 홀로 지내시는 건 온당치 않아요. 샐리는 나이도 많고 무슨 일이 생길지 알 수 없잖아요. 전 어머니가 정말 걱정돼요. 추수감사절 때 여기 오

셔서 지내세요. 돈을 좀 동봉해요. 제가 어머니를 모시려 하는 것 어머니도 아시잖아요. 애니도 함께 사랑을 전합니다.

앤드루 드림.

앤드루가 보낸 편지를 다시 쭉 읽은 모리슨 부인은 평온하게 반짝이는 미소와 함께 편지를 내려놓았다. 그러고는 제니의 편지를 읽었다.

엄마, 올해 추수감사절에는 저희 집에 오셔야 해요. 생각해보세요. 손자가 태어난 지 석 달 됐을 때 보시고는 그 후 한 번도 못 보셨잖아요! 쌍둥이들도 아직 못 보셨구요. 엄만 모르실 거예요. 엄마 손자는 훌쩍 컸고 아주 근사해요. 물론 조도 엄마보고 오시래요. 위층에 작은 방이 있어요. 크진 않지만 거기에 프랭클린 난로를 놓으면 엄마가 아주 편안하게 지내실 수 있을 거예요. 조는 덩치 큰 하얀 집을 팔아야 한대요. 매매대금을 조가 운영하는 가게에 투자하면 엄마한테 이자를 넉넉히 드릴 수 있을 거래요. 전 엄마가 그랬으면 좋겠어요. 저희는 엄마가 여기 와서 지내시면 정말 좋겠어요. 엄마는 제게 위로가 되는 분이고 아이들을 돌볼 때 손을 보태줄 수도 있잖아요. 그리고 조는 정말 엄마를 사랑해요. 오셔서 우리랑 함께 지내요. 여행 경비를 함께 챙겨요.

엄마의 애정 어린 딸, 제니 드림.

모리슨 부인은 제니의 편지를 앤드루의 편지 옆에 놨다가 둘 다 접어 각각의 봉투에 넣은 다음 꽉 차서 공간이 별로 없는 크고 낡은 책상의 칸막이에 두었다. 부인은 몸을 돌려 긴 응접실을 천천히 오갔다. 그녀는 큰 키에 몸이 곧고 민첩했으며 당당하면서도 사람들의 마음을 끌 만큼 매력적인 태도와 사람들의 눈길을 사로잡을 정도로 아름다운 외모를 지니고 있었다.

때는 11월로 마지막 하숙인마저 오래전에 떠났으며 이제 고요한 겨울이 다가오고 있었다. 부인은 샐리를 빼면 혼자였다. 그녀는 '무슨 일이 생길지 모른다'는 앤드루의 사려 깊은 문구를 떠올리곤 미소를 지었다. 변함없는 태도로 끊임없이 움직이는 흑인 여성인 샐리에 대해 앤드루는 차마 '허약하다'거나 '병약하다'고 쓸 수 없었던 것이다.

모리슨 부인은 혼자였지만 '웰컴하우스'에 사는 동안 행복하지 않은 적이 없었다. 웰컴하우스는 부친이 지은 집으로, 부인은 그곳에서 태어난 후 집 앞 널찍한 녹색 잔디밭과 집 뒤에 있는 드넓은 정원을 뛰어다니며 자랐다. 웰컴하우스는 마을에서 제일 좋은 집이었고, 어린 그녀에게는 세상에서 제일 좋은 집이었다.

아버지와 함께 워싱턴이나 외국에서 살면서 대형 건물이나 성, 궁궐 같은 곳에 가본 후에도 부인은 여전히 웰컴하우스가 아름답고 인상적이라고 생각했다.

부인이 계속 하숙인을 받는다면 한 해는 먹고 살 수 있고, 얼마 되지 않는 주택담보대출의 원금은 아니더라도 이자 정도는 갚을 수 있었다.

아이들이 거기 있는 동안은 그렇게 할 수 있고, 그렇게 할 필요가 있었다. 그녀는 하숙을 치는 게 딱 질색이었지만.

하지만 젊은 시절 외교계에서 쌓은 경험과 교회 일을 현실적으로 관리해온 세월 덕분에 부인은 끈기 있게 견디면서 하숙집을 성공적으로 운영했다. 하숙인들은 기다란 베란다에서 시시콜콜한 잡담을 하면서 서로에게 넌지시 모리슨 부인이 '확실히 굉장히 세련됐다'고 얘기하곤 했다.

샐리가 활기찬 어조로 저녁식사를 알리며 지나가자 모리슨 부인은 불빛이 비치는 짙은 적갈색 식탁의 가장자리에 놓인 커다란 은쟁반 쪽으로 향했는데, 그 모습이 마치 스무 명쯤 되는 귀빈을 맞는 안주인처럼 품위가 넘쳤다.

얼마 후 버츠 씨가 집에 들렀다. 이른 저녁에 온 그의 표정은 평상시처럼 단호한데 반해 차림새는 이례적으로 상당히 말쑥했다. 피터 버츠 씨는 금발에 혈색이 좋은 사람이었다. 그는 약간 통통하고 조금 젠체하며 자수성가한 사람답게 단호하고 냉정했다. 모리슨 부인이 부잣집 딸이었던데 반해 버츠 씨는 가난한 집 아들이었는데, 그녀의 집에 들렀다가 둘의 위치가 뒤바뀐 사실을 깨닫고는 대단히 만족스러워했다. 몰인정하진 않았지만 뿌듯함을 굳이 숨기지도 않았다. 눈치는 눈을 씻고 봐도 없는 사람이었다.

명랑한 소녀였던 시절, 그녀는 버츠 씨의 구애를 거의 깔깔 웃으면서 거절했다. 그리고 남편을 잃고 얼마 지나지 않아 또다시 버츠 씨의 구애를 받자 이번에는 좀 더 조심스럽게 거절했다. 그는 항상 부인의 친구였고 남편의 친구이기도 했으며 견실한 교회의 일원이었다. 그는 작은 금액이지만 부인의 주택담보대출 계약을 인수했다. 모리슨 부인은 처음에는 그의 제안을 거절했으나 버츠 씨가 솔직하고 납득이 가도록 설명했다.

"이 일은 내가 당신을 원하는 것과는 아무 상관도 없어, 델리아 모리슨. 난 시종일관 당신을 원했고, 시종일관 이 집 역시 원했지. 당신은 집을 팔지 않을 거야. 하지만 저당 잡혀야 해. 당신이 만약 대출금을 갚지 못하면 집은 내게 넘어오는 거야. 당신은 이 집을 지키려면 나를 받아들이면 되지. 바보같이 굴지 마, 델리아. 이건 완벽하게 훌륭한 투자라고."

모리슨 부인은 대출을 받았고 이자를 갚아나갔다. 이자를 갚으려면 평생 하숙을 쳐야 한다. 그리고 그녀는 어떤 대가를 치르더라도 그와 결혼할 생각이 없었다.

그날 저녁 버츠 씨는 낙담한 기색 없이 활기찬 어조로 그 얘기를 다시 꺼냈다. "내 말대로 하는 게 나을 거야, 델리아. 그러면 우린 지금과 똑같이 바로 여기서 살 수 있어. 당신은 이제 과거와 달리 그렇게 젊지 않아. 나도 마찬가지고. 하지만 당신은 예전보다 더 훌륭한 주부지. 그때는 없었던 경험이 쌓였으니."

"버츠 씨, 당신은 정말로 친절해요. 하지만 난 당신과 결혼하고 싶지 않아요." 모리슨 부인이 말했다.

버츠 씨가 말했다. "당신 뜻을 알아. 항상 그 뜻을 분명히 했으니까.

당신은 원하지 않지만 나는 원하는걸. 당신은 당신 뜻대로 목사와 결혼했어. 남편은 좋은 사람이었지만 이제 저세상 사람이야. 이제 당신은 나와 결혼하는 게 나아."

"난 당신하고든 그 누구하고든 두 번 다시 결혼은 하고 싶지 않아요, 버츠 씨."

그가 대답했다. "물론 당연해, 당연하고말고, 델리아. 결혼하고 싶어 안달한다면 모양새가 좋아 보이지 않을 거야. 그런데 안 될 이유가 뭐야? 자식들은 모두 독립했어. 나를 받아들이지 않기 위해 더 이상 아이들을 방패막이로 삼을 순 없을걸."

"그래요. 아이들 둘 다 이제 정착해서 잘 살고 있어요." 그녀가 시인했다.

"당신은 자식들에게 가서 같이 살고 싶은 생각도 없잖아. 어느 자식에게도. 그렇지 않은가?" 그가 물었다.

"난 여기서 사는 게 좋아요." 그녀가 대답했다.

"맞아! 하지만 그럴 수 없잖아! 당신은 이곳에 살면서 귀족이 되고 싶겠지만 그럴 수 없지. 하숙인들을 위해 집을 지키는 게 나를 위해 집을 지키는 것보다 뭐가 나은지 모르겠군. 나와 결혼하는 게 훨씬 낫다니까."

"난 당신 없는 집을 지키는 게 더 좋아요, 버츠 씨."

"당신 뜻이 그렇다는 건 나도 알아. 하지만 말했다시피 당신은 그럴 능력이 없잖아. 당신 또래의 여자 중에 도대체 누가 돈 없이 이런 집을 꾸려갈 수 있는지 의문이야. 달걀하고 야채 판 돈으로 평생을 살 수는 없어. 그 돈으로 대출금을 갚을 순 없다고."

모리슨 부인은 다정하고 침착하며 모호한 미소를 띤 채 버츠 씨를 바라보았다. "내가 알아서 할게요." 그녀가 말했다.

"알겠지만 대출은 추수감사절로부터 2년이 되면 만기야."

"그래요. 잊지 않고 있어요."

"흐음, 지금 나와 결혼하는 편이 나을 거야. 그럼 2년치 이자를 아낄 수 있어. 어떻게든 이 집은 내게 넘어 오게 될 거야. 그래도 당신은 전과 마찬가지로 이 집을 지킬 수 있지."

"굉장히 친절하시군요, 버츠 씨. 그래도 그 제안은 사양해야겠어요. 분명히 말하지만 난 이자를 갚을 수 있어요. 그리고 2년 안에 원금도 갚을 수 있을 거예요. 그리 큰돈은 아니니까요."

"그건 당신이 어떻게 보느냐에 달려 있지. 2천 달러는 혼자 사는 여자가 2년 동안 모으기에 벅찬 금액이야. 그리고 이자도 있지."

버츠 씨는 그 어느 때보다 활기차고 결연한 태도로 부인의 집을 떠났다. 떠나는 그의 모습을 바라보는 모리슨 부인의 아름다운 눈은 명민함으로 빛났고 윤곽이 또렷한 얼굴에는 변함없이 기분 좋은 미소가 흘렀다.

그 후 모리슨 부인은 추수감사절을 보내기 위해 앤드루에게 갔다. 앤드루는 어머니를 반갑게 맞았다. 애니도 부인의 방문을 기뻐했다. 그들은 어머니를 자랑스레 '그녀의 방'으로 안내하고는 이제부터 그 방을 '집'이라고 부르라고 말했다

애정이 듬뿍 담긴 이 '집'의 크기는 가로가 3.5미터, 세로가 4.5미터였으며 높이는 2.4미터였다. 창은 두 개였는데, 한편으로 빗자루가 닿는 거리에 엷은 회색의 물막이 판자들이 보였고, 다른 한편으로는 작은 울타리 여러 개가 쳐진 마당과 마당에서 노는 고양이와 아이들, 널려 있는 옷가지가 보였다. 창 아래에는 암컷 가죽나무 한 그루가 서 있었다. 가죽나무가 정말 풍성하게 꽃을 피운다고 애니가 말했다. 모리슨 부인은 특히 가죽나무 꽃향기를 싫어했다. "11월에는 꽃이 안 피잖아. 그게 어디야!" 부인이 중얼거렸다.

앤드루의 교회는 부친의 교회와 거의 흡사했다. 앤드루의 아내는 목사 아내의 역할을 다하기 위해 최선을 다했고, 실제로 잘해냈다. 사실상 목사 어머니의 자리는 없었다.

게다가 남편을 돕기 위해 그렇게 기꺼이 했던 일들은 사실 부인이 가장 좋아하는 일이 아니었다. 부인은 사람들을 좋아했고 관리하는 일을 좋아했지만, 교리를 중시하지는 않았다. 부인의 남편마저 아내의 시각이 자신과 얼마나 다른지 깨닫지 못했다. 모리슨 부인은 자신의 생각을 언급하는 일이 없었다.

앤드루의 교회 사람들은 부인에게 매우 공손했다. 부인은 사람들에게 초대 받아 나간 자리에서 세심한 보살핌을 받으면서 다른 노부인, 노신사 들과 함께 자리를 지켰다. 부인은 자신이 더 이상 젊지 않다는 사실을 이토록 통절하게 깨달은 적이 없었다. 이곳에서 부인의 젊음을 상기시키는 건 아무것도 없었다. 살뜰한 배려 하나하나가 부인의 나이를 고려한 것이었다. 밤에는 애니가 살갑고 세심하게도 뜨거운 물을 담은 자루를 가져와서 침대 발치에 두었다. 모리슨 부인은 며느리에게 고마움을 전하고는 나중에 침대에서 그 자루를 뺀 다음 잠자리에 들기 전에 바람으로 침대를 말렸다. 크고 바람 많은 집에서 살다가 온 부인에게 이 집은 너무 더웠다.

작은 식당, 중앙에 작고 둥근 고사리가 놓인 작은 원탁, 작은 칠면조, 모리슨 부인이 소꿉놀이 세트라고 부를 것 같은 작은 양식용 칼과 포크 세트, 이 모든 것을 보니 부인은 오페라 안경을 거꾸로 들고 보고 있다는 느낌이 들었다.

모리슨 부인은 꼼꼼하고 효율적으로 일하는 애니에게서 도와줄 거리를 찾을 수 없었다. 교회에도, 읍내에도 그녀의 손길이 필요한 곳은 없었다. 작고 붐비는 읍내는 번창했고 계속 발전하고 있었다. 물론 집에서도 손 하나 까딱할 필요가 없었다. "사방이 막힌 것 같아!" 부인이 혼잣말을 했다. 도시의 아파트에서 성장한 애니는 자신들이 사는 좁은 목사관이 으리으리하다고 생각했다. 모리슨 부인은 웰컴하우스에서 자랐다.

부인은 일주일 간 머물면서 상냥하고 정중하되 스스럼없이 지냈고 그곳에서 일어나는 모든 일에 관심을 가졌다.

"시어머님은 정말 좋은 분이에요." 애니가 앤드루에게 말했다.

"당신 어머니는 매력적인 여성이군요." 교회의 한 임원이 말했다.

"당신 어머니는 정말 유쾌한 분이에요." 아름다운 소프라노가 말했다.

하지만 앤드루는 당분간 웰컴하우스에서 지내기로 결심했다는 어머니의 선언을 듣고는 깊은 실의에 빠지고 말았다. 모리슨 부인이 말했다.
"사랑하는 아들아, 내 말에 마음 상할 필요 없어. 물론 난 너와 지내는 게 좋단다. 하지만 난 내 집을 사랑하지. 가능한 오랫동안 그 집을 지키고 싶어. 너와 애니가 이렇게 잘 정착해서 정말 행복하게 잘 지내는 걸 보니 기쁘기 짝이 없어. 네게 진심으로 고맙단다."

"저희 집은 어머니가 오시고 싶을 때면 언제든 열려 있어요, 어머니." 앤드루가 말했다. 그러나 그는 약간 화가 났다.

모리슨 부인은 소녀처럼 들떠서 집으로 돌아와서는 샐리의 재촉에도 불구하고 직접 자신의 열쇠로 문을 열었다.

모리슨 부인은 자신과 샐리를 지키려면 2년 안에 피터 버츠에게 원금 2천 달러와 이자를 지불할 방법을 찾아야 했다. 부인은 자신의 재산에 대해 생각해보았다. 일단 집, 수많은 비용이 들어가는 집이 있었다. 집은 컸다. 어마어마하게 컸다. 집에는 다양한 가구가 잘 구비되어 있었다. 부친은 남부 태생의 친절한 신사답게 많은 손님들을 초대해서 아낌없이 대접했다. 침실에는 가구가 모두 세트로 구비되어 있었다. 하숙인들이 쓰다 보니 약간 변질되긴 했지만 아직 개수도 많고 사용할 만했다. 모리슨 부인은 하숙인들을 그다지 좋아하지 않았다. 그들은 먼 곳에서 온 사람들로 이방인이자 침입자였다. 그녀는 다락방부터 지하실까지, 정문은 물론 뒷마당 울타리까지 꼼꼼히 점검했다.

정원은 가능성이 무궁무진했다. 부인은 정원 가꾸기를 즐겼고, 그 일을 잘 알고 있었다. 그녀는 측정하고 추산을 해보았다.

모리슨 부인이 마침내 결정을 내렸다. "이 정원에서 암탉을 키워서 여자 둘이 먹고 살고, 이것저것 팔면 샐리에게 월급을 줄 수 있을 거야. 잼을 많이 만들면 그걸로 연료비도 충당할 수 있겠지. 옷은… 더 이상 필요 없어. 다들 기특하리만큼 질기니까. 난 어떻게든 해낼 거야. 난 살 수 있어. 하지만 2천 달러하고 이자는 어쩌지!"

커다란 다락방에는 더 많은 가구들이 있었다. 낭비벽이 있는 어머니가 젊은 시절 새 가구를 주문한 후 버릴 가구들을 그곳에 둔 것이었다. 그리고 의자들은… 셀 수 없을 만큼 많았다. 웰컴 상원 의원은 정치적 친구들을 만날 때 이 의자들을 꺼내 쓰곤 했다. 그들은 널찍하게 탁 트인 응접실에서 뜨거운 연설을 했다. 열정적인 연설가들이 지금은 지하실에 있는 임시 연단에서 연설을 했으며 열렬한 청중들이 여러 줄로 빽빽하게 놓인 '접이식 의자'에 편하게 자리 잡고 앉았는데, 가끔 의자가 접히는 바람에 바닥에 엉덩방아를 찧은 사람들이 얼굴을 붉히기도 했다.

모리슨 부인은 그 생생한 낮과 빛나는 밤을 떠올리며 한숨을 내쉬었다. 어렸던 그녀는 짧은 분홍 치마를 입고 아래층으로 살금살금 가서는 유창한 연설에 귀를 기울이곤 했다. 발꿈치를 들고 급하게 내려와서 양손을 힘껏 맞부딪치는 아버지의 모습과 이어지는 우레 같은 박수 소리는 그녀의 어린 영혼에 큰 기쁨을 주었다.

의자들은 결혼식이나 장례식, 교회 행사에 차출되면서 어느 정도는 닳고 개수가 줄기도 했지만 여전히 꽤 많았다. 부인은 의자들에 대해 골똘히 생각했다. 의자들. 수백 개나 되는 의자들, 팔아봐야 도우 몇 퓨 되지 않을 것이다.

모리슨 부인은 옷감들을 보관해둔 방을 둘러보았다. 예전에 쓰고 남은 이 멋진 천들은 언제나 샐리가 세심하게 세탁해두었다. 수많은 침구와 수건, 냅킨, 식탁보 들은 하숙인들도 견뎌냈다. "이것들로 좋은 호텔 한 채를 채울 수 있겠군. 그렇다고 내가 호텔을 차릴 수는 없잖아. 그럴 수는 없지. 게다가 여기엔 더 이상 호텔이 필요하지도 않아. 낡고 작은 저 해스킨스 하우스도 만실이 되질 않는걸."

당연하지만, 찬장 안에 있는 도자기들은 다른 물품들보다 훼손 정도가 심했다. 그래도 모리슨 부인은 세심하게 재고 목록을 작성했다. 사람들이 북적였던 교회 행사에서 쓰인 수많은 컵들이 특히 눈에 띄었다. 나중에 들인 것들이었는데, 비싼 컵들은 아니지만 엄청나게 많았다.

모리슨 부인은 긴 자산 목록을 순서대로 빠짐없이 작성한 후 앉아서는 침착하고 전향적인 마음가짐으로 목록을 살폈다. 호텔이나 하숙집 말고는 떠오르는 데가 없었다. 여학교! 기숙학교! 그곳이라면 돈이 될 터였다. 일이 잘 풀릴 것 같았다. 일단 멋진 생각이었기에 그녀는 많은 종이와 잉크를 써가며 몇 시간 동안 심사숙고했다. 그러나 광고를 하려면 돈이 필요했다. 교사들과도 좋은 관계를 맺어야 했다. 이것 역시 부인이 할 일이었고, 그러기 위해서는 시간이 필요했다.

막무가내이며 집요하고 답답할 정도로 다정한 버츠 씨는 부인에게 시간을 허락하지 않았다. 그는 모리슨 부인을 위해, 또 그 자신을 위해 부인에게 결혼을 강요하는 셈이었다. 부인은 살짝 몸서리치면서 아름다운 어깨를 으쓱했다. 피터 버츠와 결혼이라니! 절대 그럴 수 없어! 모리슨 부인은 여전히 남편을 사랑했다. 신이 허락한다면 저세상에서 그를 다시 만날 것이다. 그때 남편에게 쉰 살에 피터 버츠와 결혼할 수밖에 없었다고 말하고 싶지는 않았다.

앤드루와 함께 사는 게 더 나을 성 싶었다. 그럼에도 아들과 함께 살 생각을 하자 모리슨 부인은 다시 몸서리를 쳤다. 그녀는 숫자와 소유물 목록이 적힌 종이들을 밀어두고는 우아한 몸을 쭉 일으키더니 마루를 오가기 시작했다. 마루는 왔다 갔다 하기에도 넓었다. 부인은 마을과 마을 사람들, 주변 시골, 알고 지내면서 부인이 좋아하는, 또 부인을 좋아하는 수많은 여자들에 대해 골똘하게 생각했다.

사람들은 웰컴 상원 의원은 적이 없다고들 말하곤 했다. 그리고 일부 사람들, 악의적인 이방인들은 그게 그의 성격 덕분이 아니라고 생각했다. 그의 딸에게도 적이 없었지만 그 누구도 마당발인 그녀를 비방하지 않았다. 아버지가 주최하는 대규모 행사가 열리면 마을 전체가 딸을 알게 되고, 자연스럽게 존경하게 되었다. 남편의 평판 좋은 교회에서 모리슨 부인은 시골 여자들과 안면을 텄다. 부인의 마음은 이 여자들에게, 편안하고 소박하게 살지만 우정과 간헐적인 자극과 즐거움에 굶주린 농부의 아내들에게 향했다. 남편이 살아 있을 때 이 여자들과 어울리면서 이들을 가르치고 접대하는 게 삶의 낙 중 하나였다.

모리슨 부인이 천장이 높은 커다란 방 중앙에서 돌연 걸음을 멈추더니 승리를 거둔 여왕처럼 당당하게 고개를 치켜들었다. 사람들이 좋아했던 벽을 뿌듯한 시선으로 한눈에 쭉 훑고는 들뜬 마음으로 곧바로 책상으로 되돌아가서는 늦은 밤까지 몇 시간 동안 일하느라 책상을 떠날 줄 몰랐다.

이내 작은 읍내가 웅성거리더니 그 중얼거림이 멀리 주변 시골까지 퍼졌다. 선 보닛들이 울타리 너머로 넘실거렸다. 도살업자의 우마차와 도붓장사의 수레 들이 소식을 더 멀리까지 실어 날랐다. 마실 나간 여인들이 이 집 저 집에서 들은 화젯거리는 하나였다.

모리슨 부인이 행사를 열 계획이었다. 부인이 시카고에 거주하는 이사벨 카터 블레이크 부인과의 만남을 위해 여자들이란 여자들은 모조리 초청한 듯했다. 해들턴 사람들도 블레이크 부인에 대해 들은 적이 있었다. 그녀는 해들턴 사람들도 존경하지 않을 수 없는 여성이었다.

블레이크 부인은 아이들, 특히 이 나라의 학교에 다니는 아이들과 일하는 아이들에 대해 대단한 성과를 냄으로써 세계적으로 이름을 알렸다. 게다가 성실하고 현명하게 여섯 아이를 키워 남편에게 행복한 가정을 선사한 것으로 유명했다. 무엇보다도 최근에 소설을 썼는데, 그 소설은 모든 사람들의 입에 오르내릴 만큼 인기 만점이었다. 그녀는 한 저명한 백작부인—이탈리아인이었다—의 막역한 친구이기도 했다.

다른 사람들보다 모리슨 부인을 잘 아는 사람들, 혹은 그렇다고 생각하는 사람들이 퍼뜨린 풍설에 따르면 백작부인도 그 행사에 참석할 예정이었다. 델리아 웰컴과 이사벨 카터가 학교 친구이며 평생을 함께한 친구라는 사실을 그전에는 아무도 몰랐다. 그리고 사실 그게 이 소문의

근거였다.

그날이 오고, 손님들이 도착했다. 많은 사람들이 왔지만 대궐 같은 이 하얀 저택은 방문객들을 수용하고도 남았다.

손님들의 가장 큰 꿈이 실현되었다. 백작부인도 모습을 드러낸 것이다. 흥분과 기쁨 속에서 백작부인을 만난 여자들은 그녀로부터 평생 마음에 남을 만큼 깊은 인상을 받았다. 이와 같은 거대한 추억의 물결은 시간이 지날수록 우리에게 더 큰 기쁨으로 다가오기 때문이다. 믿기 힘든 영광이었다. 이사벨 카터 블레이크 부인과 백작부인이라니!

모리슨 부인이 이 저명한 숙녀들의 편한 동료처럼 보일 뿐 아니라 다른 친구들을 대할 때와 똑같은 태도로 이 외국 출신 귀족 여성을 대했다는 사실에 주목하고 감동을 받는 사람들도 있었다.

모리슨 부인이 말을 시작하자 맑고 침착한 목소리가 웅성거림 사이로 퍼졌고 이내 사람들의 말소리가 잦아들었다.

"모두들 이스트 룸으로 들어갈까요? 여러분 모두가 이스트 룸에 있는 의자에 자리를 잡으면 블레이크 부인이 친히 연설을 하실 거예요. 그리고 아마 그녀의 친구인…."

사람들이 모여들더니 약간 쭈뼛거리며 접이식 의자에 앉았다.

그러자 저명한 블레이크 부인이 잊지 못할 만큼 힘차고 아름다운 연설을 했고, 그 연설은 사람들의 눈길을 사로잡는 파리지앵 의상 차림으로 그녀 옆 연단에 자리한 참석자로부터 깊은 격려를 받았다. 블레이크 부인은 자신이 관심을 가진 작업과 그 작업이 어떻게 도처에 있는 여성클럽들로부터 지원을 받았는지 들려주었다. 또 이 클럽들의 숫자를 언급하면서 여성클럽들과의 만남을 통해 얻은 영감을 힘을 주어 설명했다. 그녀는 도시마다 세워지고 있는 여성클럽 회관들을 언급하며 그곳에서 여러 협회들이 만나고 서로 돕는다고 말했다. 블레이크 부인은 매력적이고 설득력이 있으며 정말 유쾌했다. 명 연설가였다.

이곳에는 여성클럽이 없나요? 없었다.

아직 없군요. 그녀는 여성클럽을 만드는 데에는 전혀 시간이 걸리지 않는다고 덧붙였다.

사람들은 블레이크 부인의 연설을 듣고 흐뭇해함과 동시에 깊은 감동을 받았는데, 그 효과는 백작부인의 연설로 배가되었다.

백작부인이 말했다. "저 역시 미국인이에요. 이곳에서 태어났고, 잉글랜드에서 자랐으며 이탈리아에서 결혼했지요." 그녀는 유럽 도처에 있는 여성클럽과 협회에 대해, 그들의 성취에 대한 생생한 설명으로 청중들의 가슴을 설레게 했다. 백작부인은 자신은 곧 돌아갈 예정이며, 이번 고향 방문을 통해 더 현명해지고 행복해졌다고 말했다. 특히 이 아름답고 조용한 읍내를 기억할 것이며 자신이 이곳을 다시 방문했을 때 이곳의 모든 여성들이 위대한 자매애로 하나가 되어 있으리라 믿어 의심치 않는다고 말했다. "공공선을 추구하는 여성들의 손길이 이 세상에 큰 영향을 미치게 될 거예요."

멋진 행사였다.

백작부인은 다음 날 떠났지만 블레이크 부인은 남았다. 그녀는 교회에서 열린 몇몇 회의에 참석해 그녀를 존경하는 다양한 사람들을 대상으로 연설을 했다. 그녀의 제안들은 실용적이었다.

"이곳에 필요한 건 '휴식과 발전 클럽'이에요. 여기 계신 모든 여성들은 장을 보기 위해 시골에서 이곳에 오신 분들이에요. 그런데 갈 곳이 없어요. 피곤해도 몸을 눕힐 곳이 없고, 친구를 만날 곳도 없고, 마음 놓고 점심을 먹을 곳도, 머리를 손질할 곳도 없어요. 여러분 스스로 단체를 조직하고, 작더라도 정기적으로 회비를 걷어서 필요한 걸 마련하기만 하면 돼요."

수많은 질문과 제안이 있었고 약간의 반대도 있었다.

누가 그걸 하죠? 알맞은 장소가 있나요? 사람들은 그 일을 맡아서 할 사람을 고용해야 했다. 장소는 일주일에 고작 한 번 사용할 예정이었다. 비용이 너무 많이 들 것 같았다.

대단히 실용적인 블레이크 부인이 또 다른 제안을 했다. "일과 즐거움을 모두 얻을 수 있게 가능하다면 읍내 최고의 장소를 이용하면 어떨까요? 모리슨 부인을 설득해서 그녀의 집 일부를 이용하는 거예요. 그 집은 여자 한 명이 살기엔 너무 크잖아요."

곧이어 부인의 다양한 친구들이 여느 때처럼 성실하고 다정한 모리슨 부인을 따뜻한 열의로 맞았다.

모리슨 부인이 말했다. "그 문제를 생각해봤어요. 블레이크 부인이 저에게 상의해왔거든요. 제 집은 확실히 여러분 모두를 수용할 만큼 충분히 넓어요. 그리고 전 여러분이 즐겁다면 더 바랄 나위가 없는 사람이죠. 여러분 말대로 휴식과 발전을 위한 클럽을 만든다고 해봅시다. 응접실은 넓어서 다양한 종류의 회의가 가능해요. 휴식에 필요한 침실도 충분해요. 여러분이 그런 클럽을 조직한다면 전 기꺼이 크고 거추장스러운 이 집으로 여러분을 돕겠어요. 그리고 정말 많은 친구들이 종종 제 집을 드나드는 모습을 볼 수 있다면 기쁘겠어요. 게다가 여러분은 제가 제공하는 거처보다 더 저렴한 곳은 찾을 수 없을 거예요."

그러자 블레이크 부인이 클럽하우스에 상당히 많은 돈이 든다는 점과 이런 식으로 준비하면 거의 돈이 들지 않는다는 점을 보여주기 위해 다양한 사실과 숫자를 제시했다. 그녀가 말했다. "대부분의 여자들에게는 돈이 얼마 없다는 점을 잘 알아요. 그리고 돈이 있더라도 스스로를 위해 돈 쓰는 건 질색하죠. 하지만 작은 돈이더라도 모으면 크게 도움이 되는 법이에요. 가령 이곳에 한 주에 10센트도 융통하지 못할 만큼 가난한 사람은 없을 거예요. 여자들 100명이면 10달러예요. 10달러면 100명의 고단한 여인들에게 먹을 걸 제공할 수 있을까요, 모리슨 부인?"

모리슨 부인이 다정하게 미소 지으며 말했다. "닭고기 파이를 제공하긴 어렵겠죠. 그래도 10달러면 차와 커피, 과자, 치즈는 제공할 수 있어요. 그리고 쉴 만한 조용한 장소와 독서실, 회의를 할 장소도 제공하겠어요."

블레이크 부인은 기지와 능변으로 사람들의 마음을 사로잡았다. 블레이크 부인은 일주일에 10센트의 금액으로 만나고 쉬고 대화하고 몸을 눕히는 장소로 이 으리으리한 웰컴하우스를 이용하면서 샐리가 제공하는 훌륭한 차와 커피를 즐기고 싶다면 모리스 부인의 타고난 훌륭한 감각이 그녀의 열의를 이기기 전에 당장 합의를 해두는 게 좋겠다고 사람들에게 조언했다.

이사벨 카터 블레이크 부인이 떠나기도 전에 해들턴에 크고 의욕 넘치는 여성클럽이 생겼다. 문구류와 우편 요금을 제외하고 클럽 운영에 들어가는 모든 비용은 매주 한 사람당 10센트씩 내서 충당했으며 그 돈은 모리슨 부인에게 전달되었다. 모두가 여성클럽에 등록했다. 웰컴하우스는 모든 창립회원들에게 즉시 개방되었고, 모두가 특전을 누릴 수 있는 장소에 들어가겠다고 앞을 다투었다.

수백 명이 여성클럽에 가입했으며 매주 각 회원들이 낸 작은 돈이 모리슨 부인에게 지급되었다. 그 돈은 회원들이 갹출한 푼돈이었다. 하지만 금액은 조용한 속도로 불어났다. 차와 커피는 대량으로, 크래커는 통 단위로, 치즈는 덩어리째 구매했다. 이들은 값비싼 사치품이 아니었다. 마을에는 모리슨 부인이 교사로 있었던 주일학교를 졸업한 남학생들이 제법 있었으며, 이들은 실비만 받고 부인을 위해 최고의 서비스를 제공했다. 할 일도 많고, 살필 것도 많았으니 모리슨 부인의 외교적 재능과 경험을 한껏 발휘할 여지가 충분했다. 토요일이 되자 웰컴하우스는 사람들로 꽉 찼다. 다음 날 모리슨 부인은 하루 종일 침대에 머물렀다. 그래도 부인은 그런 생활이 좋았다.

바쁘고 희망찬 한 해가 빠르게 지나가고 모리슨 부인은 추수감사절을 지내기 위해 제니에게 갔다.

제니가 그녀에게 내어준 방은 앤드루의 집에 있는 그녀의 안식처와 크기는 같았으나 한 층 위에 있었고 천장이 비스듬했다. 부인은 천장에 닿은 짙은 색 머리카락에서 하얀 게 묻어나자 당황해서 머리를 문질렀다. 그리고 새로운 각오를 다진 채 고개를 흔들었다.

제니의 집은 아이들 천지였다. 이리저리 돌아다니는 아기 조는 어디든 들어갔다. 집에는 쌍둥이가 있었고 갓난아이도 있었다. 집에는 일에 치여 불만이 가득한 하인 한 명과 급료가 싼 어린 유모가 한 명 있었는데, 이 유모는 할 줄 아는 게 별로 없었다. 제니는 행복했지만 고단했다. 그녀의 마음은 기쁨과 불안, 애정, 그리고 자식들과 남편에 대한 긍지로 가득했다. 제니는 기꺼이 자신의 속을 어머니에게 털어놓았다.

제니가 걱정거리나 희망하는 것들에 대해 재잘거리는 동안, 장신에 우아한 자태의 모리슨 부인은 낡았지만 잘 손질된 검은 실크 옷차림으로 아기를 안고 앉아 있거나 쌍둥이들을 안으려 애를 썼다. 주말이 되자 낡은 실크 옷은 결국 더 이상 입을 수 없는 상태가 되고 되었다. 조지프도 사업이 얼마나 잘 되는지, 자본이 얼마나 필요한지 언급하면서 이곳에서 함께 살자고 부인을 설득했다. 제니에게 정말 큰 도움이 될 거라면서 집에 대해 이것저것 캐묻기도 했다.

그곳은 갈 만한 곳이 없었다. 제니는 아기들 곁을 떠날 수 없었고, 찾아오는 이들 역시 거의 없었다. 규모가 작은 이 교외는 일에 짓눌려 사는 비슷비슷한 엄마들이 넘쳐났다. 그런 여자들은 모리슨 부인이 매력적이라고 생각했다. 모리슨 부인은 이곳 여자들에게서 받은 느낌을 겉으로 드러내지 않았다. 한 주가 지나자 모리슨 부인은 서로가 느낀 만족감에 미소를 지으며 딸에게 다정한 작별인사를 건넸다.

모리슨 부인이 말했다. "잘 있거라, 내 딸아. 행복하게 지내니 정말 기쁘구나. 두 사람 모두에게 정말 고마워."

하지만 그녀는 집으로 돌아온 게 훨씬 고마웠다.

버츠 씨는 이자를 받고 있으니 이번엔 부인 집에 들를 필요가 없었는데도 부인을 찾아왔다.

"대체 돈이 어디서 난 거지, 델리아? 이 클럽에 다니는 여자들을 속여서 받아냈나 보지?" 그가 따져 물었다.

"버츠 씨, 당신이 요구한 이자는 아주 평범한 수준이라 지불하는 게 당신 생각만큼 어렵지 않아요." 그녀의 대답이었다. "콜로라도에서 사람들이 요구하는 평균 이자가 얼마나 되는지 아세요? 그곳에서는 여성들에게 투표권이 있어요."

버츠 씨는 별다른 소득 없이 돌아갔다. 그리고 해가 갈 때까지 그가 원하는 두 가지 목표에 더 이상 다가갈 수 없었다.

그가 말했다. "한 해 남았어, 델리아. 그 후엔 받아들여야 해."

"한 해 남았어." 부인은 혼잣말을 하면서 새로운 에너지로 자신이 선택한 일을 계속해 나갔다.

이 사업의 재정적 기반은 매우 단순했지만 능숙한 운영이 뒷받침되지 않았다면 사업이 이렇게 순조롭게 굴러가지 않았을 것이다. 이런 시골 여자들에게 1년에 5달러는 융통하기 힘든 금액이겠지만 일주일에 10센트는 아무리 가난한 여자들이라도 부담스러운 액수가 아니었다. 참석자들이 직접 돈을 가져왔으므로 돈을 모으는 건 어렵지 않았다. 여자들이 차를 마시러 올 때면 나이 많은 샐리가 뚜껑 달린 돈궤를 들고 서 있었으므로 돈을 받을 때 불쾌한 감정 같은 것도 생길 리 만무했다

사람들로 붐비는 토요일이 되자 커다란 단지들이 자리로 옮겨졌고, 손이 쉽게 닿는 장소에 엄청난 양의 컵들이 놓였다. 여자들이 속속 도착했다. 그들은 간단한 식사거리를 지참했으며 10센트짜리 동전을 냈다. 노력이 이어지자 회원 수가 확대되었고, 참석자가 계속 늘어났다. 이 모든 노력은 정확히 모리슨 부인의 빛나는 재능과 맞아떨어졌다.

그녀는 차분하면서도 활기차고, 눈에 띄지 않게 활동적이며, 타고난 정치인처럼 계획하고, 현실적인 행정가처럼 실행에 옮겼다. 부인은 그 일에 온 마음을 쏟을 뿐 아니라 일 자체를 즐겼다. 동아리나 단체 안에 새로운 동아리와 단체를 만들었고, 소규모 수업과 과를 편성했다. 머지않아 헛간 너머에 있는 커다란 방에서 남학생 동아리와 여학생 동아리, 독서 동아리, 연구 동아리 등 기존 교회에 없는 온갖 종류의 작은 모임과 교회에 있는 일부 모임도 열렸다.

원하는 사람 모두 차와 커피, 크래커, 치즈를 즐겼다. 간단한 다과였지만 항상 품질이 좋았고, 사람들은 이 다과 비용으로 10센트씩 작은 돈궤에 넣었다. 클럽 회원들로부터 매주 이 돈이 모였다. 그리고 매주 다양한 관심사를 가진 클럽 회원들이 찾아왔다. 첫해 여섯 달이 채 지

나기도 전에 해들턴 휴식 발전 클럽(HRIC)의 회원 수가 500명에 이르렀다.

이제 매주 500명이 10센트씩 내니 1년이면 2,600달러가 모였다. 큰 집을 짓거나 빌리고, 500명에게 의자, 휴게실, 책, 잡지, 그릇과 서비스를 제공할 뿐 아니라 아무리 간단한 수준이라도 간식과 음료를 제공하는 예산으로 1년에 2,600달러는 결코 넉넉한 금액이 아닐 것이다. 하지만 기적적으로 클럽하우스로 쓸 건물이 있고 집기류가 갖춰져 있으며 그곳에 경영자와 시중을 들어줄 하인이 있다면 그 금액은 큰 힘이 된다.

모리슨 부인은 토요일마다 1달러씩 지불하기로 하고 반나절 동안 일을 도와줄 사람 두 명을 고용했다. 또 1년에 50달러를 들여서 서재에 많은 잡지들을 구비했다. 100달러로 기름과 전기 비용, 소소한 잡비를 충당했다. 그리고 모두가 합의한 대로 사람들에게 4센트 정도 하는 소박한 식사를 제공했다.

부인은 추가 접대 비용과 자신이 이곳저곳 방문할 때 드는 비용, 사업에 수반되는 다양한 새로운 비용들도 지불했다. 그러고도 첫해가 끝날 무렵 자신이 지불할 이자를 빼고도 온전히 1천 달러의 순익을 남겼다. 모리슨 부인은 차분한 미소를 띤 채 금액을 확인하고는 지폐를 차곡차곡 모아서 침대 뒤편 벽 속에 있는 작은 금고 안에 쌓아두었다. 샐리조차 그곳에 금고가 있다는 사실을 몰랐다.

두 번째 해는 첫해보다 훨씬 수월했다. 어려움도 있었고 흥분되는 일도 있었으며 심지어 약간의 반대도 있었지만 모리슨 부인은 그 해도 성공적으로 마무리했다. 그녀가 중얼거렸다. "결국 사람들은 좋으면 몰려들 거야."

그녀는 비용 일체와 이자비용을 충당하고도 2천 달러가 넘는 여분의 현금이 남았는데 이 금액은 분명히 그녀의 돈이었다.

모리슨 부인은 아들과 딸에게 추수감사절을 지내러 가족들과 함께 오라는 내용의 편지를 썼다. 그리고 두 통의 편지 모두 '여행경비를 동봉한다'는 자부심 넘치는 말로 끝맺었다.

아들, 딸 모두 아이들은 물론 두 명의 유모까지 대동하고 모리슨 부인의 집을 방문했다. 웰컴하우스에는 방 개수가 넉넉했고, 기다란 마호가니 식탁에 차려진 음식도 풍성했다. 주황색과 보라색으로 이루어진 옷을 멋지게 차려입은 샐리가 벌처럼 빠르게 움직였다. 모리슨 부인은 여왕과 같은 우아한 자세로 커다란 칠면조를 칼로 잘랐다.

"전 이 집에 클럽 여자들이 잔뜩 있을 줄 알았어요, 엄마." 제니가 말했다.

"추수감사절이잖니. 모두 다 집에 있지. 내가 내 집에 감사하듯 그 사람들도 모두 행복하고 자신들의 집에 감사하면 좋겠구나." 모리슨 부인이 말했다.

나중에 버츠 씨가 찾아왔다. 모리슨 부인은 품위와 냉정함을 유지한 채 조용히 그에게 이자비용과 원금을 건넸다.

버츠 씨는 부인이 건네는 돈을 받기를 꺼렸지만 그의 손은 무의식적으로 빳빳한 푸른색 수표를 움켜쥐었다.

"당신이 은행계좌를 가지고 있는지 몰랐군." 버츠 씨가 약간 미심쩍다는 듯 말했다.

"아, 그래요. 당신에게 수표가 지급될 거라는 걸 알게 될 거예요. 버츠 씨."

"어떻게 이 돈을 마련했는지 알고 싶군. 당신 클럽에서 돈을 사취하면 안 돼."

"당신의 다정한 관심에 감사드려요, 버츠 씨. 정말 친절하군요."

"분명히 영향력 있는 당신 친구 몇몇이 그 돈을 당신에게 빌려줬겠지. 당신 살림살이가 나아졌을 리 없을 테니."

"이보세요, 버츠 씨! 좋은 돈 가지고 언쟁하지 말고 사이좋게 헤어지기로 해요."

그리고 그들은 헤어졌다.

솔로몬 가라사대

“사람을 꾸짖는 자는 혀로 아첨하는 자보다 후에 더 은총을 얻으리라.” 솔로몬 뱅크사이드 씨가 아내 메리에게 말했다.

“여자는 그 반대예요.” 메리가 대답했다. “당신, 이 말도 덧붙이는 게 좋겠어요.”

그가 말했다. “쉬잇, 몰리. ‘그의 말에 말을 얹지 말라’라는 말이 있잖아. 위대한 왕의 지혜를 가지고 경솔하게 이러쿵저러쿵 하면 안 돼.”

“그런 뜻이 아니라… 여보, 하지만 당신은 항상 그걸 들으면….”

“‘사람이 귀를 돌려 율법을 듣지 아니하면 그의 기도도 가증하니라.’” 뱅크사이드 씨가 대답했다.

아내가 약간 열을 내며 말했다. “당신은 그 옛말의 모든 구절을 일일이 다 외우고 있군요. 그 옛말들이 불경스러운 건 아니지만 이젠 너무 낡았어요! 그리고 전 당신이 그 말들 중에서 몇 구절은 머리에서 지웠으면 좋겠어요!”

그는 짓궂은 표정으로 미소를 지으며 아내가 늘 사랑하는 그 몸짓으로 숱 많은 은회색 머리칼을 뒤로 넘겼다. 깊고 푸른 눈동자가 짙은 눈썹 아래에서 반짝였다. 입술은 철석같은 단호함이 엿보이면서도 다정했다. "당신의 입을 다물게 할 말을 적어도 세 가지는 떠올릴 수 있어, 몰리. 하지만 그러지 않겠어." 그가 말했다.

"아, 당신이 하고 싶은 말 한 가지는 나도 알아요! '폭우가 쏟아지는 날의 끊임없는 낙숫물은 투덜거리는 아내와 비슷하다!' 난 투덜거리는 게 아니에요, 솔로몬!"

그가 솔직하게 시인했다. "맞아, 당신은 투덜거리지 않아. 내가 진짜 하고 싶은 말은 이거야. '슬기로운 아내는 주님께서 주신다.'와 '아내를 얻는 자는 복을 얻고 주님께 은총을 받는 자니라.'"

그녀는 충동적으로 세월의 무게를 이겨낸 탁자 옆으로 달려가더니 남편에게 따뜻한 입맞춤을 건넸다.

뱅크사이드 씨가 말을 이었다. "당신을 힐난하는 게 아냐, 여보. 하지만 당신은 돈이 있으면 남들에게 거저 줘버릴 거야. 그럼 남는 게 별로 없겠지."

"하지만 당신이 내게 쓰는 돈은요!" 메리가 주장했다.

"그건 현명한 투자지. 마땅한 보상이기도 하고." 남편이 조용히 대답했다. "'흩어지게 하되 더 많이 자라게 하는 자가 있느니라'는 말이 있잖아, 여보. '그리고 옳은 것보다 더 아끼는 자가 있느니라. 그러나 그것은 가난에 이르게 하나니!' 당신이 얻는 건 다 가져가도록 해, 여보. 당신에게 과분한 건 없으니.”

솔로몬 뱅크사이드 씨는 유대인이 아니었다. 그럼에도 그의 성은 유대인을 연상시켰고 이름은 유대인이라는 사실을 증명하는 듯했다. 구약성경에 대한 그의 탁월한 지식도 그 견해를 뒷받침했다. 하지만 아니었다. 버몬트 출신인 그의 조상은 영국 청교도로서 뉴잉글랜드로 건너온 사람들이었다. 솔로몬과 이삭, 시드기야 가문은 스탠드패스트(Standfast)와 프레이즈더로드(Praise-the-Lord)를 제외하면 가장 오래된 청교도 가문으로, 그들은 대대로 믿음이 독실할 뿐 아니라 고집이 쇠심줄 같았다.

아내의 혈통은 그렇게 단순하지 않았다. 그녀는 위그노의 핏줄(프랑스에서는 최고 혈통이지만 둘 다 그 사실을 몰랐다)을 이어받았으며 알바니아 출신 할머니는 성에 반(Van)을 썼고, 증조할머니는 성에 맥(Mac)을, 또 다른 할머니는 오(O')를 썼다. 심지어 독일군 출신 조상도 있었다. 족보 연구에 심혈을 기울여온 뱅크사이드 씨는 아내의 핏줄에 대한 정보를 알면 알수록 기분이 상했고, 이내 아내의 혈통을 가벼이 여기게 되었다.

메리는 매력적인 숙녀였다. 아름답고 활기가 넘쳤으며 5월의 사과나무 속 꾀꼬리처럼 톡 쏘는 맛이 있었다. 메리의 날랜 손이 닿는 순간 모든 게 멋지고 효율적으로 변했다. 정말 탁월한 살림꾼이었다. 냉철하고 엄숙한 한 동부 젊은이가 느닷없이 그녀와의 결혼을 결심했는데, 훗날 그는 자신의 이 결심을 의아하게 생각하곤 했다. 그녀 역시 마찬가지였다.

그 당시 뱅크사이드 씨가 별로 염두에 두지 않았던 건 분별 있는 사람이라면 거의 불경스럽다고 생각할 만큼 구제불능인 메리의 독립심과 경솔함이었다. 원칙에 근거한 뱅크사이드 씨의 모든 행동은 단단한 습관으로 굳어졌고, 성경 구절은 그의 행동의 지지해주는 부벽이었다. 반면에 메리의 행동은 날아다니는 나방처럼 엉뚱해 보였다. 뱅크사이드 씨는 자신의 계보학 연구에 비추어 엄숙하고 성실하게 살핀 결과, 아내 행동의 모든 불확실성이 해명된다고, 실수는 천의 얼굴을 가진 메리와 결혼한 자신이 한 것이라고 생각했다.

그럼에도 불구하고 그들은 행복하게 살았다. 가끔 그 행복이 삐그덕거리기는 했지만. 이번도 그런 경우였다. 크리스마스 다음 날, 팝콘과 상록수 냄새가 잔뜩 밴 넓은 거실에 들어선 뱅크사이드 부인이 어제 과일들이 근사하게 배열되어 있는 구석으로 천천히 걸어갔다. 그녀는 사람들에게 줄 수 있는 게 거의 없는 반면, 받은 건 너무 많았다.

많은 친구들이 준 수많은 선물은 대부분 누가 써도 괜찮은, 어느 숙녀에게나 잘 어울리는 '선물'이었다. 반면에 그녀를 뼛속까지 잘 아는 소수가 준 선물 몇 가지는 하나 같이 엄선된 것들이었다. 매카벨리 부인의 선물은 약간 당황스러웠다. 뱅크사이드 부인의 오빠가 준비한 선물은 수표가 동봉된 빳빳한 흰 봉투였다. 아이들과 손자들이 준 애정 어린 선물들도 있었다.

마지막으로 솔로몬이 준 선물이 있었다.

생각에 생각을 거듭해서 다양한 물건들의 장점들을 저울질한 끝에 신중하게 고른 값비싸고 성대한 선물을 주는 것, 말하자면 그녀에게 은

혜를 베푸는 게 솔로몬의 오랜 습관이었다. 그는 선물을 뭘 살지만 생각할 뿐 받는 사람의 마음은 안중에도 없었다. 그러니 아내가 치지도 못하는 피아노나 존경하지도 않는 인물의 조각상, 펼쳐보지도 않을 단테 전집, 육중한 금팔찌, 디자인에만 너무 신경쓴 브로치 같은 걸 선물했다. 이번에 선물한 건 흑담비 모피 세트로 가격은 그녀의 상상을 초월했다.

크리스마스 때마다 이런 선물들이 그녀 앞에 당도했다. 그리고 그녀는 선물 앞에 서서 만화경을 연상시킬 만큼 복잡다단한 표정으로 별 가치도 없는 귀중품들에 대해 생각했다. 그 표정에는 남편에 대한 사랑과 긍지, 그의 판단력과 경제력에 대한 존경, 한결같은 다정함과 너그러움에 대한 감사와 더불어 자신이 작고 저렴하며 교환 가능한 물건을 선호한다는 것을 잘 알면서도 언제나 이렇게 크고 비싸고 교환 불가능한 선물을 주는 남편에 대한 짜증이 섞여 있었다. 모피에 대한 개인적인 혐오와 자신에게 갈색이 어울리지 않는다는 괴로운 확신, 이런 생각 탓에 이 작은 여인의 가슴은 이른바 '모순된 감정'으로 가득 찼다.

뱅크사이드 부인은 오빠가 선물로 준 구겨진 수표를 펴면서 언제나 그렇듯 이 수표가 크리스마스 전에 도착했다면 사랑하는 사람들을 위해 더 많은 선물을 살 수 있었을 거라며 아쉬워했다. 솔로몬은 자기 나름대로 그녀에게 돈을 쓰는 걸 좋아했다. 하지만 반대로 아내가 자신이든 다른 누구에게든 돈을 쓰는 건 싫어했다. 그녀는 일전에 오빠에게 크리스마스 전에 선물을 보내줄 수 있는지 물은 적이 있었다.

오빠가 말했다. "네 생전에 그런 일은 없을 거야, 몰리! 10월 한 장 볼 수 없을걸! 그리고 크리스마스 목전에 많은 선물을 사기는 힘들어, 그리고 돈은 다음 크리스마스가 오기 훨씬 전에 다 바닥나겠지."

그녀는 수표를 옆으로 치우고는 가장 기묘한 선물을 살펴보기 위해 몸을 돌렸다. 선물을 신중하게 살펴본 그녀는 이내 선물을 준 사람이 누구인지 짐작이 갔다.

"너무너무 고마워요, 베니그나. 내가 일하는 걸 얼마나 좋아하는지 당신도 알죠. 그거, 베틀 아닌가요? 어떻게 움직이는 건지 좀 보여주겠어요?"

"물론 보여드리죠. 그러려고 이렇게 달려온걸요. 부인이 이게 뭔지 모를까봐 걱정했어요. 부인은 손재주가 있으시니 베틀질이 재미있을 거예요. 저는 그렇거든요."

매카벨리 부인은 뱅크사이드 부인에게 예로부터 내려오는 천 짜는 기술을 가르쳐주었다. 뱅크사이드 부인은 지금까지 시도했던 그 어떤 수공예보다도 베틀질을 즐기게 되었다.

그녀는 약간 성기고 단순한 천에서 시작해서 점점 더 좋은 천을 짜는 법을 익히는 등 베틀을 잘 다뤘다. 합성 모직을 싫어했던 그녀는 사랑스러운 진짜 빨간색 털실을 산 다음 가볍고 따뜻한 플란넬 천을 짰고, 어린 손주들에게 자신이 짠 천을 둘러보면서 황홀해했다.

뱅크사이드 씨는 따뜻한 어조로 좋다고 말하면서 다정하게 중얼거렸다.

"저 사람은 양모하고 아마를 얻겠다고 저러고 있군. 자진해서 몸 쓰는 일을 한다니까."

그는 코트를 입은 어린 밥과 폴리가 새 모자를 쓰고는 홍관조마냥 폴짝폴짝 뛰면서 인도를 치우는 화로 관리인의 일을 열심히 거드는 모습을 지켜보았다. "자기 집 사람들은 다홍색 옷을 입었으므로 그녀는 눈이 와도 자기 집 사람들을 위하여 염려하지 아니하네." 잠언 한 구절을 중얼거리다가 이 상황에 딱 들어맞는 말이라는 생각이 들자 뱅크사이드 씨의 얼굴에 웃음기가 번졌다. 또다시 마음에서 진심으로 우러난 남편의 키스를 받은 부인이 대단히 기뻐했다.

그녀가 남편을 안으면서 말했다. "내 사랑! 당신은 금광보다도 오히려 상황에 딱 들어맞는 잠언을 찾는 걸 좋아하는 것 같군요!"

이 말에 그가 의기양양하게 대답했다. "'지혜는 루비보다 나으며 원하는 어떤 것도 이에 비교할 수 없음이라.'"

부인이 그를 향해 사랑스럽게 웃었다. "더 얘기할 잠언이 있나요?"

그가 조용히 대답했다. "지금 더 얘기할 건 별로 없군. 이 잠언들에 따라 살다 보면 우리 인생은 완벽한 인생에 한층 가까워질 거야, 여보."

그러자 그녀는 다시 웃음을 터뜨렸고, 남편의 회색 머리카락을 매만지면서 그의 목 뒤에 입을 맞췄다. "사랑스러운 사람!" 뱅크사이드 부인이 말했다.

그녀는 남편이 새로운 장난감이라고 부르는 베틀에 매여 바쁘게 시간을 보냈다. 한가했던 그녀의 손길이 쉼 없이 부드럽게 움직였다. 그녀는 건강이 한층 좋아졌고, 가끔 투덜대던 기색 역시 온데간데없이 사라졌다. 남편은 아내의 명랑한 성격에 새롭게 감탄하면서 다음과 같은 잠언을 수백 번이나 읊곤 했다.

"'그녀는 지혜로 입을 열고 혀에는 친절의 법이 있도다.'"

매카벨리 부인은 뱅크사이드 부인에게 수건 짜는 법을 가르쳤다. 하지만 곧 뱅크사이드 부인의 기량이 매카벨리 부인을 능가했다. 그녀는 독창적인 천재성을 드러내며 자신만의 무늬를 만들어냈다. 그녀가 짠 천은 점점 촘촘해졌고, 품질 역시 좋아졌다. 그녀는 기쁨에 차서 자신이 완성한 수예품으로 리넨상자를 다시 채웠다.

매카벨리 부인이 말했다. "부인, 만약 그것들을 판매할 의향만 있다면 부르는 게 값일 거예요. 부인 이름을 수놓은 것들 말이에요. 제가 여성들을 위한 거래소를 통해 주문을 받을 수 있을 거예요!"

뱅크사이드 부인이 아주 기뻐했다. "정말 재밌겠군요! 그럼 내가 거기에 나갈 필요가 없겠네요?"

"네. 전혀 그럴 필요가 없어요. 제게 맡겨주세요."

그리하여 뱅크사이드 부인은 질릴 때까지 값비싸고 곱고 부드러운 수건을 만들었다. 또 독창적이고 풍부한 천재성을 발휘하여 정교한 패턴을 넣은 허리띠를 짤 방법을 궁리하기 시작했다.

허리띠는 큰 사랑을 받았다. 부인이 아는 모든 여자들이 허리띠를 탐냈다. 거래소에서도 허리띠를 원했다. 확실히 수요가 있었다. 마침내 어느 날 매카벨리 부인이 상당히 거드름을 풍기며 특별 주문을 들고 왔다.

"부인이 어떻게 생각하실지 모르겠네요. 제가 퍼시 씨 집안을 잘 알거든요. 아시겠지만 규모가 큰 가게를 운영하잖아요. 그런데 퍼시 씨가 제게 부인이 제작한 허리띠 얘기를 꺼내더군요. 물론 그걸 부인이 만든다는 사실은 몰랐어요. 아무튼 퍼시 씨가 말했죠. (거래소 사람들이 그에게 말했겠죠) "그 여자한테 주문을 할 수만 있다면 제가 제작 물량을 싹 주문할게요. 가격은 원하는 대로 지불하고. 그 여자, 돈이 궁한가요?" 글쎄 이렇게 묻지 뭐예요. "이 일이 생업인가요?" 그래서 제가 말해줬어요. "전혀 그렇지 않아요." 그러자 퍼시 씨는 흥미 있는 경우라고 생각하는 것 같더군요! 아무튼 주문을 했어요. 주문을 받으실 건가요?"

뱅크사이드 부인은 대단히 흥분했다. 그녀는 정말 하고 싶었지만 남편이 불쾌하게 여길까봐 두려웠다. 그녀는 조용히 이루어지는 수건 판매에 대해 아직까지도 남편에게 말을 꺼내지 않은 상태였고, 생전 처음 번 그 귀한 돈은 남편 몰래 잘 모아뒀다.

두 친구는 제법 오랫동안 이 일의 장단점을 의논했다. 그리고 부인은 약간 불안하긴 하지만 결국 주문을 받아들이기로 결심했다.

"베니그나, 입도 벙긋하면 안 돼요! 솔로몬이 절대 날 용서하지 않을까봐 걱정이에요!"

"물론이죠. 한순간도 걱정할 필요 없어요. 물건은 내게 맡겨요. 내가 마차를 타고 와서 물건들을 거래소로 가져갈게요. 퍼시 씨는 거래소에서 그 물건을 받으면 돼요."

"꼭 밀수출하는 것 같군요!" 뱅크사이드 부인이 즐겁게 말했다. "항상 해보고 싶었는데!"

“사람들이 여자들은 법을 지킬 양심이 없다고들 하잖아요?” 매카벨리 부인이 말했다.

그녀의 친구가 대꾸했다. “왜 우리가 그래야 하죠? 우리가 법을 만든 것도 아니고, 그렇다고 신이나 자연이 만든 것도 아니잖아요. 어느 날 남자 몇 명이 모여서 만들었고, 시간이 지난 다음 또 다른 남자들이 바꿔버린 바보 같은 규칙들을 도대체 우리가 왜 존중해야 하죠?”

“오오, 세상에! 몰리! 남편 앞에서 그런 식으로 얘기해요?”

“그렇진 않아요.” 집주인이 그중에서도 도드라지게 아름다운 별 문양이 들어간 허리띠를 내밀며 대답했다. “남편한테 말 안하는 게 굉장히 많아요. ‘슬기로운 남자는 자신의 혀에 재갈을 물린다.’고 하잖아요. 여자도 마찬가지죠.”

뱅크사이드 부인은 분을 바른 후작부인 같은 머리칼과 드레스덴 도자기 미녀 같은 장밋빛 뺨과 작고 단단한 체구를 가진 아름다운 여성이었다.

매카벨리 부인이 감탄하듯 그녀를 바라보며 자랑스럽게 한마디 했다. “‘나무가 다하면 불이 꺼지고 말쟁이가 없어지면 다툼이 쉬느니라,’ 나도 그 정도는 얘기할 수 있어요.”

뱅크사이드 부인은 일을 과감하게 밀고나가면서 걱정거리도 쌓였다. 바쁜 시간들은 훌쩍 지나갔고 놀랄 만큼 많은 수표들이 흐뭇하게 쌓여갔다. 부인은 우아하고 사랑스러운 모습으로 잘 차려진 저녁식사 자리에 내려가곤 했다. 옷차림은 항상 자리에 잘 어울렸다. 그녀는 남편과 단란하고 조용한 저녁 시간을 보내거나 가끔 외출을 하기도 했다. 뱅크사이드 씨는 한결 부드럽고 매력 넘치는 아내의 모습을 보자 젊은 시절 그녀를 향했던 뜨거운 마음이 되살아났고, 그녀의 잡다한 조상들을 향한 마음이 약간 누그러지기까지 했다.

낮이 짧아지고 어둑어둑해질수록 부인은 생기가 넘쳤다. 때때로 노래를 흥얼거리기도 하고, 커다란 피아노 앞에서 즐겁게 건반을 뚱땅거리기도 하고, 남편을 향한 애정을 주체하지 못한 나머지 느닷없이 남편을 쓰다듬기도 했다.

뱅크사이드 씨가 말했다. "몰리! 당신, 갓 스물 된 아가씨 같아. 어떻게 이렇게 달라졌지?"

"마음이 들지 않는다는 거예요, 솔?" 부인이 물었다. 그녀가 남편의 이름을 그런 식으로 부른 건 전에 없던 일이었다.

물론 그는 아내의 행동이 마음에 들었다. 그리고 크리스마스 선물을 사라며 그녀에게 추가로 10달러를 주기까지 했다. 원래 전기로 움직이는 작은 자동차를 선물할 생각이었지만. 바퀴 달린 손수레도 무서워하는 그녀에게 말이다!

날이 밝고 가족들이 함께 모였을 때, 다이아몬드 브로치와 금 팔찌, 포인트 레이스 손수건 등 그동안 남편의 관대함 덕분에 마련한 것들로 한껏 치장한 채 모습을 드러낸 뱅크사이드 부인의 자태가 얼마나 득의만만하며 신비로운지 옆에 있는 성탄 트리가 희미해 보일 정도였다. 그리고 어안이 벙벙한 친척들에게 누구나 탐낼 만한 갖가지 선물을 나눠

주자 그들은 감사한 마음을 표현할 방법을 잃었다.

월급쟁이 목회자를 남편으로 둔 제시가 외쳤다. "세상에, 엄마, 이런 깔개를 원했는데 엄만 어떻게 아신 거예요! 그리고 재봉틀까지! 예쁜 이 정장에다가 또… 또… 세상에, 엄마!"

반면에 사위는 그녀를 옆으로 데려가더니 진지하게 존경의 키스를 했다. 그는 부인이 선물한 사회학 서적을 수년 동안이나 손에 넣고 싶어 했으나 그게 실현되리라고는 꿈도 꾸지 못했던 것이다. 저 많은 잡지들 역시 마찬가지였다.

한편 넬리는 '부유한 남자와 결혼했'으므로 값비싼 선물을 받을 일이 별로 없었다. 하지만 일주일 전 어머니로부터 수표를 건네받고는 감사의 뜻을 전했다.

"쉬잇! 내 딸! 말은 필요 없단다. 내가 다 아니까! 날씨가 정말 좋구나!"

넬리의 남편 역시 기분 좋게 놀랐다. 결혼을 했거나 미혼인 다른 친지들도 마찬가지였다. 한편 놀잇감과 장난감 들 사이에서 시끌벅적하게 떠들어대는 아이들에게 이 크리스마스는 여느 때처럼 즐거움이 가득한 시기였다.

실용적 사고의 소유자인 솔로몬 뱅크사이드 씨는 별 말 없이 이 모습을 바라보고 있었지만 속으로는 놀라움을 감추지 못하면서 돈 계산을 하고 있었다. 그는 다른 이들 앞에서 자신의 아내를 비난해야 할까?

그런데 그의 차례가 왔을 때, 실크 손수건 세트(뱅크사이드 씨는 실크 손수건을 차마 만질 수 없었다!), 카드와 칩, 온갖 종류의 모조 화폐들(그는 카드놀이와 거리가 먼 사람이었다), 무늬가 새겨진 체스 테이블과 상아로 만든 말들(그는 체스 게임에 대해 아는 게 없었다), 화려한 스카프 핀(그는 보석류를 혐오했다), 사탕 5파운드가 든 상자(그는 사탕을 절대 먹지 않았다) 등 선물들이 끊임없이 이어지자 뱅크사이드 씨의 가슴속에서 뜨거운 무엇인가가 북받쳐 올랐다. 그 감정을 드러낼 수도, 그렇다고 누를 수도 없었던 그는 곧바로 계단을 올라 자신의 방으로 향했다.

나중에 뱅크사이드 부인이 방에서 남편을 찾았을 때 그는 마치 버릇없지만 사랑스러운 꼬마처럼 얼굴을 붉힌 채 웃다가 약간 울기도 했다.

그는 아내를 보자 이내 감정을 꾹 삼켰다. 그의 목소리가 약간 부자연스러웠다.

"난 여느 남자처럼 농담을 잘 받아들일 줄 알아. 우리 둘 다 그걸 분명히 안다고 생각해. 자, 여보, 당신 그거 다 어디서 난 거야?"

"벌었어요." 그녀는 눈을 내리깔고 레이스 손수건을 만지작거리며 말했다.

"벌었다고! 내 아내가, 돈을 벌었다고! 어떻게 벌었다는 거야?"

"수건이랑 허리띠를 짜서요. 내가 만든 물건들을 팔았어요. 화내지 말아요. 아무도 모르니까요. 내 이름을 절대 드러내지 않았어요! 제발 성내지 말아요! 나쁜 짓을 한 게 아니잖아요. 그리고 굉장히 즐거웠어요!"

"그래, 나쁜 짓은 아니겠지." 그가 다소 여겼다는 듯 말했다. "하지만 내겐 확실히 아주 굴욕적일 뿐 아니라 불쾌한 일이야. 아주 전례 없는 일이지."

"꼭 그렇지만도 않아요, 여보." 그녀가 주장했다. "당신이 아는 여자들 대부분이 이 일을 했으니까요! '그녀는 고운 아마포를 만들어 팔고 허리띠를 상인들에게 넘겨준다'는 잠언이 떠오르지 않아요?"

뱅크사이드 씨는 천천히 계단을 내려왔다.

시간이 흐르자 뱅크사이드 씨는 이 상황에 익숙해졌고 또 자랑스럽게 여기게 되었다. 그리고 만약 조심스럽게 아내에 대한 흠을 잡거나 자신을 측은히 여기는 친구가 있다면 조용히 대꾸하곤 했다. "'남편의 마음이 그녀를 믿나니 그의 일이 핍절하지 아니한다. 그녀의 손의 열매가 그녀에게로 돌아갈 것이요, 그녀가 행한 일로 말미암아 성문에서 칭찬을 받으리라.'"

작은 집

·

"그게 어때서요?" 매슈스 씨가 말했다. "집이라기엔 너무 작고 오두막이라고 하기엔 너무 예쁘고 시골집이라고 하기엔 외형이 특이하잖소."

"'작은 집'이라, 좋고말고요." 로이스가 현관 의자에 앉으면서 말했다. "그런데 보기보단 크네요. 매슈스 씨. 말다, 넌 마음에 드니?"

그곳은 내게 기쁨이었다. 사실 기쁨 이상이었다. 숲 밑에 도색하지 않은 싱그러운 목재로 지은 이 자그마한 건물은 멀리 흰 알갱이처럼 보이는 농장 건물이나 강줄기가 흐르는 계곡을 따라 꾸불꾸불 이어진 작은 마을을 빼면 눈에 보이는 유일한 집이었다. 그 집은 잔디 위에 있었다. 도로는 물론 사람이 다니는 길도 없었으며 어두운 숲이 뒤 창문에 그늘을 드리웠다.

"식사는요?" 로이스가 물었다.

"걸어서 2분도 안 걸려요." 매슈스 씨가 장담하고는 식사가 제공되는 장소로 이어지는 나무들 사이로 난 은밀한 오솔길을 우리에게 가르쳐 주었다.

우리는 의논도 하고 이모저모 따져보다가 자신의 명주 치마를 꽉 감싸 쥐고 있는 로이스에게 티끌 하나 없으니 그렇게 조심할 필요 없다고 소리를 질렀다. 그리고 이내 그 길로 가보기로 했다.

나는 '하이 코트'에서 행복한 여름을 보내면서 그제야 삶의 진정한 기쁨과 평화가 뭔지 깨달았다. 그곳은 닿기 어렵지 않은 산골이었지만 거기 있으면 이상하게도 크고 고요하며 멀리 떨어져 있는 것처럼 느껴졌다.

이 시설의 제반 사항은 음악에 광적으로 미쳐 있는 카스웰이라는 기이한 여인이 맡고 있었다. 이 여인은 음악과 '고등 사상'에 관련된 여름학교를 열었다. '하이 코트'에서 숙박을 하지 못한 사람들은 악의를 담아 그곳을 높은 도를 뜻하는 '하이 씨(High C)'라고 불렀다.

나는 그곳의 음악을 굉장히 좋아했다. 그리고 좋은 생각이든 나쁜 생각이든 내 속마음을 그 누구에게도 털어놓지 않았다. 하지만 작은 집은 그 무엇보다도 사랑했다. 그곳은 정말 작고 새것이었으며 깨끗했고 새로 대패질한 판자 냄새로 꽉 찼다. 사람들은 도색도 하지 않았다.

밖에서 보면 너무 작아 보여서 믿기지 않겠지만 그 작은 곳 안에 큰 방 하나와 작은 방 두 개가 있었다. 그리고 작긴 하지만 기적을 품고 있었는데 수도관이 산의 옹달샘까지 이어진 덕분에 욕실에서 샘물을 쓸 수 있다는 점이었다. 창문은 녹음과 부드러운 갈색, 새가 둥지를 틀고 조용한 꽃이 별처럼 반짝이는 숲으로 향했다. 반면 앞에서는 전체 카운

티를 지나 저 멀리 강 너머 다른 주까지 보였다. 아래는 물론 저 멀리 떨어진 곳까지 보이는 게 마치 무언가, 굉장히 큰 무언가의 지붕 위에 앉아 있는 느낌이었다.

잔디는 문 계단 밑까지, 건물 벽 밑까지 이어져 있었다. 물론 거기엔 잔디만 있는 게 아니라 내가 한 곳에서 자라리라고 상상도 못했던 꽃들이 줄을 이었다.

아래 읍내로 이어지는 길에 닿으려면 풀 사이로 난 좁고 희미하게 난 줄 자국을 따라 한참 가야 했다. 반면에 우리는 깨끗하고 폭이 넓은 작은 숲길을 따라 밥을 먹으러 다녔다.

왜냐하면 우리는 대단히 사려 깊은 음악가들과 음악에 재능이 뛰어난 사색가들과 함께, 그들이 머무는 근처의 하숙집에서 식사를 했기 때문이었다. 그들은 그곳을 하숙집이라고 부르지 않았다. 하숙집이라는 말은 고상하지도, 음악적이지도 않으니까. 대신 '칼세올라리아'라고 불렀다. 주변에 칼세올라리아가 많이 자라고 있긴 했다. 그리고 난 음식과 가격만 괜찮으면—실제로 그랬다—그들이 뭐라고 부르던 상관없었다.

사람들은 굉장히 흥미로웠다. 적어도 몇몇은 그랬다. 그리고 모두가 평균적인 여름 하숙인들보다는 괜찮은 사람들이었다.

만일 흥미로운 사람들이 없었더라도 포드 매슈스가 그곳에 머무는 한 아무 상관 없었다. 그는 기자거나 전직 기자 출신으로 지금은 여러 잡지에 글을 기고하고 있었고, 책도 출간할 예정이었다.

하이 코트에는 그의 친구들이 머물고 있었다. 그는 음악과 그곳을 좋아했다. 그리고 우리도 마음에 들어했다. 로이스 역시 그를 좋아했는데 그건 지극히 당연했다. 물론 나도 그를 좋아했다.

그는 저녁마다 작은 집으로 올라와서 현관에 앉아 이야기를 하곤 했다.

그는 낮에 와서 우리와 함께 긴 산책을 했다. 그는 우리가 머무는 곳에서 그다지 멀지 않은 곳에 위치한 작고 굉장히 멋진 굴 안에 자신의 작업장을 마련했다. 그 지역에는 바위 선반이나 구멍 같은 지형이 풍부했다. 그는 오후에 작은 모닥불로 끓인 차를 마시러 오라며 가끔 우리를 불렀다.

로이스는 나보다 나이가 꽤 많긴 했지만 진짜로 나이가 많은 건 전혀 아니었다. 게다가 서른다섯이라는 그녀의 나이보다 10년은 젊어 보였다. 나는 나이를 언급하지 않은 그녀를 절대 비난하지 않았다. 나 역시 어떤 이유가 있더라도 그렇게 했을 것이다. 어쨌든 난 우리가 함께 있을 때면 온당하고 신뢰할 수 있는 가정을 이룬 것 같은 느낌이 들었다. 로이스는 우리가 머무는 커다란 방에 있는 피아노로 아름다운 연주를 들려줬다. 주변에 있는 여러 작은 별채에도 피아노가 있었지만 치는 소리가 들리기엔 거리가 멀었다. 바람이 적당할 때면 이따금 연주 소리가 희미하게 들리기도 했다. 하지만 대부분은 조용했다. 사위는 평화로울 정도로 고요했다. 게다가 칼세올라리아는 불과 2분 거리였다. 우리는 비옷을 입고 가든 고무신을 신고 가든 그곳에 가는 것을 결코 개의치 않았다.

우리는 포드를 자주 보았으며 나는 그에게 관심이 갔다. 그럴 수밖에 없었다. 그는 큰 사람이었다. 체구는 크지 않았지만 생각과 이해의 폭이 큰 사람, 목표와 진짜 능력을 가진 사람이었다. 그는 많은 일을 하고 있었다. 나는 그가 지금 목표한 일들을 하고 있다고 생각했는데 아니었다. 지금 하고 있는 모든 건, 말하자면, 빙벽을 깎고 있는 단계라고 말했다. 이 일을 마무리하더라도 앞으로 갈 길이 멀었다. 그는 내 일에도 관심을 보였는데 글 쓰는 사람으로는 흔치 않은 일이다.

내 일은 대단할 게 없었다. 난 자수를 놨고 디자인을 했다.

그 일은 굉장히 아름다운 작업이다! 나는 내 주변에 있는 꽃과 잎사귀들을 사생하는 걸 좋아한다. 어쩔 때는 대상을 단순화하기도 하고 어쩔 때는 부드러운 실크 스티치를 사용해서 있는 그대로 표현하기도 한다.

내겐 이곳에 있는 아름답고 작은 모든 것들이 필요했다. 이 작은 것들뿐 아니라 크고 사랑스러운 것들 덕분에 굉장히 강하다고 느껴졌고 아름다운 작업을 할 수 있었다.

나는 햇살과 그늘이 공존하는 이 동화 같은 땅에서, 탁 트인 광활한 시야와 작은 집이 주는 아름다움과 편안함을 즐기면서, 친구와 정말 행복하게 살았다. 우리는 일상적인 것들을 생각할 필요가 없었고, 공이라는 악기의 감미롭고 부드러운 진동소리가 숲을 울리면 그제야 칼세올라리아를 향한 걸음을 재촉했다.

로이스는 나 자신보다 먼저 알고 있었던 것 같다.

우리는 오랜 친구였고 서로를 신뢰했다. 그녀는 경험도 풍부했다.

로이스가 말했다. "말다, 우린 이 문제를 직시하고 이성적으로 생각해야 해." 로이스는 대단히 이성적이면서도 굉장한 음악적 재능을 가졌는데, 그 점이 내겐 정말 낯설었다. 하지만 로이스는 그런 사람이었고 내가 그녀를 정말 좋아하는 이유였다.

"넌 포드 매슈스에게 애정을 품기 시작했어. 그거 알아?"

내가 그렇다고 말했다. 난 그런 것 같았다.

"포드도 널 사랑하니?"

난 그 질문에 대답할 수 없었다. 내가 말했다. "그 질문은 아직 이른 것 같아요. 그는 남자고, 나이는 서른 언저리이겠죠. 인생 경험이 많으니 분명히 전에 누군가를 사랑했을 거예요. 어쩌면 그저 그에게 친근함을 느끼는 건지도 모르죠."

"그와 결혼하면 결혼 생활이 행복할 것 같아?" 로이스가 물었다. 우리는 종종 사랑과 결혼에 대해 얘기했으며 로이스는 내가 생각을 할 수 있게 도와줬다. 사랑과 결혼에 관한 그녀의 견해는 굉장히 분명하고 설득력이 있었다.

내가 말했다. "물론이죠. 그가 나를 사랑한다면. 포드 씨가 가족 얘기를 꽤 들려줬어요. 서부에서 농사를 짓는 좋은 분들이더군요. 진짜 미국인들이에요. 포드 씨는 힘세고 건강해요. 눈과 입을 보면 단정한 삶이 읽혀요." 포드의 눈은 소년처럼 맑았으며 흰자 역시 깨끗했다. 대부분 남자들의 눈은, 하나하나 뜯어보면, 포드 씨의 눈 같지 않았다. 남자들은 진심 어린 눈으로 여자들을 쳐다보지만, 막상 여자들 눈에 비친 그들의 모습은, 특히 그들의 눈은 다정하지 않았다.

나는 그의 인상도 좋았지만 사람으로서 그가 더욱 좋았다.

나는 내가 아는 한 그와 결혼하면 행복할 것 같다고 말했다. 만약 우리가 결혼한다면.

"그이를 얼마나 사랑해?" 그녀가 물었다.

대답하기 어려웠다. 그를 많이 사랑하지만 그가 떠난다고 해서 내가 목숨을 끊지는 않을 것 같았다.

"그를 갖기 위해서라면 무슨 일이라도 할 만큼 그를 사랑해? 그러니까 그를 위해서라면 정말 애를 쓸 만큼?"

"그럼요. 네. 그런 것 같아요. 그 일이 내가 해도 되는 일이라면. 왜 그런 말을 하는 거예요?"

그러자 로이스가 자신의 생각을 털어놓았다. 그녀는 결혼을 한 적이 있었다. 젊은 시절에 한 불행한 결혼이었다. 그 결혼은 일찌감치 파경을 맞았다. 로이스는 오래전에 그 얘길 내게 한 적이 있었다. 그녀는 그 과정에서 경험을 얻었으므로 고통과 상실에 대한 후회는 없다고 말했다. 그녀는 다시 결혼 전 성을 사용했고 자유를 얻었다. 나를 너무나 좋아했던 로이스는 그 경험을 통해 자신이 얻은 것들을, 고통만 빼고, 내게 고스란히 전해주고 싶어했다.

로이스가 말했다. "남자들은 음악을 좋아하듯 분별 있는 대화를 좋아하지. 물론 아름다움도 좋아해."

"그렇다면 남자들은 당신을 좋아하겠군요!" 내가 끼어들었다. 그리고 실은 그 말 대로였다. 난 로이스와 결혼하고 싶어한 남자들 몇을 아는데, 그때마다 로이스는 '한 번으로 족해'라고 말하고 했다. 난 로이스가 청혼한 남자들과 결혼했더라도 그 결혼이 '좋은 결혼'은 아니었을 거라고 생각한다.

로이스가 말했다. '바보같이 굴지 마, 철부지야. 진지한 문제야. 남자들이 가장 신경 쓰는 건 바로 가정이야. 물론 남자들은 누구와도 사랑에 빠질 수 있어. 하지만 결혼하고 싶은 상대는 가정을 잘 꾸리는 사람이야. 지금 우리는 여기서 목가적으로 살고 있어. 누군가와 사랑에 빠지기 좋은 환경이야. 하지만 결혼에 대한 유혹은 없어. 내가 너라면, 정말 이 남자를 사랑하고 그와 결혼하고 싶다면 이곳에서 가정을 꾸릴 거야."

"가정을 꾸린다고요? 아니, 여기가 가정 맞잖아요. 내 평생 그 어디에서도 이렇게 행복한 적이 없었어요. 로이스, 도대체 무슨 말을 하는 거예요?"

로이스가 대답했다. "어떤 사람은 열기구를 타고서 행복해할 수도 있겠지. 하지만 그건 가정이 아닐 거야. 포드가 이리로 와서 우리와 함께 앉아서 얘기하잖아. 여긴 조용하고, 모든 곳에 여자의 손길이 닿아 있는 매력적인 곳이야.

그리고 칼세올라리아에서 치는 커다란 공 소리가 들리면 우리는 축축한 숲 사이로 비탈길을 내려가지. 그때 마법이 풀리는 거지. 이제 넌 요리를 할 수 있잖아." 나는 요리를 할 줄 알았다. 그것도 아주 잘 해냈다. 내가 존경해 마지않는 나라는 지금 '가정학'이라고 부르는 모든 분야를 내게 혹독하게 가르쳤다. 난 가사일 때문에 다른 일을 할 수 없다는 사실을 빼면 그 일을 하는 데 불만이 없었다. 그리고 요리를 하고 설거지를 하는 사람의 손은 아름답지 않다. 하지만 바느질을 하려면 아름다운 손이 필요하다. 하지만 포드 매슈스 씨를 기쁘게 하는 문제라면….

로이스가 조용히 말을 이었다. "카스웰 씨가 당장 부엌을 넓혀줄 거야. 우리가 작은 집에 들어갈 때 그렇게 말했잖아. 수많은 사람들이 이곳에서 살림을 꾸리고 있어. 원하면 우리도 할 수 있어."

내가 말했다. "하지만 우린 그러고 싶지 않잖아요. 한 번도 그러고 싶은 적이 없었잖아요. 이곳은 가사 일을 할 게 없으니까 아름다운 거예요. 당신이 말한 대로 이곳은 축축한 밤에도 여전히 아늑할 거예요. 우리는 간단하지만 맛있는 저녁도 먹을 수 있어요. 그리고 그가 머물 수도 있고…."

"포드 씨는 열여덟 살 이후로는 집이 전혀 기억에 없다고 하더라."

로이스가 말했다.

그것이 우리가 작은 집에 주방을 설치하게 된 계기였다. 남자들이 며칠 만에 주방을 설치했는데 창문이 하나 달린 별채에 문짝이 두 개 달린 싱크대 하나를 놓은 게 전부였다. 우리에게는 특히 질 좋은 신선한 우유와 야채 같은 좋은 재료들이 있었다. 그걸 부인할 생각은 없다. 과일은 육류와 마찬가지로 시골에서 구하기 어렵다. 그래도 우리는 잘 관리했다. 가진 게 적을수록 손이 많이 간다. 시간과 두뇌가 소요된다. 그뿐이다.

로이스는 집안일 하는 걸 좋아한다. 하지만 피아노를 치는 손이 망가지므로 집안일을 할 수 없었다. 난 기꺼이 가사일을 할 의향이 있었다. 그건 순전히 내 마음이 내키기 때문이었다. 포드는 확실히 주방에서 요리한 음식을 먹는 걸 좋아했다. 그는 종종 이곳에 들러서 정말 맛나게 식사를 했다. 나는 기뻤다. 하지만 가사일은 내 작업에 상당한 지장을 주었다. 나는 언제나 아침에 일할 때 능률이 가장 좋다. 그러나 아침에 해야 할 가사 일이 당연히 있게 마련이다. 그 작은 주방에 할 일이 얼마나 쌓여 있는지 기가 찰 노릇이다. 잠깐 주방에 들어가서 이 일, 저 일을 하다 보면 나도 모르는 사이에 잠깐이 한 시간이 되고 만다.

내가 자리에 앉을 때쯤 아침의 상쾌함은 어느 정도 사라진 후였다. 전에는 아침에 눈을 떴을 때에 일단 깨끗한 나무향이 집 안에 가득했으며 이어서 바깥의 신선한 공기가 느껴지곤 했다.

지금은 눈을 뜨자마자 항상 부엌일을 생각했다. 집 안팎에서 석유난로 냄새도 조금 나고 비누 냄새도 조금 난다. 만약 침실에서 요리를 하면 침실이 어떻게 될지 모두들 알 것이다. 더구나 예전에 우리 집엔 침실과 응접실뿐이었다.

우리는 빵도 구웠다. 제빵사가 구운 빵은 정말 맛이 없었다. 포드는 내가 구운 통밀빵과 흑빵, 그리고 특히 갓 구운 둥근 빵과 머핀을 좋아했다. 그에게 먹을 걸 대접하는 건 즐거웠지만 그로 인해 집이 달궈졌고 나 역시 달궈졌다. 빵을 굽는 날이면 난 일을, 내 일을 제대로 할 수 없었다. 그리고 내가 빵을 굽기 시작하자 사람들이 우유나 고기, 야채 등을 가지고 오기도 하고, 아이들이 산딸기를 들고 오기도 했다. 가장 짜증스러운 건 우리 풀밭에 생긴 바퀴자국이었다. 사람들 때문에 곧 길이 생겼다. 그들은 물론 그럴 수밖에 없었겠지만 난 정말 싫었다. 이 지역의 맨 가장자리에 있는 작은 집에서 전체를 조망할 때 좋았던 그 느낌이 더 이상 들지 않았다. 우리 집은 이제 다른 집들과 마찬가지로 끈에 꿰어진 구슬 중 하나일 뿐이었다. 그래도 내가 이 남자를 사랑하고, 그가 기뻐하기만 한다면 이보다 더한 일도 할 거라는 건 분명한 사실이었다. 우리는 예전처럼 여행을 가기 위해 마음대로 집을 비울 수도 없었다. 요리를 하려면 누군가 집에 있다가 재료가 오면 받아서 안으로 가지고 들어가야 했다. 로이스는 자신이 있겠다면서 종종 집을 지켰지만 대부분은 내가 그 역할을 했다. 난 로이스가 나 때문에 여름을 망치도록 내버려둘 수 없었다. 포드 씨는 확실히 내가 집을 지키는 걸 좋아했다.

포드 씨가 들르는 횟수가 잦아지자 루이스는 나이가 지긋한 사람이 우리와 함께 있는 게 남들 보기에 좀 더 좋을 것 같다며 내가 원한다면 자신의 어머니가 오실 수 있을 거라고, 어머니가 물론 집안일도 도울 수 있을 거라고 말했다. 로이스의 말이 타당한 것 같았다. 그리고 로이스의 어머니가 왔다. 나는 로이스의 어머니, 파울러 부인이 그다지 마음에 들지 않았다. 하지만 칼세올라리아에서 밥을 먹기보다 우리와 함께 식사하는 횟수가 더 많은 매슈스 씨의 존재가 남의 이목을 끌긴 했다. 물론 다른 많은 사람들도 우리 집에 들렀다. 난 사람들이 찾아오는 게 별로 마음이 내키지 않았다. 누가 찾아오면 할 일이 곱절로 늘어나기 때문이었다. 사람들은 주로 저녁식사 시간에 맞춰 왔고, 그럼 우리는 음악이 있는 저녁 시간을 보내곤 했다. 내가 설거지하는 걸 도와주는 사람들도 있었지만 부엌일에 서투른 사람은 별로 도움이 안 되니 난 혼자 설거지하는 편이 더 좋았다. 내 손으로 설거지를 하면 그릇들이 어디 있는지 알 수 있었다.

포드는 그릇 씻는 걸 싫어하는 것 같았다. 하지만 난 종종 그가 그래 주기를 바랐다.

파울러 부인이 왔다. 그녀와 로이스가 한방을 썼다. 그럴 수밖에 없었다. 파울러 부인은 정말 많은 일을 했다. 쓸모가 많은 노부인이었다.

부인이 오자 집이 시끌벅적해졌다. 벽이 판자로 되어 있다 보니 내 목소리보다 주방에 있는 다른 사람의 목소리가 더 자주 들리는 것 같았다. 파울러 부인은 우리보다 훨씬 자주 비질을 했다. 난 깔끔한 곳은 그렇게 자주 쓸 필요가 없다고 생각한다. 부인은 또 항상 먼지를 닦았다. 이 역시 나는 불필요하다고 생각한다. 요리는 여전히 대부분 내가 했지만 이젠 좀 더 자주 집을 나와서 야외에서 그림을 그리거나 산책을 할 수 있었다. 포드는 끊임없이 우리 집을 드나들었으며 이젠 정말 점점 더 가까워지는 것 같았다. 천생연분을 찾은 것과 비교하면 여름 한철 동안 작업 좀 방해받고 소음과 먼지, 냄새에 시달리고, 다음 끼니에 뭘 먹을지 고민하는 게 뭐 그리 대수일까. 게다가 포드 씨와 결혼하면 나는 내내 이런 식으로 살 테니 차라리 이런 삶에 적응하는 게 나을지도 모르겠다.

나는 내 요리를 향한 포드의 칭찬을 전해준 로이스 덕분에 기분이 좋았다. "포드 씨가 네 요리 칭찬을 많이 했어." 그녀가 말했다.

어느 날, 우리 집에 일찍 온 포드 씨가 함께 휴즈픽에 오르자고 내게 말했다. 그곳은 등산 코스로 하루 종일 걸리는 곳이었다. 나는 가볍게 반대했다. 그날은 월요일이었고, 파울러 부인은 여자를 불러 빨래를 하는 게 돈이 덜 든다고 생각해서 우리는 그렇게 했다. 그런데 여자를 부르면 확실히 일거리가 더 늘어났다.

포드 씨가 말했다. "신경 쓰지 말아요. 빨래하는 날이든, 다림질하는 날이든 그 바보 같은 것들을 하는 날이 우리에게 무슨 의미가 있어요? 오늘은 걷는 날이에요. 이미 그렇게 정했어요." 정말 서늘하고 맑고 상쾌한 날이었다. 간밤에 비가 온 후 날이 활짝 갰다.

그가 말했다. "따라와요! 패치 산까지 볼 수 있을 거예요. 확실해요. 날이 이보다 좋을 수는 없어요."

"다른 사람도 가나요?" 내가 물었다.

"다른 사람은 없어요. 우리뿐이에요. 갑시다."

나는 한 가지만 제안하고 흔쾌히 가기로 했다. "잠깐만요, 제가 도시락을 쌀게요."

"당신이 운동화를 신고 짧은 치마를 입는 동안만 기다릴 작정이에요. 점심은 등에 짊어진 바구니에 다 준비되어 있어요. 난 당신들이 샌드위치랑 다른 것들을 싸는 데 얼마나 걸리는지 잘 알지요."

우리는 10분 만에 가볍고 즐거운 마음으로 출발했다. 더 바랄 것이 없는 날이었다. 포드가 싸온 점심도 완벽했다. 더군다나 혼자 준비한 것이었다. 고백하자면 그가 준비한 점심은 내가 요리한 것들보다 더 맛있었다. 등산 덕분일지도 모르지만.

산을 거의 다 내려왔을 때 우리는 넓은 바위선반에 있는 샘에 멈춰서는 샘물을 떠서 포드가 야외에 나오면 즐기는 차를 만들어 마셨다. 우리는 둥근 해가 세상의 한쪽 끝으로 지는 모습과 둥근 달이 반대쪽에서 떠오르는 모습을 바라보았다. 이들은 고요하게 서로를 비췄다.

그리고 포드 씨가 내게 자신의 아내가 되어달라고 청했다.

우리는 정말 행복했다.

"조건이 있어요!"

그가 돌연 꼿꼿이 앉더니 엄한 표정으로 말했다.

"당신, 요리는 금물이에요!"

"뭐라고요!" 내가 말했다. "요리는 금물이라고요?"

그가 말했다. "그래요. 당신은 날 위해서 요리를 그만둬야 해요."

나는 묵묵히 그를 응시했다.

그가 말을 이었다. "그래요. 난 요리에 대해서라면 모르는 게 없어요. 로이스가 내게 말해주었지요. 당신이 요리를 시작한 이후 난 로이스와 보내는 시간이 많아졌거든요. 그리고 당신에 대해 얘기하면서 자연스럽게 많은 걸 알게 됐지요. 로이스는 당신이 어떻게 자랐는지, 당신이 가사 일에 소질이 얼마나 많은지 내게 들려줬지요. 하지만 당신은 예술가의 영혼을 지녔어요. 당신에게는 다른 본능이 있어요."

그러고는 약간 묘한 미소를 지으면서 중얼거렸다. "무릇 새가 그물을 치는 것을 보면 헛일이겠거늘."

"여름 내내 당신을 지켜봤어요." 그가 말을 이었다. "요리는 당신과 어울리지 않아요."

"물론 당신이 해준 요리는 맛이 괜찮아요. 하지만 내 요리 또한 훌륭해요! 난 괜찮은 요리사예요. 부친께서 좋은 급료를 받으면서 오랫동안 요리사로 일하셨지요. 알겠지만 난 요리하는 게 익숙해요."

"돈에 쪼들렸던 어느 여름에는 먹고 살기 위해 요리를 했어요. 그래서 굶는 대신 돈을 모았지요."

내가 말했다. "오! 차도 잘 끓이고 도시락도 잘 싼 게 그런 이유 때문이었군요."

그가 말했다. "다른 것들도 잘하는 게 많아요. 당신은 주방에서 일을 하기 시작한 이후 그 멋진 작업을 예전의 반만큼도 하지 못했어요. 그리고… 이렇게 말하는 걸 용서해요. 당신의 가사일 솜씨는 그다지 훌륭하지 않아요. 반면에 당신이 만든 작품은 당신이 일을 포기하기엔 너무나 훌륭해요. 아름답고 독특한 예술이에요. 난 당신이 작업을 그만두기를 바라지 않아요. 만약 내가 급료가 좋은 요리사처럼 쉽게 할 수 있는 일을 하겠다고 오랜 세월 동안 해온 글쓰기를 포기한다면 당신은 날 어떻게 생각하겠어요?"

난 그저 앉아서 그를 바라볼 뿐 아직까지 너무 행복해서 생각을 분명하게 정리할 수가 없었다. "그런데도 당신은 나와 결혼하고 싶다고요?" 내가 말했다.

"당신과 결혼하고 싶어요, 말다. 당신을 사랑하니까. 당신은 젊고 강하고 아름다우니까. 당신은 자유분방하고, 달콤하고, 향기로울 뿐 아니라 어디서도 찾기 힘든 사람이에요. 당신이 아끼는 야생화처럼. 당신은 아름다움을 볼 줄 알고 그걸 다른 이들에게 줄 수 있는, 특별한 태도를 지닌 진정한 예술가예요. 이 모든 이유 때문에, 그리고 이성적이고 고결하며 우정을 나눌 수 있는 사람이기에 난 당신을 사랑해요. 당신의 요리에도 불구하고!"

"하지만… 당신은 어떻게 살길 원하는 건가요?"

그가 말했다. "일단은 여기서 우리가 살던 대로 살고 싶어요. 이곳엔 평화와 아름다운 침묵이 있어요. 그리고 아름다움이 있지요. 오직 아름다움뿐이에요. 그리고 깨끗한 나무 향과 꽃향기, 달콤하면서도 거친 바람이 있어요. 그리고 당신이 있어요. 당신은 아름다워요. 당신의 옷차림은 언제나 우아하고, 섬세하고 참된 작품을 만지는 하얗고 단단한 손가락에는 확신이 깃들어 있지요. 그때 난 당신을 사랑하게 됐어요. 당신이 요리를 시작했을 때는 신경에 거슬렸어요. 말했다시피 난 요리사로 일한 적이 있으니 그 일이 어떤 건지 잘 알아요. 난 부엌에 있는 내 야생화를 보는 게 정말 싫었어요. 그런데 로이스로부터 당신이 요리를 하게 된 사정과 그 일을 좋아하게 된 이유를 듣게 됐지요. 그리고 내 자신에게 말했어요. "난 이 여인을 사랑해. 요리사인 그녀도 사랑하는지 좀 더 지켜봐야겠어." 사랑해요, 내 사랑. 내 조건을 철회하겠어요. 난 당신을 언제나 사랑하겠어요. 당신이 평생 나의 요리사가 되겠다고 우기더라도 말이에요!"

내가 외쳤다. "오! 난 우기지 않겠어요! 난 요리를 하고 싶지 않아요. 그림을 그리고 싶어요! 하지만 난 생각했죠. 로이스가 말했거든요. 로이스는 당신을 많이 오해했던 거예요!"

그가 말했다. "남자의 마음을 얻으려면 맛난 음식을 먹이라는 말이 항상 옳은 건 아니에요. 적어도 유일한 방법은 아니라는 뜻이지요. 로이스가 모든 걸 아는 건 아니에요. 아직 젊으니까! 그리고 나를 위해서라면 당신은 요리를 포기할 수 있을 거요. 그렇지 않나요, 내 사랑?"

내가 할 수 있을까? 내가? 이런 남자가 과연 있을까?

어머니의 힘

·

제임스는 장례식에 왔지만 그의 아내는 오지 않았다. 아이들을 두고 올 수 없기 때문이었다. 제임스의 말이 그랬다. 제임스의 아내는 장례식에 가지 않겠다는 뜻을 그에게 따로 전했다. 그녀는 유럽 여행이나 여름휴가를 떠나는 경우 말고는 기꺼운 마음으로 뉴욕을 떠난 적이 없었다. 그러니 장례식에 참석하기 위해 11월에 덴버에 가는 건 아예 가능성이 없는 일이었다.

엘런과 애들레이드는 둘 다 장례식에 참석했다. 의무라고 여겼기 때문이었다. 하지만 남편들은 보이지 않았다. 제닝스 씨는 케임브리지에서 하는 수업을 빠질 수 없었고, 오즈월드 씨는 사업 때문에 피츠버그를 떠날 수 없었다. 그녀들 말이 그랬다.

마지막 절차가 끝났다. 그들은 차갑고 우울한 점심식사를 마치고는 다시 집으로 돌아가기 위해 밤기차를 탈 예정이었다. 한편 4시에는 변호사가 와서 유언장을 읽기로 했다.

"형식상 절차일 뿐이야. 남은 유산이 얼마 안 될 테니까." 제임스가 말했다.

"맞아." 애들레이드가 맞장구를 쳤다. "그럴 거야."

"병치레를 오래 하다 보면 돈을 다 까먹게 된다니까." 엘런이 말하면서 한숨을 내쉬었다. 그녀의 남편은 몇 년 전 폐가 안 좋아서 콜로라도로 요양을 다녀왔지만 여전히 별로 좋지 않았다.

제임스가 문득 말을 꺼냈다. "이제 어머니는 어떻게 하지?"

"그건 물론…." 엘런이 입을 열었다.

"우리가 어머니를 모실 수도 있어. 그건 재산이 얼마나 있는지… 내 말은 어머니가 어디에서 살고 싶어하시는지에 달렸다는 뜻이야. 난 지금 그 어느 때보다 에드워드의 월급이 필요해." 엘런의 마음은 좀 복잡해 보였다.

"어머니가 원하시면 물론 우리 집으로 오셔도 돼." 애들레이드가 말했다. "그런데 어머니가 별로 좋아하시지 않을 것 같아. 피츠버그를 안 좋아하셨잖아."

제임스가 두 사람을 번갈아 쳐다보았다.

"가만 있자. 어머니 연세가 어떻게 되시지?"

엘런이 대답했다. "이제 쉰 살이셔. 그런데 많이 쇠약해지신 것 같아, 오랫동안 힘드셨으니까." 엘런은 하소연하듯 제임스를 바라보았다. "내 생각에는 우리보다는 네가 모시는 게 어머니 마음이 편할 것 같아, 제임스. 집이 넓으니까."

"여자는 사위보다는 아들하고 사는 게 항상 더 행복한 것 같아." 애들레이드가 말했다. "난 항상 그렇게 생각해왔어."

제임스가 인정했다. "보통은 맞는 말이지. 하지만 상황에 따라 다르긴 해." 그가 말을 멈추자 자매는 눈빛을 교환했다. 그들은 제임스의 말뜻을 알고 있었다.

"내가 어머니를 모시게 되면 네가 어느 정도는 도와줄 수 있겠다." 엘런이 제안했다.

"물론이야, 당연하지. 그건 할 수 있어." 제임스가 눈에 띄게 안도하며 동의했다. "어머니가 두 사람 집에 번갈아 머물게 되면 어머니의 숙식에 들어가는 돈은 내가 부담할게. 다 합치면 어느 정도 되지? 차라리 지금 모든 걸 정해버리는 게 낫겠어."

"요즘 물가는 정말 끔찍해." 앨런이 창백한 이마를 찡그리며 말했다. "물론 돈이 드는 만큼만 받아야겠지만. 그 일로 돈을 벌 생각을 하면 안되지."

"어머니를 모시게 되면 일도 늘어나고 신경 쓸 일도 많아지지. 그건 인정해야 해. 넌 병약한 아이들과 남편을 건사하는 데 최선을 다할 필요가 있어. 내가 어머니를 모시면 옷값 빼고 따로 더 들어가는 돈은 없을 거야, 제임스. 방도 많고, 생활비가 더 들어도 남편은 눈치채지 못할걸. 하지만 남편이 옷에 돈을 쓰는 건 질색이라 어머니 옷 살 돈은 필요해."

제임스가 분명히 말했다. "어머니는 부족함 없이 제대로 지내셔야 해. 1년에 옷값이 얼마나 들지?"

"올케가 옷값으로 얼마나 쓰는지 네가 알잖아." 애들레이드가 입가에 희미한 미소를 지으며 말했다.

엘런이 말했다. "그건 경우가 달라. 모드의 옷값이 기준이 될 수는 없어! 사회생활을 하니까. 어머니도 그렇게 많은 옷은 꿈도 꾸지 않으실 거야."

제임스가 감사하다는 표정으로 그녀를 쳐다보았다. "숙식비랑 옷값이랑… 전부 얘기가 된 셈이군. 엘런, 어떻게 생각해?"

엘런은 종이를 꺼내려 자신의 작은 검정색 핸드백을 뒤졌지만 찾지 못했다. 제임스가 그녀에게 봉투 한 개와 만년필을 건넸다.

"밥은… 기본적인 식재료만 계산해도 한 사람 당 일주일에 4달러가 들어. 그리고 난방, 전기료에 추가 관리 비용까지 합치면 일주일에 적어도 6달러는 들겠지. 게다가 옷값이랑 차비에 소소한 비용까지 계산하면 300달러는 들겠는데!"

"그 말은 1년에 600달러가 넘게 든다는 말이군." 제임스가 천천히 말했다. "오즈왈드가 비용을 분담하면 어때, 애들레이드?"

애들레이드가 얼굴을 붉혔다. "남편이 그러려고 하지 않을 것 같아, 제임스. 물론 꼭 그래야만 한다면…."

"돈은 충분하잖아." 제임스가 말했다.

"응, 하지만 그이는 본인 사업 말고 다른 데에는 한 푼도 쓰려 하질 않아. 그리고 이젠 시부모님도 부양해야 하고. 안 되겠어. 우리 집에 모실 수는 있지만 그 이상은 안 돼."

엘런이 말했다. “있잖아, 네가 신경 쓸 일도, 골칫거리도 없을 거야, 제임스. 우리 딸들은 둘 다 기꺼이 어머니를 모시고 살 생각이 있어. 모드는 관심도 없겠지만 말이야. 하지만 네가 돈만 좀 내면….”

“어쩌면 유산이 좀 남았을지도 몰라. 그리고 이 집도 팔아야겠지.” 애들레이드가 말했다.

‘이 집’은 덴버에서 16킬로미터 정도 떨어진 완만하게 비탈진 곳에 있었다. 아래에는 작은 강이 흐르고 위쪽은 산기슭으로 이어졌다. 집에서 바라보면 낭떠러지 같은 로키산맥 대열들을 따라 남북으로 이어진 풍경이 서쪽으로도 이어졌다. 동쪽에는 비탈진 평야가 광활하게 펼쳐져 있었다.

“적어도 6천 달러에서 8천 달러는 될 거야.” 제임스가 결론지었다.

애들레이드가 다소 엉뚱한 얘기를 꺼냈다. “옷 얘기가 나와서 말인데 어머니는 새 상복을 안 사셨더라. 늘 같은 것만 입으셔.”

“어머니가 오래 걸리시네. 뭔가 필요한 게 있으신가. 내가 가서 알아볼게.” 엘런이 말했다.

“아냐.” 애들레이드가 말했다. “엄마는 혼자 좀 쉬고 싶다고 하셨어. 프랭클랜드 씨가 이곳에 도착할 때쯤 내려오시겠대.”

“어머니는 그래도 꽤 잘 버티고 계시네.” 짧은 참묵 후 엘런이 말했다.

애들레이드가 설명했다. “비탄에 잠길 일은 아니잖아. 물론 아버지는 훌륭한 분이셨지만.”

“늘 소임을 다 하시는 분이었어. 하지만 우린 다 아버지에게 별로 정이 없었지."

"이제 영원히 우리 곁을 떠나셨잖아. 아버지에 대한 좋은 기억만 간직하자." 제임스가 말했다.

"검은 베일을 쓰고 계시는 바람에 어머니 얼굴을 거의 못 봤어. 많이 늙으셨을 거야. 오랫동안 병간호를 하셨으니."

"마지막에는 남자 간호사 도움을 받으셨잖아." 애들레이드가 말했다.

"응, 그래도 오랜 병환은 사람을 정말 지치게 만들어. 게다가 어머니가 간호에 일가견이 있는 분도 아니고. 어머니는 하실 만큼 하신 거야." 엘런이 말했다.

"이제 어머니는 마땅히 쉬셔야 해." 제임스가 일어나 방을 왔다갔다 하며 말했다. "우리가 얼마나 빨리 이곳 일들을 마무리하고 이 집을 처리할 수 있을지 모르겠어. 집 판 돈을 제대로 투자하면 어머니께 생활비를 드릴 정도는 될지도 몰라."

엘런이 길게 뻗은 칙칙한 땅을 내다보았다.

"여기에서 사는 게 얼마나 싫었는지!" 그녀가 말했다.

"나도 그랬어." 애들레이드가 말했다.

"나도 마찬가지였어." 제임스가 말했다.

모두 약간 씁쓸한 미소를 지었다.

"우리 중 아무도 어머니께 살갑게 굴지 않은 것 같아." 애들레이드가 곧 시인했다. "왜 그런지는 모르겠어. 우린 정이 넘치는 가족은 아니었던 것 같아."

"아무도 아버지와 살갑게 지낼 수 없었어." 엘런이 소심하게 말했다.

"어머니는… 가엾은 어머니! 어머니는 정말 끔찍한 삶을 사셨지."

"언제나 할 도리를 다 하셨어. 아버지도 당신 입장에서는 하실 일을 다 하셨고. 이제 우리가 우리 일을 할 차례야."

엘런이 벌떡 일어나면서 외쳤다. "아! 변호사가 왔어. 내가 어머니께 말씀드릴게."

엘런이 재빨리 위층으로 뛰어가서는 어머니의 방문을 두드렸다.

"어머니, 아, 어머니, 프랭클랜드 씨가 왔어요."

"알아." 안쪽에서 목소리가 들렸다. "먼저 유언장을 읽으시라고 해. 나는 내용을 이미 다 아니까. 곧 내려가마."

엘런은 다시 그 창백한 이마를 찡그리며 천천히 아래층으로 내려와서는 어머니의 말을 전했다.

두 사람은 주저하듯 서로를 흘낏 쳐다보았다. 그러나 프랭클랜드 씨가 거침없이 말했다.

"이런 상황에서는 물론 굉장히 자연스러운 일이라서요. 장례식에 참석하지 못해서 유감입니다. 아침에 사건이 있었거든요."

유언장은 짧았다. 재산은 아내가 살아 있을 경우 아내의 법적 지분을 제한 후 똑같이 네 등분한 다음, 반은 아들에게, 남은 반은 두 딸이 나눠 갖도록 하였다. 그리고 그 경우에는 자식들은 어머니가 살아 있는 동안 어머니를 부양해야 한다고 쓰여 있었다. 거기에 적힌 바에 따르면 재산은 목장과 목장에 달린 크고 넓은 주택, 가구들과 가축들, 도구들과 5천 달러 상당의 광산 주식으로 이루어졌다.

"제가 예상한 것보다는 적네요." 제임스가 말했다.

"이 유언장은 10년 전에 작성된 겁니다." 프랭클랜드 씨가 설명했다. "그 이후로 제가 쭉 부친 일을 처리했어요. 부친은 마지막까지 정신을 놓지 않았어요. 재산 가치가 올랐다는 걸 아시게 될 거예요. 맥퍼슨 부인이 목장을 정말 잘 관리하신 것으로 알고 있어요. 하숙인도 어느 정도 받았고요."

두 자매가 언짢은 시선을 교환했다.

"이제 다 정리해야지요." 제임스가 말했다.

바로 그때 문이 열리더니 검은 망토를 두르고 검은 베일을 쓴 키 큰 사람이 방으로 들어왔다.

"남편의 정신이 마지막까지 아무 문제가 없었다고 말해주다니 기쁘군요, 프랭클랜드 씨." 맥퍼슨 부인이 말했다. "맞아요. 난 그 옛날 유언장이나 듣자고 내려온 게 아니에요. 이젠 아무 소용이 없으니까요."

모두가 의자에서 몸을 돌렸다.

"그 후에 작성한 유언장이 있습니까, 부인?" 변호사가 물었다.

"내가 아는 한 없어요. 남편은 세상을 떠날 당시 수중에 가진 재산이 하나도 없었어요."

"하나도 없다고요! 세상에, 4년 전엔 분명히 조금은 있었어요."

"맞아요. 하지만 3년 반 전 모든 재산을 내게 양도했어요. 이게 그 증서들이에요."

그것들은 정말이지 제임스 R. 맥퍼슨이 아내에게 모든 재산을 틀림없이 양도한다고 분명하게 명시된 공식적이고 정확한 증서들이었다.

맥퍼슨 부인이 말을 이었다. "그 해가 정신없었던 건 프랭클랜드 씨도 기억하실 거예요. 남편은 채권자들에게서 압박을 받았어요. 그래서 이렇게 하는 게 더 안전하다고 생각했지요."

프랭클랜드 씨가 말했다. "그건 그래요. 그 문제에 대해 맥퍼슨 씨가 제게 조언을 구했던 게 기억납니다. 하지만 전 그 단계가 불필요하다고 생각했지요."

제임스가 헛기침을 했다.

"어머니, 이렇게 되면 일이 좀 복잡해져요. 저희는 프랭클랜드 씨 도움을 받아서 오늘 오후에 모든 일을 마무리하길 바라고 있었거든요. 그리고 어머니도 저희가 모실 거구요."

"저희는 더 이상 시간을 내기 어려워요, 어머니." 엘런이 말했다.

"어머니, 양도 증서를 다시 원래대로 되돌리면 안 될까요? 우리가 여길 떠날 수 있게 제임스나 저희 셋 이름으로요." 애들레이드가 제안했다.

"내가 왜 그래야 하니?"

엘런이 끼어들어서 설득력 있는 어조로 말했다. "어머니, 어머니 마음이 얼마나 안 좋은지 알아요. 신경도 많이 쓰셨고 지치셨을 거예요. 하지만 아침에 도착해서 말씀드렸듯이 이제 저희가 어머니를 모실 거예요. 짐도 챙기고 계셨잖아요."

"그래, 그랬지. 베일 뒤 목소리가 대답했다.

"엄밀히 따지면 재산을 어머니 명의로 하는 게 더 안전했어요. 하지만 이젠 어머니가 전 재산을 일괄적으로 제게 양도하는 게 가장 간단한 방법 같아요. 그리고 제가 유언장에 적힌 아버지 뜻대로 할게요."

"네 아버지는 세상을 떠나셨어." 부인이 말했다.

"맞아요, 어머니. 저희도 알아요. 어머니 마음이 어떨지 잘 알아요." 엘런이 조심스럽게 말했다.

"나는 살아 있고." 맥퍼슨 부인이 말했다.

"어머니, 이런 때에 어머니와 돈 얘기를 하려니 굉장히 힘드네요. 저희 모두 다 알아요." 애들레이드의 말투에 퉁명스러움이 묻어났다. "하지만 도착하자마자 여기에 머물 수 없다고 말씀드렸잖아요."

"그리고 이 일을 마무리 지어야 해요." 제임스가 단정적으로 말했다.

"모든 게 마무리됐다."

"프랭클랜드 씨가 어머니를 납득시킬 수 있을지도 모르겠네요." 제임스가 억지로 참아가며 말을 이었다.

"전 어머니께서 완벽하게 이해하셨으리라 믿어 의심치 않습니다." 변호사가 작은 소리로 말했다. "전 늘 어머니께서 놀랄 만큼 지적인 여성이라고 생각했어요."

"고마워요, 프랭클랜드 씨. 아마 당신이라면 이 아이들에게 변변치 않지만 이 재산이 이제 내 소유라는 사실을 이해시킬 수 있을 것 같군요."

"물론이죠, 맥퍼슨 부인. 우리 모두 다 알고 있어요. 다만 재산 분할에 관해 부인께서 마땅히 고인의 바람을 생각해야 한다는 뜻이에요."

"난 남편의 바람을 30년 동안 생각했어요." 그녀가 대답했다. "이젠 내 소원을 생각할 거예요. 그이와 결혼한 날 이후 난 내 할 도리를 다 했어요. 오늘로 1만 1천 일 됐군요" 마지막 말에 돌연 힘이 들어갔다.

"하지만 부인, 자식들은…."

"난 자식이 없어요, 프랭클랜드 씨. 딸 둘과 아들 하나가 있긴 하죠. 여기 있는 성인들은 내 자식이었지만 다 자라서 결혼도 했고, 이제 자기 자식이 있거나 앞으로 갖게 될 거예요. 난 이 아이들에게 부모로서 할 도리를 다 했어요. 그 애들 역시 어미에 대한 도리를 다 했고 앞으로도 다 할 테죠." 돌연 말투가 바뀌었다. "하지만 그럴 필요 없어요. 난 도리라면 이제 진절머리가 나니까요."

듣고 있는 이들이 놀라서 올려다봤다.

"여기서 무슨 일이 있었는지 너희들은 모르지." 부인이 말을 이었다. "내 문제로 너희를 힘들게 하고 싶진 않았다만 이젠 얘기하마. 너희 아빠는 재산을 지키려면 내 앞으로 전 재산을 양도하는 게 좋겠다고 생각했어. 그리고 아버지가 살 날이 얼마 남지 않았다는 걸 알게 된 후 내가 모든 일을 떠맡았지. 아버지를 돌볼 간호사도 구하고 의사도 불러야 했어. 집이 병원 구실을 하게 됐으니 난 이곳을 아예 좀 더 병원처럼 만들었어. 그리고 간호사들을 고용하고 환자 대여섯을 받아서 돈을 벌었다. 정원을 관리하고 소와 닭을 길렀지. 항상 야외에서 일하고 잠도 밖에서 잤어. 지금의 난 평생 그 어느 때보다도 더 강해."

큰 키의 맥퍼슨 부인이 몸을 꼿꼿하고 강하게 세우고, 숨을 깊이 들이마셨다.

"사망 당시 너희 아버지의 재산은 8천 달러 정도였어. 제임스에게 4천 달러, 딸들에게 2천 달러씩 돌아가는 돈이지. 지금 너희 각자 명의로 기꺼이 그 돈을 주마. 하지만 내 조언을 받아들인다면 너희 딸들이 마음대로 쓸 수 있도록 내가 연간수입을 현금으로 보내주는 게 더 나을 것 같구나. 여자는 수중에 어느 정도 돈이 있는 편이 좋으니까."

"어머니 말씀이 맞는 것 같아요." 애들레이드가 말했다.

"네, 정말 그래요." 엘런이 중얼거렸다.

"어머니는 돈 필요 없으세요?" 제임스가 상복 차림의 단호한 어머니에게 불쑥 다정한 목소리로 물었다.

"필요 없어, 제임스. 난 목장을 소유할 거니까. 날 도와주는 믿음직한 사람이 있어. 지금까지 1년에 2천 달러 수익을 올렸지. 지금은 그걸 의사 친구에게 빌려줬어. 여자 의사야."

"맥퍼슨 부인, 대단히 잘하셨어요. 놀랄 정도로 잘하신 거예요." 프랭클랜드가 말했다.

"어머니가 1년에 2천 달러를 벌었다고요?" 애들레이드가 믿지 못하겠다는 듯 말했다.

"어머니, 저희 집에 오셔서 사실 거죠?" 엘런이 조심스럽게 물었다.

"고맙다만 그럴 일 없다."

"어머니가 저희 큰 집에 오시는 건 언제나 환영이에요." 애들레이드가 말했다.

"고맙지만 괜찮아."

"어머니께서 저희 집에 오시면 모드가 기뻐하리라 의심치 않아요." 제임스가 약간 주저하며 말했다.

"난 의심스러운걸. 아주 많이. 어쨌든 고맙구나."

"그럼 어떻게 하시려구요?"

엘런은 진심으로 걱정스러운 듯했다.

"전에 한 번도 해보지 않은 걸 할 작정이야. 난 제대로 살아볼 거거든!"

키 큰 맥퍼슨 부인이 단호하고 민첩한 걸음으로 창문으로 향하더니 커튼을 올렸다. 눈부신 콜로라도 햇살이 방으로 쏟아졌다. 부인은 긴 검정 베일을 벗어 던졌다.

"빌린 거야. 장례식에서 너희 마음을 아프게 하고 싶지 않았다."

그녀가 긴 검정 망토의 단추를 풀자 망토가 발치에 떨어졌다. 햇살 속에 서 있는 그녀의 얼굴은 약간 붉고 미소를 머금고 있었다. 부인은 여러 가지 흐릿한 색들이 섞인 질 좋은 여행복 차림이었다.

"내 계획이 알고 싶다면 말해주마. 내 수중엔 6천 달러가 있어. 3년 동안 목장 요양원을 운영해서 벌었다. 천 달러는 은행에 저축했어. 그 돈이면 난 세상 어디에 있든 돌아올 수 있고 필요하면 요양원에 들어갈 수도 있어. 이건 내 장례식과 화장을 해줄 회사 동의서야. 필요하면 내 시신을 들여와서 적절한 절차에 따라 화장을 할 거야. 그렇지 않으면 돈을 받을 수 없다고 적혀 있어. 그러고도 내 수중엔 즐길 수 있는 5천 달러가 있어. 난 즐길 거란다."

딸들은 충격을 받은 듯했다.

"아니, 어머니…."

"어머니 연세에는…."

제임스가 윗입술을 아래로 끌어당겼다. 그러자 아버지와 꼭 닮아 보였다.

"너희 모두 이해 못 할 줄 알았다." 부인이 더욱 침착하게 말을 이었다. "하지만 이제 아무 상관없어. 너희와 너희 아버지에게 30년을 바쳤어. 이제 날 위해 30년을 쓸 거야."

"어머니, 정말로 괜찮으세요?" 엘런이 진심으로 염려하며 물었다.

그녀의 어머니가 깔깔 웃었다.

"괜찮고말고. 이렇게 좋았던 적이 없어. 오늘까지도 일을 했단다. 그거야말로 내 건강이 아주 좋다는 의학적 증거 아니겠니. 내 머리는 아무 문제가 없단다, 얘들아! 난 너희들이 이 엄마가 자기 자신에게 관심이 있고 살 날이 아직 반이나 남은 진짜 사람이라는 사실을 이해했으면 좋겠다. 내 인생에서 첫 20년은 별 의미가 없었어. 성장하는 시기였는데, 스스로 할 수 있는 게 없었다. 다음 30년은 힘들었어. 너희 딸들보다는 아마 제임스가 잘 알 거야. 그래도 다들 알잖니. 이제 난 자유야."

"어머니, 어디로 가시려는 거예요?" 제임스가 물었다.

맥퍼슨 부인은 평화롭고도 단호한 태도로 주욱 둘러보더니 대답했다.

"뉴질랜드로 갈 거야. 난 늘 그곳에 가고 싶었거든." 그녀가 말을 계속했다. "지금 갈 거야. 오스트레일리아에도, 태즈메이니아랑 마다가스카르, 티에라 델 푸에고에도 갈 거야. 한동안 떠나 있을 거야."

그들은 그날 밤 헤어졌다. 세 명은 동쪽으로, 한 명은 서쪽으로 향했다.

엘더 부인의 계획

어떤 단어나 구절이 당신에게 뭘 의미하는지 까먹을 만큼 자주 되뇐 적이 있나요?

똑같은 자리에 앉아서 똑같은 음식을 먹다 보니 더 이상 음식 맛이 느껴지지 않은 적이 있어요?

무슨 짓을 해서라도 어디로든 탈출하고 싶을 만큼 끊임없이 단조로운 주변 상황에 대해 불쑥 강한 혐오감이 밀려온 적 있나요?

우중충하고 후텁지근한 이 아침, 식당에 있는 익숙한 물건과 식탁에 놓인 익숙한 그릇들, 심지어 지금 맞은편에 있는 익숙한 사람에 대한 그녀의 느낌이 바로 그랬지요.

한편, 제일 좋아하는 신문을 물 주전자에 기대어놓고는 먹고 마시는 내내 신문을 읽는 것이야말로 엘더 씨가 생각하는 즐거운 아침식사였어요. 그는 다른 사람들도 얼마든지 똑같이 그래도 된다고 주장했지요. 자신은 반대하지 않는다면서요. 하지만 문제는 신문이 딱 하나뿐이라는 점이죠.

엘더 부인은 천성적으로 수다스런 여인이었지만 침묵하는 데 능숙해졌어요. 가장 흥미 있는 일화를 들려줬는데도 얘기가 끝난 몇 분 후에야 딴 생각이 가득한 표정으로 '뭐라고 말했어?'라고 짜증스럽게 대꾸하는 사람과는 누구라도 긴 대화를 이어갈 수 없는 법이죠.

그녀는 다 식은 자신의 커피를 휘휘 저으면서 가만히 앉아 있었어요. 남편이 커피를 더 달라고 하면 그때 뜨거운 커피를 가져올 사람을 부를 요량으로, 그저 기다리면서 별다른 흥미 없이 남편의 익숙한 외모를 훑어보았죠. 그녀는 모든 선과 색깔, 곡선, 각도, 낙낙한 외투의 주름, 표정에 드러난 온화한 변화까지, 남편에 관해선 하나부터 열까지 다 꿰고 있었어요. 요즘 그의 표정은 그저 온화해요. 엘더 부인이 20년이 넘도록 똑똑히 기억하는 존경의 표정, 감탄의 표정, 관심과 기쁘게 해주고 싶다는 욕망이 드러난 표정, 타오르는 불길 같은 강렬한 표정은 이제 전혀 찾아볼 수 없었지요.

"차라리 차갑거나 뜨겁기라도 하다면…." 부인은 무심결에 혼잣말을 반복했어요.

오오, 그렇다마다요. 엘더 씨는 거의 모든 면에서 부인에게 친절했지요. 부인을 좋아했어요. 심지어 부인도 그 점은 인정할 수 있었어요. 아내가 집에 없으면 보고 싶어해요, 아마 그럴 거예요. 진짜 그럴지 확인해볼 기회가 그녀에겐 거의 없긴 하지만. 그들 사이에는 다툼도 없었고 서로에 대한 불만도 없었어요. 긴 시간 동안 서서히 식어가는 용암층처럼 순수한 열정이 서서히 사라져갔을 뿐. 현자는 서로에 대한 이 무기력하고 미지근한 적응 과정을 흐뭇한 듯 '정착'이라고 부른다지요.

"그녀는 자식이 없나요?" 심리학에 관한 설익은 지식을 가진 이들은 이렇게 묻겠지요.

"여자에게는 남편, 가정, 아이들이죠. 여자를 괴롭히는 것들을 없애는 만병통치약이에요."

"남자에게는 성공과 돈과 훌륭한 아내가 있어야 해요."

"아이들에게는 제대로 된 보살핌과 교육과 훌륭한 양육이 필요해요."

이 외에는 치료해주는 사람도, 다른 치료법도 없었어요.

엘더 부인은 슬하에 네 자녀를 둠으로써, 몇 년 전 모든 부부가 낳는 아이들 중 둘은 어차피 죽을 테니 부모 자리를 채워줄 아이 둘을 더 낳아야 인구의 균형이 유지된다는 그랜트 앨런의 공식을 충실히 이행했어요. 자식들 둘의 운명은 앨런 씨 말에서 어긋남이 없었어요. 그리고 목숨을 건진 둘은 이제 부모의 자리를 꿰찰 참이었어요. 성인이 되었다는 뜻이지요.

성인이 된 시어도어는 이미 출가해서 사업을 시작했어요. 앨리스 역시 성인이 되었어요. 그녀는 좀 더 어린 나이였지만 부모의 허락 속에 집을 떠날 수 있었어요. 보스턴에 있는 고모 집에 머물렀거든요. 돈 많은 고모는 앨리스가 호사스런 환경 속에서 지내야 한다고 주장했지만 앨리스는 공과대학에 진학하겠다고 똑같이 고집스럽게 주장했어요. 그리고 하루빨리 울타리를 벗어나 자립이라는 당당한 자유를 누릴 거라고 경고했지요.

엘더 부인은 아이들을 좋아했지만 이 젊은이들은 더 이상 아이가 아니었어요. 부인은 필요하다면 기꺼이 돌봄을 이어갔을 거예요. 모성은 보살핌의 손길을 거두려하지 않지만 유년기는 덧없는 법이죠. 그리고 젊은이들은, 현대 젊은이들은 담담히 자신의 뜻을 밀고 나가지요. 여자의 인생 주기가 잠시 멈춘 셈이었죠.

엘더 씨는 찻잔에도, 부인에게도 시선을 주지 않고 찻잔을 내밀었어요. 엘더 부인은 커피를 따르고 남편의 취향에 맞춰 맛을 조절한 후 남편에게 다시 건넸지요. 부인은 자신이 쓸 새 찻잔을 가져온 다음에야 커피 생각이 없다는 걸 깨달았어요.

이날 아침, 부부 사이에는 평상시보다 무거운 그늘이 드리워져 있었어요. 대개는 진짜 구름이 아닌, 무거운 공기 속에 푸르스름한 박무만 가득했지만 오늘은 달랐어요. 확실히 달랐지요.

인생에서 엘더 씨의 관심사는 부인의 관심사와는 180도로 달랐어요. 부인은 아내의 소임을 다하기 위해, 남편의 관심사에 관심을 갖기 위해 애썼지만 그 노력이 성공적이라 할 수는 없었지요. 부인의 취미는 남편에게는 화젯거리에 불과했고, 그나마도 달갑지 않는 주제였어요. 가질 수도 없고, 갖고 싶지도 않는 것에 대해 계속 이야기해봐야 무슨 소용이 있겠어요?

엘더 부인은 분주하고 붐비는 도시를 사랑했어요. 반짝이는 대형 상점들이 끝없이 펼쳐진, 만화경 속에 보이는 다양한 색과 스타일의 향연이 펼쳐지는 그런 도시 말이죠.

쇼핑에 대한 부인의 애정은 열정에 가까웠지요. 쇼핑은 그녀에겐 끝없는 기쁨이었지만 남편에겐 바보 같은 악습이었어요.

이런 태도는 담배 문제에서 역전되었어요. 엘더 씨에게 담배는 끝없는 기쁨이었지만 부인에겐 바보 같은 악습이었던 거죠.

그들은 이런 것들을 가지고 언쟁을 했었어요. 하지만 그것도 수년 전 일이군요.

엘더 부인이 침묵에 그렇게 단련될 수밖에 없었던 건 엘더 씨가 언쟁이라면 질색했기 때문이지요. 직접 하지도 못하면서 왜 언쟁을 하는 거지? 이게 엘더 씨의 입장이었어요. 반면에 스스로 하지 못하기 때문에 언쟁을 하게 된다는 게 부인의 입장이었지요. 그들이 사는 집은 읍내에서 한 시간 떨어진 곳인데 어떻게 쇼핑을 할 수 있느냐는 말이지요. 그리고 읍내에 나가려면 돈을 달라고, 최소한 쇼핑할 때 필요한 돈이라도 달라고 해야 하잖아요.

부인 평생에 원 없이 쇼핑을 한 적이 딱 한 번 있었어요. 이들 부부는 남편과 사별한 엘더 씨 고모의 별로 유쾌하지 않은 방문을 받은 적이 있었는데, 엘더 부인은 그녀로부터 크리스마스 선물로 100달러를 받고는 말문이 막힐 만큼 놀라고 말았지요. "조건이 있어." 그녀는 약간 보랏빛을 띠는 앙상한 손에 금이나 다름없는 그 보물을 쥐고는 단호하게 말했어요. "자넨 이 돈을 다 쓰기 전까지는 돈에 대해 허버트한테 단 한 마디도 하면 안 돼. 1월 초에 할인이 시작되면 읍내에 가서 이 돈을 몽땅 쓰도록 해. 그리고 절반은 꼭 자네를 위해 쓰겠다고 지금 약속해."

엘더 부인은 그러겠다고 약속하긴 했지만 마지막 조건은 좀 무리였어요. 부인은 이동식 현수등과 작은 뮤직 박스를 갖고 싶었는데 막상 이것들을 사면 자신보다도 허버트와 아이들이 더 자주 쓸 것 같았으니까요. 아무튼 부인은 하루 종일 쇼핑을 했어요. 적막했던 일 년 중 위로가 된 하루였지요.

부인은 극장 역시 좋아했지만 너무나 오랜 기간 동안 아예 갈 생각조차 못하니 극장에 못 간다고 해서 그다지 괴롭지는 않았어요.

엘더 씨는 가족을 먹여 살리기 위해 도시에서 일하지만 그가 무엇보다 좋아하는 건 시골이었지요. 거칠고 시야가 탁 트인 진짜 시골, 눈에 보이는 이웃은 손가락으로 꼽고, 그 이웃들마저 저 멀리 보이지만 소리는 들리지 않는 시골말이에요. 부부는 타협책으로 20년 동안 하이베일에서 살았지요. 엘더 씨는 그곳이 도시와 닮아서 짜증스러웠고, 엘더 부인은 시골 같아서 짜증스러웠어요. 부인은 자신의 신경을 건드린다며 시골이라면 질색이었거든요.

이렇게 다른 두 사람의 취향이 지금 물과 기름처럼 다른 두 사람으로 만들었지요.

어른이 된 시어도어는 생활비를 벌었고, 앨리스 역시 건강한 성인이 되어가고 있었으므로 이젠 돈 들 일이 얼마 없었어요. 엘더 씨는 지금 같은 재정적 여력이라면 자신이 꿈꿔온 희망인 은퇴를 실현할 수 있겠다고 결론 내렸지요. 그가 생각하는 은퇴란 그저 일에서 공식적으로 손을 떼고 혐오스러운 환경에서 벗어나는 것에서 그치지 않고 그의 영혼이 사랑하는 멀고 고독한 환경에 자신의 몸을 내맡기는 것이었죠. 엘더 씨는 사업체를 팔아 농장을 샀어요.

부부는 지난 저녁 내내 그 부분에 대해 얘기를 나눴어요. 적어도 부인은 그랬지요. 엘더 씨는, 앞서 말했듯이 말이 많은 사람이 아니었어요. 그는 저녁식사 시간 내내 평상시보다 더 뭔가에 정신이 팔린 듯 보였어요. 아내가 이 변화를 전혀 달가워하지 않을 것이라는 사실을 희미하게나마 깨달았는지도 모르지요. 식사를 마친 부부는 늘 하던 대로 조용히 저녁을 보낼 준비를 했어요. 실내복과 슬리퍼, 딱 맞는 시가와 좋아하는 책들, 가죽 쿠션이 있는 의자의 뒤쪽 구석에 있는 훌륭한 조명은 엘더 씨의 마음을 지극히 편안하게 해주었지요. 엘더 부인은 늘 견딜 수 있을 만큼 읽고, 견딜 수 있을 만큼 바느질을 했어요. 그리고 남편이 견딜 수 있을 만큼 말을 했어요.

엘더 씨는 먼저 시가 한 대를 피우며 마음을 굳게 다진 다음 한숨을 쉬고 나서 피할 수 없는 상황과 마주했지요.

"아, 그레이스," 그는 책을 내려놓은 다음 마치 마음속에 퍼뜩 떠오른 사소한 문제인 양 말했어요. "회사를 팔았어."

엘더 부인은 하던 일을 멈추고 놀란 표정으로 남편을 쳐다보았어요. 상의라면 질색인 엘더 씨는 단 한 번의 설명으로 모든 걸 명확하게 하길 바라면서 말을 이었어요.

"완전히 손 뗐어. 이제 아이들도 실질적으로 우리 손을 떠났으니 사는 데 돈도 얼마 안 들잖아. 당신도 알다시피 난 늘 사무실에서 일하는 게 지겨웠어. 회사 일을 청산하고 나니 얼마나 마음이 편한지 모른다니까… 그리고 워런 힐에 있는 농장을 샀어… 우린 10월까지는 이사를 나갈 거야. 봄까지 그냥 두려고 했는데 팔 수 있는 절호의 기회가 생겼지 뭐야. 농장을 놓칠지도 모르니까 기다릴 수 없었어… 두 집 다 유지할 필요는 없으니까… 알겠지만 이집 계약은 10월이 만료야."

엘더 씨는 도끼를 번쩍 들어 올린 다음 힘껏 휘두르기 전에 숨을 고르듯 충격적인 말을 할 때마다 잠깐씩 말을 멈췄어요. 남편이 말을 끝내자 엘더 부인은 정말 자신의 잘린 머리가 바구니 안에서 굴러다니는 것처럼 느껴졌어요. 그녀는 입술을 축였어요. 그리고 처음에는 아무 말 없이 애처롭게 남편을 바라보았지요. 아무 말도 할 수 없었으니까요.

엘더 씨는 별로 깊지 않은 의자에서 몸을 일으킨 다음 식탁으로 오더니 아내에게 형식적인 키스를 하고 안심시키듯 어깨를 두드렸어요.

"처음에는 별로 마음에 안 들 줄 알아, 그레이스. 하지만 당신한테도 좋을 거야. 바깥 공기도 쐬고, 휴식도 취하고, 정원도 있으니 당신 정신 건강에 좋을 거야. 멋진 정원도 가질 수 있어. 그리고(이것은 여러모로 깊이 생각한 선물로 어느 정도 자신의 희생을 염두에 둔 것이었지요)… 여름에는 사람들과 어울리는 거야. 당신 친구들을 부르라고!"

엘더 씨는 이 문제에 대해 충분히, 공정하게, 그리고 끝까지 상의했다고 생각하면서 다시 의자에 앉았어요. 하지만 아내의 생각은 달랐지요. 그녀 가슴에 눌려 있던 반항의 물결이 천천히 끓어오르기 시작했어요.

남편이 이렇게 얘기하든 그런 식으로 일을 처리하든 그녀는 '그래요, 허버트'라고 말해야 했고, 그 대답은 평생 스스로를 옭아맸지요.

하지만 수백 년 동안 반복해온 습관은 말할 것도 없고 20년 된 습관도 하루아침에 바꾸기 힘드니 부인의 마음속에서 치밀어 올랐던 저항의 물결은 고작해야 어수룩한 반항과 별 효력 없는 탄원으로 끝나고 말았지요.

엘더 씨는 수년 동안 이 조치를 취하기로 마음먹고 있었고 이젠 달성된 사실이었지요. 그는 아내가 시골에서 사는 걸 좋아하지 않더라도 아내에게 좋을 거라고 생각했어요. 그리고 그 확신이 그에게 힘을 보탰지요.

부인은 이 강력한 사실과 이론에 맞서서 좋다 혹은 싫다와 같은 한심한 의사 표현 말고는 내세울 만한 게 없었어요. 감정을 제대로 표현해본 적이 없으니 하는 말마다 힘없고 무시당할 만한 말들뿐이었죠. 그런데 어느 날 저녁 엘더 씨는 너그럽게도 '아내와 그 문제에 대해 이야기해' 보기로 결정했어요. 그리하여 부인은 몇 시간 동안 얘기하고 또 얘기했지만 결국 그 모든 얘기가 아무 소용도 없다는 걸 깨달았어요. 그 일은 끝났으니까요.

잔뜩 찌푸린 구름이 그녀의 꿈을 짓눌렀어요. 부인은 재난이 닥칠 것 같은 느낌을 가지고 잠에서 깼어요. 어제의 기억과 함께 고통이 되살아났어요. 아침식사를 위해 식탁에 앉은 부부 사이에 어색함이 감돌았지요. 쾌활하고 다정한 인상을 주며 집을 나서는 남편을 향한 부인의 반응은 냉랭했어요. 홀로 남은 부인은 자신의 미래에 대해 생각했어요.

부인은 마흔두 살이었고 아주 건강했지요. 그리고 격식에 맞게 차려 입었다면 정말 아름다웠을 거예요. 어떤 여자는 이브닝드레스를 입었을 때 가장 아름답고, 어떤 여자는 실내복을 입었을 때, 어떤 여자는 외출복을 입었을 때 가장 돋보이는 법이죠. 엘더 부인은 외출복이 가장 잘 어울리는 사람이었어요.

부인은 무심하게 그날 할 일들을 하녀에게 얘기하다가 시외 지역에서 일하는 이 하녀의 무능력에 살짝 짜증이 났어요. 그리고 문득 워런 힐 지역 하인들이 하는 질문은 얼마나 더 끔찍할까 싶은 생각이 들었어요.

"어쩌면 그이는 내가 직접 집안일을 하기를 바랄지도 몰라." 부인은 우울하게 중얼거렸어요. "그리고 친구를 초대하라니. 친구를!"

사실 엘더 부인은 집에 찾아오는 사람을 별로 좋아하지 않았어요. 그들에게는 부인의 손길이 필요하니 그녀의 가사 일에 부담만 더할 뿐이었지요. 그녀가 생각하는 교제란 '사람들을 보는 것'이었어요. 말하자면 거리에서 우연한 만남이나 객석에서 보이는 낯익은 얼굴, '짧은 방문' 동안 쉽게 끝낼 수 있는 수다나 가끔 춤을 출 수 있는 진짜 파티 같은 것들이었죠. 부인은 다시 춤을 추게 될까요?

엘더 부인은 그날 이웃인 게일로드 부인이 자신을 찾아온 것을 늘 특별한 운명이라고 생각했어요. 게일로드 부인은 매카벨리 부인과 동행했는데, 그녀는 약간 조용하면서도 동정심이 많고 도움이 될 만한 말을 하는 사람이었어요. 게일로드 부인은 엘더 부인의 이야기에 큰 흥미를 보였고, 엘더 씨가 몰인정하다며 크게 화를 내기까지 했어요. 반면에 매카벨리 부인은 조심스럽게 이런저런 이야기와 책, 연극 등을 언급하면서 대화를 도왔지요. 이건 읽어보셨나요? 저건 읽어보셨어요? 그렇게 생각하세요? 그렇게 하는 게 옳다고 생각하시나요?

그들이 떠난 후 엘더 부인은 읍내에 가서 대화에서 언급된 잡지 한두 권을 사고 작은 도서관에서 책을 한 권 빌렸어요.

부인은 가져온 것들을 읽으면서 깜짝 놀라기도 하고, 충격을 받기도 했으며 마음속 깊이 매료되었어요. 부인은 좀 더 읽었지요. 그렇게 책에 빠져 산 지 일주일 만에 마음속에 난데없이 낯선 빛이 선명하게 보이기 시작했어요.

"안 될 게 뭐야?" 부인이 혼잣말을 했어요. "안 될 이유가 없잖아?" 다시 중얼거렸지요. 심지어 옆에서 남편이 가쁜 숨을 몰아쉬며 잠들어 있는 한밤중에 깨서는 미소를 머금은 채 내심 중얼거렸지요. "안 될 게 뭐람?"

그때가 고작 8월 말이었어요. 아직 한 달이 남아 있었어요.

부인은 재빨리, 하지만 조용히 계획을 세웠어요. 하이베일에 있는 몇몇 친구들, 큰 사업체를 소유하고 있고, 지갑이 두둑하며 집에 대한 취향이 남다른 여자들에게 충분히 자문을 구했지요.

게일로드 부인은 뜨거운 관심을 드러내며 엘더 부인에게 다른 친구들을 소개해줬어요. 매카벨리 부인은 도시에서 몇 가지 사항을 더 언급한 짧은 편지를 보내왔어요. 엘더 부인은 여러 곳에서 큰 격려를 받았지요.

부인은 딸과 사업 차 보스턴에 있는 아들에게 편지를 썼어요. 그들은 부드러운 색깔의 작은 응접실에서 대화를 나눴어요. 자식들로부터 반드시 비밀을 유지해야 한다는 맹세를 받은 다음, 계획을 발표하는 부인의 미소를 머금은 얼굴은 발갛게 달아올랐지요. 그녀는 열심이었고, 소녀처럼 흥분했어요.

"난 너희가 찬성하든 말든 상관 안 해!" 부인이 결연하게 선언했어요. "어쨌든 난 내 계획대로 할 거란다. 너희들은 입도 벙긋하면 안 돼. 너희 아버지도 모든 게 다 마무리될 때까지 내게 한 마디도 안 했거든."

그럼에도 불구하고 부인은 약간 불안한 눈길로 시어도어를 쳐다보았어요. 시어도어가 이내 부인을 안심시켰지요. "어머니, 정말 대단해요. 열여섯 소녀 같아요! 시작하세요. 제가 응원할게요."

앨리스는 진정으로 기뻐했어요.

"완벽하게 멋져요, 엄마! 엄마가 정말 자랑스러운걸요! 우린 정말 아름다운 시간을 보낼 거예요, 그렇죠?" 그리고 어머니와 두 자식은 신이 나서 열정적으로 그 계획에 대해 상의했지요.

9월 중순으로 향할 즈음 마음의 고향이 될 농장을 자주 찾으면서 그곳에 푹 빠져 있던 엘더 씨가 아내의 태도에 흥분이 배어나는 걸 눈치채기 시작했어요. "난 당신이 짐을 꾸리느라 너무 애쓰지 않으면 좋겠어." 엘더 씨가 말했지요. 그러고는 애정이 듬뿍 담긴 목소리로 덧붙였어요. "여보, 시간이 좀 지나면 당신도 그 농장이 그렇게 싫지는 않을 거야."

"그래요, 그럴 거예요." 부인은 모호한 미소를 띠며 시인했어요. "여름에는, 짧은 기간이겠지만 농장이 좋을 것 같아요."

9월 20일쯤 부인은 남편에게 계획을 털어놓기로 결심했어요. 처음 결정을 내렸던 그 뿌듯한 순간에 그녀가 결심한 것보다 비밀을 지키는 게 더 힘들다는 사실을 깨달았기 때문이지요.

다시 저녁이었어요. 커다란 의자에 아주 편안하게 자리 잡은 엘더 씨는 '시골 신사', '과실 재배자', '사육사와 스포츠맨'에 둘러싸여 있었지요. 부인은 남편에게 시가를 한 대 피우도록 한 후 그를 불렀어요.

엘더 씨는 적당히 느린 속도로 '꿀 제조로 수익 올리기'를 공부하느라 여념이 없었기에 부인의 말에 대답하는 데 약간의 시간이 필요했어요.

"그래, 그레이스. 뭔데?"

"난 당신과 함께 농장에 가지 않을 거예요."

엘더 씨는 약간 피곤한 기색으로 미소를 지었어요. "아니, 당신은 갈 거야, 여보. 불가피한 일에 소란스럽게 굴지 말라고."

부인은 그 말에 얼굴이 붉어졌어요. 그녀는 용기를 그러모았지요. 그리고 조용히 말했어요. "난 다른 계획이 있어요. 난 보스턴에서 하숙을 할 거예요. 가구가 비치된 곳 한 층을 세냈어요. 시어도어와 앨리스가 방 하나씩 사용할 거예요. 끼니는 나가서 해결할 거고요. 앨리스는 올해 직장에 자리를 얻을 거예요. 둘 다 찬성했어요." 부인은 잠시 주저하다가 숨도 돌리지 않고 덧붙였어요. "난 전문 바이어가 될 거예요! 벌써 주문을 많이 받았어요. 이미 반년 치 주문이 꽉 찼다니까요."

부인이 말을 멈췄어요. 엘더 씨도 마찬가지였어요. 그는 달변가가 아니었어요. "당신, 모든 걸 다 마련해둔 것 같군." 엘더 씨가 건조하게 말했어요.

“그래요. 모두 다 계획되어 있어요.”

“내가 머물 곳은 있나?” 잠시 후 엘더 씨가 물었어요.

부인은 남편의 말을 진지하게 받아들였어요. “당신이 묵을 방은 많아요. 그리고 당신이 오는 건 언제든 환영이에요. 당신도 아마 겨울에는 그곳이 마음에 들 거예요.”

이번에는 엘더 씨가 몇 시간에 걸쳐 좋아하는 것과 싫어하는 것을 나열했지만 부인은 남편에게 짐을 꾸리고 이사를 도와줄 사람을 쉽게 구할 수 있을 테고, 농장에 잘 정착하기만 하면 정말 행복할 거라고 말했지요.

“일 잘하는 가정부를 구할 수 있을 거예요. 이제 내가 더 이상 당신이 번 돈을 쓸 일이 없을 테니 말이에요!”

“난 다음주에 보스턴으로 갈 거예요.” 그녀가 덧붙였어요. “늦어도 크리스마스에는 만날 수 있겠죠.”

그들은 그랬지요.

부부는 예년과 달리 성탄에도, 다음 해 여름에도 행복했어요. 고요한 전원의 고독은 엘더 씨의 시무룩한 분노를 슬픔으로 바꾸었어요. 엘더 씨가 보스턴에 오자 가족 모두가 몹시 기뻐했지요. 매력적인 차림의 아내는 젊고 익살맞았고 명랑하고 즐겁고 행복했어요. 덕분에 엘더 씨의 마음에는 황혼기의 행복이 찾아왔지요.

앨리스와 시어도어가 구석에서 빙그레 웃었어요. “아빠가 엄마한테 애정 표현하는 것 좀 봐! 인상적이지 않아?"

엘더 부인은 정말 남편의 행동에 깊은 감명을 받았어요. 엘더 씨는 함께 있지만 욕구 불만으로 불행에 찌든 아내보다는, 반쪽짜리로 떨어져 지내지만 1년 중 절반이라도 행복한 아내가 훨씬 더 만족스럽다는 걸 깨달았어요.

새롭게 얻은 젊음과 유쾌함, 어느 정도는 후회에서 우러나온 그녀의 부드러운 태도는 부인의 매력을 한층 도드라져 보이게 했어요. 머지않아 엘더 씨 가족은 도시의 아파트와 전원주택 두 집을 오가면서 행복한 시간을 보냈지요.

그들의 집

워터슨 씨의 집은 적은 수입 탓에 비좁긴 했지만 워터슨 부인의 능수능란한 살림 솜씨 덕에 구석구석까지 먼지 하나 없이 깔끔했다.

이 집에서 워터슨 부인은 외돛대 범선에 명령을 내리는 장군 같을 때가 있긴 했지만 그 외에는 국지적 기상 이변, 그러니까 찻잔 속 태풍을 닮았다. 아이들이 어릴 적에는 부인에게 에너지의 출구가 되어주었다. 아이들은 착했다. 아버지처럼 조용하고 어머니처럼 양심적이며 체질이 건강한, '키우기'가 어렵지 않은 아이들이었다. 그렇더라도 부인은 아이들을 양육하는 데 온 힘을 기울였으며 아이들의 유년기 동안 워터슨 씨는 집에서 평화를 누렸다. 물론 그만의 공간도 없었고, 그걸 주장할 생각도 없었지만 잠시라도 작은 공간이 허락되면 가끔씩 독서를 할 수 있었다.

이제 막내아들이 사업을 시작했다. 그리고 막내딸은 뜻밖에도 자신의 재량으로 결정한 선택을 막무가내로 실행에 옮김으로써 돌연 어떤 사람의 아내가 되었다. 반항은 곧 탈출을 뜻했기에 이러한 포로에게 명령을 강요하기란 힘든 법이다.

"엄마도 열여섯에 결혼하셨잖아요." 제니 주니어는 이렇게 말하고는 집을 떠났다.

그리하여 이제 서른아홉인 워터슨 부인이 남아도는 능력을 집중할 곳은 집과 남편뿐이었다. 집은 어쩔 수 없이 주눅 든 표정으로 고분고분하게 굴복했다. 부인은 창문 블라인드를 끝까지 당겼고, 응접실 불은 껐으며, 바닥은 그 재질에 따라 박박 문질러 닦거나 비로 쓸거나 꼼꼼하게 물로 씻었다.

워터슨 씨 역시 순순히 따랐다. 남자가 자기 아내가 살림을 잘 한다고, 그것도 지나치게 잘 한다고 비난할 수 없는 법이니.

그는 공정하고 친절한 사람이었으며 집이야말로 여자들의 공간이라는 확신에 사로잡힌 나머지 아내가 집을 채우는 방식을 비판할 생각은 꿈에도 하지 못했다. 하지만 불행하다는 사실도 모른 채 불행한 사람이 있다면 그 사람이 바로 존 워터슨 씨였다. 그는 학구적인 영혼의 소유자로 조용함을 사랑하고 먼지에 무심했다. 그는 높은 천장과 기다란 창문이 있고 벽은 책으로 둘러싸여 있으며 창밖으로 평온한 잔디밭과 짙은 녹음이 보이는 서재가 잘 어울리는 사람이었다. 워터슨 씨는 책과 서류뿐 아니라 개인적인 소장품과 기구들을 보관하고 간단한 실험을 할 만한 충분한 공간을 원했다. 그는 남몰래 과학 연구를 하겠다는 야망을 품고 있었다. 하지만 그가 마음대로 사용할 수 있는 공간은 응접실에 있는 책장 한 개와 다락방에 있는 참나무 책상, 그리고 잠자리에 들기 전에 깨끗이 치운다는 조건 아래 붉은 천을 깔고 등불을 밝힌 후에야 간신히 쓸 수 있는 식탁, 침실에 있는 침대의 반과 반도 안 되는 옷장, 서랍장의 아래 서랍 두 칸이 전부였다. 아내는 창문을 닫는 걸 좋아하지만 남편은 열어두는 걸 좋아하고, 이불 한 채면 충분한 남편과 달리 아내는 두 채가 더 필요했으며, 아내는 일찍 잠자리에 들었지만 남편은 늦게까지 깨어 있었다. 결국 그들은 창문은 반쯤 열고, 이불은 긴 쪽으로 나눠 덮었으며, 한 명이 뜬눈으로 누워 있거나 다른 한 명이 자다가 깨는 식으로 타협했다. 두 사람 다 꾹 참았지만 편치 않은 생활이었다. 오랫동안 답답하게 살아온 워터슨 부인은 딸이 쓰던 방을 열심히 잘 꾸며서 손님방으로 재탄생시킨 다음 문을 잠가두었다. 어차피 다락이었던 아들들 방은 이제 부인이 잡동사니 취급하는 워터슨 씨 물품들을 보관하는 아주 유용한 공간이 되었다. 워터슨 씨의 마음속에서 그곳은 '서재'였지만 결국 여름엔 덥고 겨울엔 추운 다락방일 뿐이었다.

"우린 좀 더 큰 집이 필요해, 제니." 어느 날 밤 워터슨 씨가 말했다. 전에도 여러 번 했던 말이었다.

"글쎄요." 워터슨 부인은 발언 강도를 누그러뜨리기 위해 성실하게도 '우리'라는 말을 끼워 넣었다. "우리가 더 큰 집을 살 능력이 되면 그렇게 해요."

부인이 장롱 옆에 서서 굵은 갈색 머리를 빗는 동안 워터슨 씨는 침대에 누워서 눈을 크게 뜬 채 약간 반항적으로 그녀를 바라보았다. 물론 그는 좀 더 늦게까지 일할 수도 있었지만 그렇게 되면 등과 난로와 창문에 관한 아내의 수많은 지시사항을 이행해야 하고 서류도 치워야 하며 계단을 헛디뎌서 아내를 깨우는 일도 없어야 했기에—그는 그럴 수 없다는 걸 잘 알고 있었다—차라리 모든 일과를 일찍 마친 다음 침대에 눕는 걸 택했다.

머리카락은 머리에 매끈하게 감아 얹어져 있거나 부드럽게 흘러내릴 때 아름다운 법이다. 머리숱이 많은 워터슨 부인은 밤에 자기 전 엉킨 머리카락을 잘 빗어서 매끄럽게 편 다음 깔끔하게 땋곤 했는데, 워터슨 씨는 아내의 무미건조하고 단조로운 이 행위를 별로 좋아하지 않았다. 또 빗을 청소하면서 머리에서 빠진 가는 머리카락 뭉치를 손가락에 돌돌 감는 아내 모습을 볼 때마다 불쾌감이 느껴졌다. 하지만 그는 스스로 이 사실을 시인한 적이 없었다. 워터슨 씨가 그 군살 없는 턱을 비스듬히 들어 면도날에 맞추고, 비누거품으로 턱 주변을 가릴 때, 혹은 셔츠를 입기 전 성스러운 인간의 몸이 취하는 부끄러운 자세를 본 부인 역시 같은 느낌이 들었으나 남편과 마찬가지로 그 감정을 인정한 적은 없었다. 부부는 좋은 사람들이었고, 서로에게 불평할 만한 게 없었다. 부인은 훌륭한 여자들 대부분이 그렇듯 사람을 피곤하게 하긴 했지만 흠잡을 데 없는 아내였다. 워터슨 씨는 가장으로서 눈에 띄게 성공한 건 아니었고 걸핏하면 그 생각이 들긴 했지만 그래도 모범 남편이었다. 그리고 부부는 스물세 해 동안 서로를 사랑했다.

부부가 여전히 사랑한다는 사실은 의심의 여지가 없었지만 지나친

친밀함으로 인해 드러나는 개인적인 차이가 빚는 마찰은 아무도 모르는 사이에 부부 간의 소중한 관계의 끈을 해지고 닳디 닳은 가느다란 실로 만들었다.

가만히 누워 있는 워터슨 씨의 머릿속에서 비밀 한 가지가 맴돌았다. 맞다, 그는 아내에게 지금 말하는 편이 나았다. 스물에 학교를 졸업한 후 단번에 과학기관에 입사한 맏아들은 아버지의 특별한 자랑거리였는데, 그 아들이 집으로 놀랄 만한 제안을 담은 편지를 보내왔다. 아버지 회사를 팔거나 임시로 다른 사람에게 맡기고 지금 꾸리고 있는 탐험대에 동행하지 않겠느냐는 내용이었다. 아들은 아버지를 위한 작은 자리를 마련할 수 있을 거라고 생각한다며, 정말 아버지와 동행하고 싶다고 했다. 어머니에겐 힘든 일이겠지만 어머니는 제니의 집에 머무르면 되지 않을까라고도 했다.

워터슨 씨는 며칠 동안 편지를 주머니에 넣고 다니면서 가망 없는 이 황금 같은 기회에 대해 골똘히 생각했다. 그는 평생 동안 그런 기회를 갈망했다. 그건 자유의 시간을 뜻했다. 생각할 시간이 있고, 관심사가 같은 사람과 대화할 수 있으며, 성장과 연구, 그리고 어쩌면 진짜 발견을 할 수 있을지도 모른다는 생각에 인내심 강한 그의 영혼이 한껏 부풀었다. 하지만 의무가 그를 이곳에 붙들었다. 워터슨 씨는 아내를 부양하고 집을 유지하고 사업을 계속해야 했다.

그래도 워터슨 씨는 아들에게 대답하기 전에 아내에게 말을 꺼내볼 요량이었다. 어쩌면 자신이 떠날 수 있는 방법을 아내가 알지도 모른다는 희미한, 무언의 희망이 있었다. 어쩌면 오히려 그에게 가장의 의무를 강조하면서 아들의 제안을 거절하는 걸 도와줄 아내의 확고한 분별력이 필요하다고 느꼈는지도 모르겠다.

그리하여 이제 아내가 그곳에 서서 머리칼을 단단히 움켜쥐고는 빠른 속도로 사납게 빗질을 하는 동안—그는 늘 아내의 머리카락이 한 올이라도 남아날지 궁금했다—그는 잭의 편지 얘기를 꺼냈다.

부인은 남편의 이야기가 끝날 때까지 말없이 조용히 귀를 기울였다. 그녀는 머리가 아주 가늘어질 때까지 땋아 내린 다음 몸에 두른 푸른 색 잠옷을 단단히 여미고서 침대 끄트머리에 걸터앉아 평상시보다 더욱 다정하게 남편을 바라보았다.

"잭과 같이 가는 게 어때요? 당신에게 도움이 될 거예요!" 부인이 생기 있는 미소를 띠고 말했다.

워터슨 씨는 무척 놀랐다. "하지만, 여보, 내가 어떻게 갈 수 있겠어? 여기에 당신도 있고 집도 있고 사업도 있는데. 내가 회사를 팔게 되면…." 그가 희미한 한 줄기 희망을 가지고 덧붙였다.

워터슨 씨는 포목점을 운영했다. 한산하지만 믿을 만한 구식 포목점으로 딱 한 해를 먹고살 정도로 돈을 벌었다.

부인이 활기차게 말했다. "내가 당신 대신 회사를 팔 수 있어요. 당분간 내가 운영하다가 유리한 조건으로 팔게요. 날 믿어봐요!"

그는 아내가 하겠다고 결심을 한다면 할 수 있으리라고 믿었다.

"하지만 집이며 유지비용들은…."

"집도 내가 꾸려갈 수 있어요. 나를 믿으라니까요, 존. 모든 재산을 내 앞으로 돌려놓고 떠나요! 당신이 늘 원하던 기회잖아요. 안 그래요?"

그건 의심할 여지가 없었다. 그리고 부인의 활기 넘치는 에너지와 단호한 낙천성은 그런 기회를 너무나 갈망해온 워터슨 씨가 중대한 발걸음을 옮기는 데 필요한 열정에 불을 당겼다.

워터슨 씨는 자신의 모든 재산을 아내 이름으로 돌린 다음 자기 대신 일을 할 수 있도록 아내에게 위임장을 주었다. 그리고 저축의 반을 찾아 탐험을 떠났다.

워터슨 씨는 마흔다섯 살 중년이 아닌 스무 살 청년처럼 느껴졌다. 책임과 함께했던 세월이 사라진 느낌이었다. 그는 간절하고 맑은 정신 속에 희망과 용기를 가득 품고 아들과 함께 가는 아버지라기보다는 형 같은 기분으로 미래와 마주하기 위해 출발했다.

그는 자신이 늙은이라고 생각해왔다. 지금은 젊은이처럼 느껴졌다. 그는 늘 자신에게 아내와 가족을 위해 일을 할 의무가 있다고 생각했다. 그런데 갑자기 놀랍게도 그가 그렇게 오랫동안 짊어지고 있었던 근심거리가 마치 없어져버린 짐처럼 사라져버렸다. 집, 가게, 사업상 의무, 이 모든 게 사라졌다.

워터슨 씨는 처음에는 아내에 대해 많은 걸 생각했다. 여자들은 집에 있어야 한다는 확신이 뿌리 깊게 몸에 밴 사람이었기에 아내가 가게를 운영하는 건 맞지 않는 것 같았지만, 그래도 아내라면 할 수 있다는 것을, 그것도 잘할 수 있을 거라는 사실을 알고 있었다. 워터슨 씨가 다리가 골절됐던 그 해 여름, 부인은 남편을 대신해서 아주 성공적으로 사업을 꾸려나갔다. 워터슨 씨는 조언을 담은 편지를 쓰곤 했는데, 시간이 갈수록 길이도, 보내는 횟수도 줄어들었다. 그에게 편지는 항상 어려웠고 불만족스러웠다. 워터슨 부인도 더하면 더했지 덜하지 않았다. 그녀는 말보다 행동하는 여자였으며, 구어도 그런 마당에 문어는 결코 그녀의 표현수단이 아니었다. 부인은 이내 이런 취지로 편지를 썼다.

"사랑하는 여보, 그렇게 먼 거리에서 내게 조언을 하는 건 어려운 일일 거예요. 사업은 잘 되어가고 있어요. 당신은 탐험을 떠났고, 당신 일도 잘 되어가고 있는 것 같군요. 여보, 이쪽 일은 당신 마음에서 지워버려요. 둘 중 한 명이 아프거나 다치거나 상대방이 필요한 일이 생기면 곧바로 편지를 쓰거나 전보를 치되, 모든 일이 잘 돌아간다면, 펜을 들고 싶을 때까지는 고생스럽게 편지를 쓰지 않기로 우리 이 자리에서 약속해요. 당신이 날 사랑한다는 걸 알아요. 나도 당신을 사랑하죠. 다시 만나게 되면 우리 둘 다 기쁠 거예요. 하지만 지금은 그냥 가서 즐겨요!"

존 워터슨 씨는 무의식적으로 깊은 안도감을 느끼면서 자신을 구속했던 모든 끈을 손에서 놓았다. 그는 탐험대가 찾아낸 새롭고 놀라운 발견이나 자신이 읽는 책, 다른 학자들과 나눈 유익한 대화, 자신이 심사숙고하는 작업에 대해 언급한 간단하고 기분 좋은 편지를 아주 드문드문 집으로 보냈다. 그간 주어진 기회가 거의 없었음에도 관심이 가는 연구라면 모든 면에서 성실하게 수행해온 그였기에 이 과학자들 사이에서도 자신의 주장을 고수할 수 있었으며 심지어 그들의 토론에 기여하기도 했다. 워터슨 씨는 아내에게 탐험대의 성과가 기록된 신문 기사를 보내곤 했는데 기사에 간혹 그의 이름이 등장하기도 했다.

날마다 보이던 남편이 시야에서 사라진 후 늘 오던 의례적인 편지들마저 드문드문 날아오는 가운데 신문을 통해 남편의 행적과 평판을 접하게 되자 부인의 마음에 남편이 점점 더 크고 매력적인 존재로 자리잡기 시작했다. 실제로 그 얼마 안 되는 편지들을 부인이 얼마나 소중하게 여겼는지 워터슨 씨가 실제로 알게 된다면 깜짝 놀랐을 것이다. 서신 교환을 줄이자고 제안한 후 자존심 때문에 남편에게 편지를 자주 보내달라는 말을 하진 못했지만 그녀는 신혼 초에도 지금처럼 남편을 사랑하지는 않았다.

그리고 워터슨 씨로부터 탐험대와 함께 또 다른 나라로의 긴 항해를 통해 좀 더 멀리 갈 수 있는 기회가 생겼으며 그리되면 한두 해 정도 더 걸릴 것 같다는 편지를 받았을 때 부인은 온 힘을 그러모아 새로운 항해에도 꼭 합류하라는 내용의 편지를 남편에게 보냈다.

부인이 썼다. "잘됐어요, 존, 정말 잘됐어요. 정말 기뻐요. 난 당신이 무슨 일이 있어도 그 기회를 놓치지 않으면 좋겠어요. 물론 당신을 그렇게 오랫동안 볼 수 없다는 사실은 속상해요. 하지만 우린 스물세 해를 함께 보냈고 남은 삶도 함께할 거잖아요. 지금이 바로 당신이 가고 싶은 곳에 가야 할 유일한 시간일지도 몰라요. 둘이 함께 있다니 책에게도, 당신에게도 잘된 일이에요. 나 때문에 그 기회를 포기하지 말아요. 이곳은 모든 게 잘 굴러가고 있어요. 사업은 나아지고 있어요. 내 건강도 괜찮아요. 집은 팔 수 있을 것 같아요. 당신이 반대하지 않는다면 말이죠."

워터슨 씨는 아내 곁을 그렇게 오래 떠나 있는 게 사실 좀 꺼려졌다. 그런데 아내는 정말 행복하고 정말 잘 지내는 듯했다. 게다가 자신만큼이나 사업을 잘 운영할 수 있다는 아내의 차분한 자신감에 그는 심술이 날 뻔했다.

잭은 진심으로 아버지가 가기를 원했다.

"아, 제발요, 아버지! 어머닌 괜찮으세요. 인생에서 최고의 시간을 보내고 계세요. 아시다시피 혹시 모르니까 제니가 거기 있잖아요. 어머닌 끄떡없어요. 그리고 그 도시에서 월터도 자기 일을 잘 하고 있잖아요. 혹시 사업에 무슨 문제가 생기면 월터가 어머니를 도와드릴 거예요. 같이 가요!"

그리하여, 마음에 맞는 일을 하면서 이미 충분한 격려와 자극을 받은 워터슨 씨는 탐험대와 함께 해외로 나갔다. 그는 편지를 거의 쓰지 못했다. 대신 시간을 내서 그 누구보다도 잘 아는 주제 중 한 분야에 관한 논문을 작성했다. 그리고 이 논문이 큰 규모의 국제회의에서 발표되고 출간된 후 논문을 평가할 자격을 갖춘 전문가들로부터 널리 인정을 받자 그는 그 논문과 논문에 대한 설명을 아내에게 보냈으며, 자신이 인생을 헛되게 살지 않았다고 생각했다.

워터슨 씨는 4년이 흐른 후에야 고향에 돌아가게 되었다. 그의 마음속에는 두 가지 감정이 교차했는데, 그 두 감정 때문에 행복하기도 하고 비참하기도 했다. 한 가지 감정은 아내와 집에 대한 그리움이었다. 심지어는 가끔 가게가 생각날 때도 있었다. 하지만 그런 만큼 감옥 같은 곳으로 다시 돌아가는 게 몸서리쳐질 정도로 내키지 않았다. 아주 오랜 세월을 남자들과 함께 지낸 그였지만, 집에 다시 돌아가면 창문 닫아라, 문 잠가라, 시계태엽 감아라와 같이 듣지 않으면 맨날 까먹는 집안일에 대한 잔소리를 들어야 할 게 뻔했다. 온갖 짐과 산더미 같은 서류들, 표본들을 가지고 수천 마일을 돌아다녔는데 딱하게도 집에는 자신의 짐들을 둘 곳조차 마땅치 않았다. 그리고 응접실의 책장과 다락방의 책상, 장롱 서랍 두 칸에 자신이 다시 갇힐지도 모른다는 현실적인 공포에 시달렸다.

한편 워터슨 부인은 4년 동안 회사에 나가 일했는데 놀랍게도 매번 비슷한 음식을 만들고, 똑같은 방을 청소하고, 옷을 빨고, 그릇을 닦는 일보다 밖에서 일하는 게 자신의 성격에 잘 맞는다는 사실을 깨달았다.

그녀는 몇 달 동안은 남편이 하던 식으로 가게를 운영했다. 그러다가 효율성 전문가를 초청해서 며칠 동안 자세한 상담을 받았다. 가게에 대한 그의 보고서가 만족스럽지는 않았지만 추가 비용을 지불하고 읍내의 다른 회사들에 대해서도 문의했다.

"좀 비싸네. 그렇지 않아?" 보수적인 한 친구가 물었다.

"굉장히 유익했는걸." 부인은 단호하게 대답했다.

부인은 직접적인 조언보다도 전문가의 방문에서 더 많은 걸 얻었다. 그녀가 얻은 건 바로 원칙을 파악하는 사고방식이었다. '효율성'이라는 단순한 비밀을 터득한 그녀는 자신의 사업에 그 비밀을 적용시켰다.

워터슨 씨가 짐을 내려놓듯 회사를 떠났다면 워터슨 부인은 다람쥐 챗바퀴 같은 생활에서 탈출하듯 집안일을 내려놓았다. 그녀는 난생처음 자신의 타고난 에너지를 모두 쓸 수 있게 되었다. 가게 형편은 신중하게 세운 계획에 따라 빠른 속도로 좋아졌다. 부인은 이쪽을 확장하고, 저쪽을 바꾸고, 새로운 특색을 더했다. 가게는 현대적 의미에서 백화점의 형태를 갖춰갔다. 워터슨 부인은 신사복 매장에 손세탁 서비스를 추가했다. 안전하고 위생적이며 빠르고 깨끗한 손세탁 서비스 덕분에 이 부문의 거래량이 두 배로 뛰었다. 세탁 서비스 자체는 큰 수익을 내지 못했지만—처음에는 그랬다—사업 수익이 개선되는 데 큰 도움이 되었다. 세탁 서비스에 이어 자연스럽게 수선 서비스도 도입했다. 수선 서비스는 곧 재봉 서비스와 양재사업으로 이어졌는데, 모두가 포목사업과 연결된 것이었다.

부인은 새로 얻은 자유를 만끽하면서 자신의 사업 수완을 증명했다. 능력은 쓸수록 커진다는 사실을 깨달은 그녀는 첫해 수익을 건물을 증축하고 옆에 있는 식료품점의 지분을 획득하는 데 사용했다. 두 번째 해에는 대출을 갚지 못한 작은 호텔을 사들인 다음 대출을 갚도록 했다. 부인은 어떤 종류의 사람을 고용해야 하는지, 그 사람을 어떻게 관리해야 하는지 잘 알고 있었다. 홈 퍼니싱 사업과 식료품 사업과 세탁 서비스를 통해 그것들을 배웠으며, 이제 사업들은 건실하게 번창했다.

세 번째 해가 되자 부인의 백화점과 호텔이 훌륭한 성과를 거둔 덕분에 은행 잔고가 꾸준히 불었다. 남편이 떠난 뒤 2년 만에 집을 팔아서 큰 이익을 낸 부인은 읍내 외곽에 더 큰 부지를 매입했다. 길게 비탈진 곳으로 고목 몇 그루가 서 있고 아래쪽에는 강이 조용히 흐르는 곳이었다. 그곳에 있는 주택은 별 가치가 없었다. 부인은 확실한 계획을 세운 즉시 헌 집을 허물고 새 건물을 짓기 시작했다.

부인은 인생에서 그렇게 행복했던 적이 없었다. 심지어 남편을 향한 충만한 사랑 덕분에 무언가 더 하고 싶다는 내면의 끈질긴 충동을 잊고 살았던 시절에도 이렇게 행복하진 않았다. 만약 그녀에게 추억할 수 있는 가족과의 즐거운 삶이 없었다면, 그녀에게 긍지와 만족감을 주는 아이들과 점점 더 그립고 만날 날이 고대되는 남편이 없었다면 너무나 당연하게도 이 모든 노력과 새로운 자부심에는 공허한 부분이 있었을 터이고, 그녀는 종종 외로웠을 것이다. 그러나 가족을 향한 부인의 양심은 거리낄 게 없었다. 그녀는 아내로서, 그리고 어머니로서 가족들과 사랑을 충분히 주고받았다. 그리고 여느 할머니들처럼 시간을 내서 제니의 아기와 즐거운 시간을 보냈다.

워터슨 부인은 사위의 능력을 높이 평가했다. 사위는 이제 그녀가 소유한 대형 점포의 총괄 매니저로서 모든 일을 성공적으로 해냈으며 전보다 훨씬 많은 급료를 받았다. 사업은 순조롭게 굴러갔고, 사업에 닥친 위험이나 어려움은 오히려 그녀에게 새로운 용기를 주었고 재원 투자를 부추겼다.

주택은 빠르게 지어졌다. 계획을 세울 때는 느리고 신중했던 부인이었지만 이제는 주택 완공을 독려했다. 남편이 돌아오는 길이었다. 부인은 남편을 위한 집을 준비하고 싶었다.

워터슨 씨는 탐험대가 돌아갈 대략적인 날짜를 알린 이후에는 편지를 쓰지 않았다. 그럴 필요가 없었던 것이다. 그는 편지만큼 빠르게 가고 있었다. 만약 이곳저곳에서 그의 일정이 지체된다면 편지 역시 그럴 것이었다. 그는 가능한 한 발걸음을 서둘렀다. 거리가 더디게 줄어들수록 집과 아내에 대한 생각은 소중해졌다.

마침내 워터슨 씨가 부부 사이의 마지막 장애물인 바다를 건너기 위해 증기선에 승선했을 때 그의 생각은 간절한 그리움으로 변했다. 그는 집도, 수많은 친구가 있는 활기찬 읍내도 다시 보고 싶었다. 과학 분야에서 이름을 제법 얻은 그는 이제 고개를 빳빳하게 들고 읍내를 다닐 수 있을 것이다. 그는 딸과 세상의 경이로움이라는 새로 태어난 손녀가 보고 싶었다. 무엇보다도 아내가 보고 싶었다.

워터슨 씨는 고향이 가까워질수록, 예전에 비하면 참을 만하긴 했지만, 그래도 자신의 가게와 답답한 집만은 대면하고 싶지 않았다. 아내가 그 집을 처분했는지, 여전히 그 집에 살아야 하는지 궁금했다.

워터슨 부인은 멋진 전기차를 타고 역으로 와서 남편을 만났다. "우리 차예요!" 그녀가 말했다. 세상과 격리된 차 안에서 두 사람은 아플 만큼 서로를 꼭 껴안았다.

"오, 여보, 여보!" 부인이 때때로 나직이 속삭였다. 워터슨 씨는 아내에게 다시 키스했다.

아내는 얼마나 젊어 보이는지! 또 얼마나 아름다운지! 얼마나 활기차고 얼마나 매끄러운지! 그녀는 훨씬 더 사랑스럽고 덜 오만해 보였다.

"당신이 놀랄 만한 게 있어요, 존. 대단한 거예요!"

"난 당신이 한 일이라면 그 무엇에도 놀라지 않을 거야, 내 사랑," 그가 말했다. 하지만 그는 놀라고 말았다.

널찍한 대지와 굽은 진입로, 키가 큰 나무들과 붉게 빛나는 꽃들, 이 모든 게 그를 놀라게 했다. 그리고 양 옆으로 쭉 뻗은 멋진 주택이 있었다. 벽난로가 있는 쾌적한 복도, 커다란 응접실과 모든 곳을 판재로 두른 식당, 식료품 저장실과 주방, 세탁실까지 모두가 한 쪽에 있었다.

부인은 다시 남편을 데리고 복도를 가로지른 다음 이중문이 있는 작은 통로를 지났다. "서재예요." 그녀가 말했다. 책꽂이들 뒤편에는 조용하고 좀 더 작은 방이 있었다. "당신 연구실이에요, 여보!" 작은 철제 계단이 위로 이어져 있었다. 부인은 남편을 위층으로 이끌었다. "당신 침실이에요, 여보." 널찍한 화장실과 커다란 옷장들, 그리고 또 다른 작은 통로가 있었다. "여기는 내 침실이에요."

워터슨 씨가 주변을 둘러보고는 잠깐 호흡을 가다듬었다.

그가 말했다. "내가 놀고 있는 동안 당신은 이 모든 걸 다 해냈군."

"당신이 진짜 일, 앞으로 계속 할 일들의 물꼬를 트는 동안 한 일이에요. 당신은 온 마을이 자랑스러워할 만한 일을 했어요. 그래요, 다들 알았다면 온 나라가 자랑스러워했을 거예요. 그리고 당신의 아내도 마찬가지예요. 세상에, 존!" 부인이 몸을 떼고 촉촉하게 빛나는 눈으로 남편을 바라보았다. "존, 여보, 과거에 난 한 번도 당신의 진가를 알아보지 못했어요. 그저 우리 둘이 먹고 살기 위해 당신이 저 낡은 가게에 틀어박혀서 돈을 벌었다고 생각하면… 존, 당신이 사업을 일으킨 거예요. 당신은 정직하고 강해요. 난 당신 발걸음을 따라갔을 뿐이에요. 이제 당신은 정말 당신이 사랑하는 일을 하도록 해요. 나도 그럴 테니."

"확실히 집을 만드는 건 여자들 일이야! 우리에겐 서로 사랑할 시간이 30년이나 남아 있군!"

"이곳이 바로 우리 집이에요, 존!"

그녀의 아름다움

·

그녀의 이름은 아마릴리스였다.

그녀는 두 손을 턱에 괴고는 침울하고 씁쓸한 표정으로 제대로 비추지도 못 하는 작은 거울을, 사물을 있는 그대로 비춰주는 정직한 거울과 달리 아주 칙칙하고, 녹색 빛을 띠는 거울을 응시하면서 자신의 것 중에 아름다운 건 이름뿐이라는 생각을 곱씹곤 했다.

아마릴리스 들롱이라! 머나먼 위그노 피난민 출신 선조는 이 미국 가족의 성에 '드(de)'를 끼워 넣었다. 그리고 딸과 가장 가까운 존재인 어머니는 실제로 모든 마을 사람들의 반감에도 불구하고 그녀를 아마릴리스라고 부르기를 고집했다.

마을이 주는 인상은 칙칙했다. 그곳은 오래된 거울처럼 녹색 빛을 띠었고 울타리와 주택은 갈색과 회색이 주류를 이뤘다. 그래도 충분히 부유하고 자족적인 곳이었다.

아마릴리스는 달랐다. 그녀는 천성적으로 불만이 많다고 웰리슬리

출신인 아마릴리스의 학교 선생이 말했다. 아마릴리스가 다니는 교회 목사는 그녀가 '신의 섭리에 반항'한다고 말했다. 아마릴리스의 어머니는 '키우기 힘든 아이'라고 했다. 아마릴리스는 이 세상에서 제일 비참한 소녀가 자신일 거라고 중얼거리며 음울한 표정으로 작은 거울을 쳐다보았다. 그러자 거울 역시 같은 표정으로 아마릴리스를 쳐다보았다.

아무 소용이 없었다. 아마릴리스는 그 거울을 다양한 각도로 비춰 보기도 하고, 분홍 새벽빛부터 창백한 달빛은 물론 특별한 실험을 위해 촛불 두 개와 등유 램프도 동원하는 등 온갖 종류의 빛을 비춰 보기도 했다. 그녀는 머리를 되도록 다양한 스타일로 바꿔보았다. 옷을 있는 대로 다 입어보았고, 의상들 간 다양한 조합도 시도해보았다. 양심이 허락할 때까지 맨몸을 드러내보기도 했다. 아무 소용 없었다. 거울은 그녀가 그렇게 갈망하는 아름다움을 단 한순간도 보여주지 않았다.

"아마릴리스는 예쁜 걸 끔찍이도 좋아한다니까." 딸을 속속들이 아는 어머니가 말했다. "너무 평범하게 생겨서 안타깝지!"

정말 안타까웠다. 그 평범한 외모 때문에 아마릴리스의 어린 시절은 슬펐고, 소녀시절은 어두웠다. 그리고 그 외모가 이제 어른이 된 그녀를 짓이기고 망가뜨렸다.

그녀는 아마릴리스라는 이름 덕에 잠시 웰던 토머스의 관심의 대상이 된 적이 있었다. 그녀가 기억하는 영혼이 흔들렸던 유일한 시간이었다. 웰던 토머스는 기도 모임 후 제일교회의 닳디 닳은 넓은 계단에서 아마릴리스 들롱 양을 소개해줄 것을 청했다. 그는 거기서 잠시 그녀와 이야기를 나눴고, 집까지 함께 걸었으며, 연락해도 되는지 물었다.

이 모든 일은 저녁에, 그러니까 부드러운 불빛이 나뭇잎 그림자 사이로 명멸하는 어느 여름날 저녁 무렵에 이루어졌다. 챙 넓은 모자 밑으로 보이는 발그레한 젊은 얼굴에는 미소가 어려 있었고, 적어도 신비한 매력이 담겨 있었다. 그때 웰던은 아마릴리스에게 만족한 게 틀림없었다. 왜냐하면 한두 번 더 그녀를 보러 왔기 때문이었다. 커튼이 완전히 내려진 응접실과 그늘진 램프, 동경이 담긴 소녀의 눈부신 기쁨과 행복한 대화는 여전히 아마릴리스의 신비한 매력을 유지해주는 듯했다. 웰던은 소풍을 가자고 청했다. 맙소사, 거기서 그녀는 밝은 대낮과 마주했을 뿐 아니라 경쟁자들과도 마주했다. 둥그스름한 몸매와 부드럽고 매혹적인 장밋빛 피부에 재빠르게 유행하는 스타일의 의상을 차려 입은 소녀들과 비교하면 아마릴리스는 유리한 게 하나도 없었다.

그 후 웰던은 그녀를 찾아오지 않았다. 아마릴리스를 만나도 인사만 하거나 간단한 대화를 하는 게 고작이었다. 그는 베스 샤플리스, 마이라 홀과 함께 다녔다. 그리고 이제 모든 것이 끝났다. 웰던은 마이라와 결혼했다.

마이라는 누가 봐도 아름다웠다. 아무도 그 사실을 부인하지 않았다. 적어도 미를 숭배하는 아마릴리스는 특히 그랬다. 마이라는 매끈하고 통통했다. 풍성하고 곱슬거리는 머릿결이 얼굴 주변에서 매혹적으로 흩날렸다. 고른 이는 하얗게 빛났고, 턱은 둥그스름하고 작았으며, 손은 포동포동하고, 작은 신발을 신은 발은 더 작아 보였다. 그녀가 신은 하이힐은 이목을 사로잡았다. 모든 사람의 이목을. 그리고 아마릴리스만큼이나 아름다움을 사랑하기에, 아름다움에 관한 시도 여러 편 썼으며 그 시들이《플레인빌 와치맨》에 실리기도 했던 웰던은 서둘러 그녀에게로 발길을 돌렸다. 게다가 이 작은 마을의 모든 미혼남자들이 마이라의 작고 맵시 있는 발치에서 사랑을 구걸했다. 경쟁자들은 그녀의 매력을 배가시켰다.

사랑의 희망은 아마릴리스의 마음에서 그 생명을 잃었다. 생명을 잃은 사랑의 희망은 바보 같은 자존심을 기리는, 조용하지만 효과적인 기념비인 무거운 침묵 아래에 묻혔다.

하지만 미에 대한 사랑은 죽지 않았다. 아마릴리스는 저 멀리 플레이빌 중서부에서 아름다움을 찾아내기로 결심했다. 그녀가 택할 수 있는 유일한 길은 책, 작은 공공도서관과 목사의 서가, 여성클럽이 운영하는 이동용 서가에서 빌릴 수 있는 책이었다. 미에 대한 또 다른 사랑은 그녀에게 길을 열어줄 것이었다. 꿋꿋한 성격에 깊은 실망을 경험한 열여덟 소녀는 많은 걸 할 수 있었다.

아마릴리스는 결혼과 가족을 포기한 수녀처럼 행복에 대한 생각을 버리고 마음의 우상인 아름다움에 일생을 바치기로 결심했다. 미를 제대로 알기 위해서는 배움이 필요했다. 그녀는 대학에 가기로 결심했다. 아버지는 기꺼이 허락했으며 그녀는 당장 대학에 진학했다.

아버지가 말했다. "아마릴리스는 아마 가르치는 사람이 되어야 할 거야. 그 아이는 얼굴이 재산이 아니잖아." 그러고는 딸을 돕기 위해 열심히 일했다.

자존심 강한 소녀는 스스로를 돕고자 했다. 그녀는 양재에 관한 하계 과정을 수강한 후 몇 년 동안 의상을 제작하는 소녀들을 도왔다.

가르치는 건 그녀의 야망이 아니었다. 대학을 졸업한 후 좋은 양장점에 자리를 얻은 아마릴리스는 돈은 벌지 못했지만 경험을 쌓았다. 그 후 다른 세 소녀와 함께 협동조합을 설립해서 더 많은 경험과 더 많은 부를 쌓았다.

10년 후 아마릴리스를 본 플레인빌 사람들 모두 그녀를 노처녀 취급했다. 그녀의 부모조차 그 사실을 받아들였다.

"정말 잘 하고 있답니다, 아마릴리스 말이에요." 어머니가 자랑했다. "경제적으로 독립한 건 말할 것도 없고 자기가 대학에 다니는 동안 아버지가 들인 비용까지 전부 되갚았지 뭐예요. 그리고 내가 입는 옷은 대부분 딸이 보내준 거랍니다."

들롱 부인의 의상은 너무나 우아하고 아름다웠기에 친한 친구들마저 자신들끼리 모인 자리에서 '부인이 너무 차려입은 게 아니냐'며 쑥덕이곤 했다.

플레인빌에서는 오직 특별한 행사에 참석한 젊은 여성들만이 '근사하게 차려입었다'는 찬사를 받았다. 주민들은 다른 사람들이 평상시에 눈에 띄는 아름다운 의상으로 차려입기라도 하면 부적절한 옷차림이라고, '남의 이목을 끌려고 한다'며 지탄하곤 했다. 그랬던 사람들이 이제는 집 주변을 기꺼이 칸나와 삼잎국화 같은 화려한 꽃으로 장식했다. 아마 그곳에 포인세티아가 있었다면 포인세티아도 한몫 거들었을 것이다.

대양을 항해하는 기선에서 모자 속으로 보이는 젊고 명민한 얼굴이 강렬한 눈으로 맹렬한 기세로 끝없이 밀려오는 파도를 바라보고 있었다. 아마릴리스는 부모의 확신보다 훨씬 더 잘 '해냈다'. 양재 사업은 제대로 운영하기만 하면 노다지광과 다를 바 없었다. 그녀가 만든 옷은 모두 품질이 좋고 몸에 잘 맞았다. 게다가 10퍼센트의 할인을 받기 위해 고객들이 선불로 계산하는 덕에 아마릴리스는 어음이 부도나서 현금을 받지 못할까봐 전전긍긍할 이유가 전혀 없었다. 아마릴리스의 잔고는 그녀의 명성과 함께 불어났다. 이제 그녀는 여성 감독관에게 그곳을 맡기고 사업 확장을 위해 파리로 떠날 수 있었다.

아마릴리스는 프랑스어를 구사했다. 그녀는 물건을 구매하거나 시장조사를 위해 종종 파리에 가곤 했지만 이번에는 그곳에 살면서 예술을 공부할 작정이었다. 화가가 되겠다는 엉뚱한 야심 따윈 품지 않았다. 미술 감상을 통해 기쁨을 느끼는 소극적인 의미가 아니라면 아마릴리스는 사실 화가도, 제도사도, 예술가도 아니었다. 하지만 사람은 음악가가 될 생각 없이 음악을 공부하기도 한다.

훈련된 눈과 사업 경험을 갖춘 아마릴리스는 파리에서 유행하는 참신한 제품들을 골라 고국에 있는 자신의 점포로 보냈다. 이 일은 아마릴리스의 시간을 많이 잡아먹지 않았다. 그녀의 진정한 목표는 자신의 앞을 가로막거나 자신에게 불필요한 것들은 모두 한쪽으로 젖히고 희미하게 빛나는 넓고 따뜻한 바다에 몸을 던진 다음 무아지경의 상태로 헤엄쳐 나가는 사람의 그것과 비슷했다.

단골손님은 물론이고 대기명단에 이름을 올린 일회성 고객들 덕분에 사업은 규모는 크지 않지만 견고하고 안정적으로 이어졌으며 한 해 한 해 꾸준히 성장했다. 그녀는 여행을 하고, 질릴 때까지 공부도 하고, 사람들을 만나고, 강연을 듣고, 책을 읽고, 그림을 보고, 연극을 관람하고, 자신의 영혼을 지식으로 채우는 등 자신이 원하는 아름다움을, 이 현대 세계에 존재하는 모든 아름다움을 마음껏 즐길 수 있었다.

어느 항해 길에서 아마릴리스는 선장과 합석하는 식당 테이블에 앉아 있는 낯익은 얼굴을 보았다. 시들기 시작한 분홍 장미처럼 한창때가 지나 이젠 탱탱함을 찾아볼 수 없는 여인의 얼굴이었다. 몸매는 최대한 조인 코르셋 덕분에 간신히 다른 여자들과 엇비슷해 보였다. 마이라 홀이었다. 그러니까 지금은 당연히 마이라 토머스였다. 아마릴리스는 이상하게도 가슴이 철렁 내려앉는 심정으로 마이라를 쳐다보았다. 웰던은 어디 있는 걸까? 혹시…? 그럴 가능성도 있었다. 아니, 마이라는 상복 차림이 아니었다.

아마릴리스가 그녀에게 말을 건넸다. 통통한 마이라가 그녀를 보자 반가움을 한껏 드러냈다.

"세상에, 아마릴리스! 당신 차림새가 정말 맵시 있군요! 깜짝 놀랄 만한 일을 하고 있다더니 이제야 그 말이 믿겨지네요. 그 옷은 당신이 만든 건가요? 내게도 하나 만들어줄래요? 돈은 얼마나 드나요? 우리 친구 사이잖아요!"

마이라가 능글맞게 웃었다. 아마릴리스가 기억하는 작고 둥글었던 턱은 좀 더 둥글어지고 좀 더 커진 데다가 심지어 한 겹이 아닌 두 겹이었다. 족히 10센티미터는 될 법한 심을 덧댄 레이스 지지대가 귓바퀴를 밀어 올릴 정도로 꽉 압박하지 않았더라면 턱이 몇 겹은 더 보였을 것이다. 작고 하얀 치아는 닳디 닳아서 상태가 훨씬 더 안 좋았다. 손은 여전히 통통했는데, 살갗이 늘어져서 살집이 두드러져 보였다. 반면에 작았던 발은 이제 그다지 작지 않았다.

"고백하자면 이제 예전에 입던 옷들은 맞지 않아요." 마이라가 쾌활하게 시인했다. "심한 아치 함몰로 고생하고 있어요. 그래서 이 끔찍한 걸 신어야 해요. 의사의 지시사항이거든요!" 그리고 발이 원래대로 움직이도록 돕기 위해 근대 과학이 만들어낸 무시무시한 신발을 보여줬는데, 그 신발을 신으면 발가락이 부자연스럽게 꺾이면서 제대로 서있기조차 힘들었다.

또 바람에 날리던 눈부신 머릿결은 온데간데없이 사라지고, 대신 여러 불쾌한 증상들이 그녀를 괴롭히고 있었다. 그녀의 머리 스타일은 속을 가득 채워 부풀린 매트리스나 천을 덮은 소파를 연상시켰다. 머리가 풍성하긴 했지만 예전처럼 빛나는 금발은 아니었다.

아마릴리스는 또다시 웰던 때문에 낙심했다. 그의 생사를 걱정한 건 아니었다. 마이라는 웰던은 건강하고 열심히 일하고 있다며 그녀를 안심시켰다. "그는 기자예요. 기자들은 절대 자리를 떠나질 못한다니까요. 그래요, 웰던은 열심히 일해요. 일을 좋아하거든요. 뭐라고요? 시라구요?" 그녀가 웃었다. "아닐 거예요. 웰던은 시에 흥미를 잃은 지 오래됐어요. 난 그이가 시 얘길 해서 많이 웃었던 것 같아요."

아마릴리스는 휴가를 보내고 파리에 있는 일터로 돌아가는 길이라는 마이라에게 작별을 고했다. 어머니의 병환을 알리는 전보를 받고 고향에 온 아마릴리스는 가까스로 어머니에게 작별인사를 할 수 있었다. 어머니가 세상을 떠난 후 아버지는 무기력하고 외로워 보였다. 1년 후 아마릴리스는 다시 혼자가 되었고, 고향 집이 그녀의 손길을 기다렸다. 꽤 많은 돈도 그녀를 기다렸다. 그녀의 부모는 지난 몇 년 동안 저축 외에는 인생에서 아무 낙이 없었던 것이다.

아마릴리스는 놀랍게도 자신의 어린 시절을 보낸 고향 집에 대한 깊은 애정이 되살아나는 걸 느꼈다. 훈련된 눈과 더 넓은 시각을 가진 그녀는 마을의 따분하고 볼품없는 모습은 피상적이고 일시적인 반면 그 밑에 깔린 전원의 아름다움이야말로 강하고 순수하다는 걸 깨달았다. 그녀가 부모님과 함께 산 집은 길 가까이 있었다. 집에는 먼지가 앉았고, 주변 소음 때문에 시끄러웠으며 창문과 울타리 사이에는 하얗게 변한 나무 몇 그루와 좁고 딱딱한 화단이 있었다. 기다란 뜰 뒤편에는 커다란 나무들, 느릅나무와 호두나무, 은단풍나무가 있었고, 나무 저편에는 넓은 강이 고요히 흐르고 있었다.

아마릴리스의 눈에서 불꽃이 튀었다. 그녀는 커다란 공간의 이곳저곳, 구석구석을 살피면서 생각에 잠겼다. 또 눈을 반 쯤 감고 머리를 한껏 뒤로 젖힌 채 이쪽 저쪽 경관을 살폈다.

섬 역시 아마릴리스 가족의 소유였으며 건너편에 있는 하천 목초지도 마찬가지였다. 멀리 저 편에 있는 저지대 목초지와 낮게 비탈진 언덕으로 지는 석양은 그녀의 기억보다 훨씬 더 눈부시게 아름답기까지 했다.

아마릴리스는 아버지의 친구인 나이 많은 변호사와 상의했다. 그녀는 유산의 총액을 계산하고 자신의 은행 잔고를 조회했다. 그리고 보스턴에 있는 두 친구에게 자신을 방문해달라고 청했다. 그중 한 사람은 한창 명성을 쌓고 있는 건축가였다.

언론계 동료들은 노골적으로 마흔 살의 웰던 토머스를 실패작으로 간주했다. 물론 기자들이라고 해서 늘 옳은 것은 아니지만 말이다. 웰던은 한 대형 신문사 자리를 잃은 후 또 다른 신문사에서도 쫓겨났다. "웰던은 기민하질 않아." "활기가 부족해." "일은 잘하는데 행동이 굼떠." "토머스의 문제는 나이가 너무 많다는 거야."

그는 실제로 마흔두 살이었다. 사치스런 아내와 뉴욕 시내에 위치한 집은 검소한 생활에 보탬이 되지 않는다. 부부 중 한 명이 아무리 알뜰살뜰해도 다른 한 명이 흥청망청 사치를 부리면 균형은 무너지게 마련이다. 그는 20년 간 뉴욕 생활을 청산하고 남은 돈으로 간신히 《플레인빌 와치맨》의 지배 지분을 살 수 있었다. 도시 친구들은 이런 웰던이 비참하게 몰락했다고 생각했다. "토머스 그 친구, 참 안됐어. 일을 관두고 시골로 내려가야 하다니. 뜨내기 잡지를 인수한 것 같던데. 참 아쉽게 됐어."

고향에서 새로운 책임을 맡은 웰던은 그런 생각일랑 전혀 하지 않았다. 그는 조용한 거리와 활처럼 휜 나무들로부터 안식을 얻었다. 밤의 서늘한 침묵은 그에게 형언할 수 없는 평안함을 주었다. 그는 사람보다도 장소에 대해 서서히 익혀가기 시작했다.

어느 멋진 오후에 작은 타운의 교외를 걷던 웰던은 낯선 담과 마주쳤다. 그곳은 분명히 새로운 곳이었지만 그의 눈에는 예전의 모습이 보였다. 담 너머로 꽃이 만발한 가지들이 풍성하게 휘어졌다. 입구에서 보니 짙은 잔디가 한눈에 들어왔으며 저 멀리 뒤로 낮고 넓으며 하얗고 아름다운 주택의 고요한 윤곽이 유혹하듯 기다리고 있었다.

그는 기억해냈다. 사람들이 그에게 말했던 것이다. "그 들롱 가 딸이 옛날 집을 다 뜯어고쳐서 당신은 아마 알아보지도 못할 거요. 옛집을 다 부수고는 한 번도 본 적 없는 괴상한 걸 지어놨으니. 양재사업으로 어마어마한 돈을 번 게 분명하다우."

그는 아마릴리스는 물론 그녀의 일에 대해 귀동냥한 내용도 생각났다. 잠깐 들러서 그녀를 보기로 했다.

약간 굽은 통로 덕분에 눈이 편안했다. 그렇다고 걷기가 불편하지도 않았다. 거리는 90미터 정도밖에 되지 않았지만 웰던은 가는 도중에 여러 번 걸음을 멈추고 조금씩 변하는 주변 경치를 감상했다. 그리고 현관 계단에 도착한 후 아름다운 경관을 보기 위해 몸을 돌렸다. 아무리 크다지만 고작 앞마당에 불과한 공간이 어떻게 이렇게 멋진 산책로로 바뀔 수 있는지 도통 이해가 가질 않았다. 도시 생활로 굶주렸던 웰던의 영혼은 자신에게 구원의 손길을 내미는 이 아름다운 풍경에 기쁜 마음으로 호응했다.

부드러운 아름다움을 담고 있는 이 집은 그 자체로 조용하고 차분하며 평온했으므로 웰던은 집을 하나하나 뜯어볼 생각도 하지 못한 채 그저 하얀 건물의 외관 앞에서 미소를 짓다가 벨을 눌렀다. 부드러운 목소리를 가진 흑인 하녀가 문을 열더니 넓고 쾌적한 복도에 있는 의자에 앉으라고 손짓한 다음 명함을 받았다. 하녀가 이내 돌아오더니 들어오라며 문을 열었다.

웰던은 입구에 멈춰 섰다. 가쁜 나머지 짧은 한숨이 흘러나왔다. 넓고 긴 방은 비율이 딱 적당했고, 우아한 공간을 채운 색의 배합은 따뜻함과 꽃과 포도주를 연상시켰다. 반대편에는 웅장한 그림을 품은 창이 있었는데 쿠션이 놓인 넓은 의자와 짙은 색의 창틀, 다채로운 벽걸이 장식들 덕분에 창이 움푹 들어가 보였다. 그의 앞에 있는 그림 속 강이 살아 움직였고, 여기저기 드리워진 나무들이 시선을 가렸으며, 강 너머로 아름다운 농장과 굽이굽이 언덕들, 어두운 숲과 부드러우면서 찬란한 태양이 눈에 들어왔다.

즐거움이 묻어나는 작은 웃음소리가 그를 맞았다.

"당신은 내 창이 마음에 드는군요."

아마릴리스를 향해 몸을 돌린 그는 기쁨 섞인 놀라움을 감출 수 없었다. 윤곽이 뚜렷한 그녀의 다정한 얼굴이 호의가 담긴 따뜻함으로 빛났다. 어쩌면 호의 이상의 감정이 담겼는지도 모르겠다. 그녀가 섬세하면서도 강한 하얀 손을 내밀었다. 그녀의 직각 어깨로부터 길게 이어진 부드러운 드레스는 온화하고 여성스러운 품위가 넘쳤으며, 드레스에서 색감에 대한 그녀의 뛰어난 안목이 읽혔다. 드레스는 그녀뿐 아니라 방에도 어울렸다. 그녀가 지닌 모든 색깔과 선, 우아한 동작과 당당하고 침착한 아름다움, 잘 조절된 목소리가 조화로움을 보여주었다.

지친 웰던이 마른 목을 축인 사람처럼 서서 아마릴리스를 바라보았다. 그의 영혼은 먼저 드넓게 펼쳐진 정원에서, 그리고 품위 있는 집에서, 만족스럽고 평안한 방에서, 또 천국으로 통하는 창문에서 감동과 위로를 받았다. 그리고 이제 그는 아마릴리스의 내면에 이 모든 것이, 아니 더 훌륭한 것이 존재한다는 생각이 들었다.

"세상에, 아마릴리스! 당신은 정말 아름답구려!"

그녀가 명랑하게 웃었다.

"당신은 늘 시인이었어요, 웰던. 그리고 아름다운 말에 능했죠. 앉지 않을 건가요!"

그는 그녀의 손을 놓으려 하지 않았다.

"난 길고 지긋지긋한 여행을 한 것 같소." 웰던이 그녀에게 말했다. "그리고 이건…." 그는 주저하면서도 여전히 만족스러운 표정으로 주변을 힐끗 보면서 말했다.

"몇 시간이고 여기 앉아서 그저 당신을 보고 싶소."

"마이라가 그 모습을 보면 뭐라고 할까요!" 그녀가 미소를 지으며 그에게 말했다.

그가 말했다. "몰랐소? 마이라는 1년 전에 나를 떠났소. 이제 당신을 봐도 되겠소?"

하인즈 부인의 돈

하인즈 부인은 조용히 등을 대고 누워 곁눈질로 창밖을 보았다. 그녀는 부목을 댄 양팔과 붕대를 감은 머리에서 전달되는 둔한 통증을 뚜렷하게 의식하면서도 낯선 평화로움을 느꼈다. 몸은 편안함과 거리가 멀었지만 마음속에는, 약간의 혼란과 후회에도 불구하고, 이제는 모든 게 달라질 거라는, 더 좋아질 거라는 기묘한 느낌이 커져갔다.

사람들이 부인에게 조심스럽게 소식을 전한 후 얼마 지나지 않아 사고를 당한 부인의 남편은 끝내 세상을 떠났다. 하인즈 부인은 눈을 감고 뻣뻣한 머리를 돌려 베개에 묻었다. 그들은 그녀의 감긴 눈에서 천천히 흐르는 피눈물과 가늘게 떨리는 굳게 다문 입술을 볼 수 있었다. 하인즈 부인은 남편에 대해 불만을 드러낸 적이 한 번도 없었다. 그녀가 울음을 터뜨린 건 지극히 당연했다. 사람들은 하인즈 부인이 놀라울 정도로 잘 '견디고 있다고' 말했다. 하지만 부인이 왜 울음을 터뜨렸는지, 부인이 무얼 견디고 있는지 아무도 몰랐다.

진회색 머리를 양 갈래로 땋은 작고 호리호리한 여인이 참을성 있는 표정으로 꼼짝 않고 누워 있는 동안, 그녀의 친지나 간병인 그 누구도 그녀가 만감이 북받쳐 오르는 바람에 가느다란 가슴을 들썩이면서 이따금 진저리치듯 한숨을 내쉬는 걸 눈치채지 못했다.

"에바, 이젠 네가 용기를 내야 해!" 언니인 애러웨이 부인이 말했다. "힘든 건 알아. 하지만 넌 늘 네 할 도리를 다 했잖니. 자책할 것 없어."

육중한 체구에 단호한 입매 위에 기른 콧수염이 더욱 강한 인상을 주는 부인의 오빠도 응원의 말을 덧붙였다.

"에바, 넌 이제 팔자가 핀 거야. 혼자 된 여자에겐 더없이 편한 상황이지. 제이슨이 우리 생각보다 돈을 많이 남겼던데. 자세한 내용은 염려할 필요가 없겠어. 넌 사람들이 잘 돌봐줄 거야. 지정된 유산 집행인이 없던데. 내가 네 대신 처리할까?"

이 말에 하인즈 부인은 대답 대신 새삼스럽게 눈물이 샘솟았다. 그러자 애러웨이 부인이 말했다. "프랭크 피터슨, 좀 기다릴 수 없겠니. 앤 아직 다른 데에 신경 쓸 만큼 기운을 차린 게 아니야. 넌 가는 게 좋겠다."

그리하여 프랭크는 자리를 떴고, 하인즈 부인이 잠든 듯하자 언니 역시 곧 그녀 곁을 떠났다. 한참 후 눈을 뜬 하인즈 부인은 창 옆으로 늘어진 전나무 가지들을 바라보았다. 전나무 너머 멀지 않은 곳에 슬레이트 빛깔 나무 벽이 있었는데, 그 벽은 옆집의 창문 없는 쪽 벽이었다. 하인즈 부인은 신부가 되어 이 집에 온 30년 전부터 지금까지 저 짙은 전나무 가지들 사이로 보이는 나무 벽을 바라보곤 했다. 결혼할 당시 그녀는 열여덟이었다. 이제 그녀는 마흔여덟이었다.

의사가 귀가하는 길에 부인의 안부를 확인할 겸 들렀을 때 부인은 의사에게 들릴 듯 말 듯한 목소리로 둘이서만 얘기하고 싶다고 말했다. 의사는 삐걱거리는 흔들의자에 거만한 자세로 몸을 감싸고 앉아서는 끊임없이 부채질을 해대는 애러웨이 부인에게 가서 낮잠이라도 자두는 게 건강에 좋을 거라고 설득하며 내보냈다.

"당신 환자는 아주 잘하고 있소. 혼자 두면 부인도 아마 잠을 좀 잘 거요."

그렇게 간호사도 수월하게 처리한 후 오스굿 박사는 의자를 가까이 끌어당긴 다음 지혜롭고 친근한 미소를 띤 채 창백한 작은 여인을 내려다보았다.

"박사님과 알고 지낸 세월이 30년이에요. 그렇죠, 박사님?"

그가 시인했다. "맞아요. 아픈 적도 있었지만 다행히도 대부분 건강했지요."

"그리고 박사님은 내 가족들과도 안면이 있지요."

"그럼요. 부인의 부친과 모친, 형제, 자매는 물론이고 몇몇 사촌들과도 안면이 있어요."

"난 정신이 나간 게 아니에요. 그렇죠, 박사님?"

"정신이 나갔다고요! 물론 아니에요. 부인은 머리에 상처가 몇 군데 있고 한두 군데 골절상을 입었을 뿐이에요. 열도 없어요. 곧 일어날 겁니다."

"선생님의 아드님 찰스는 이제 진짜 변호사 맞죠?" 부인이 계속했다.

"지금 무슨 말을 하고 싶은 겁니까? 맞아요, 찰스는 변호사예요. 너무 고지식하게 굴지만 않으면 훌륭한 변호사가 될 거예요."

"전 찰스를 만나고 싶어요, 박사님. 프랭크는 제가 팔자가 폈다고 하더군요. 오빠가 재산을 관리하고 싶어해요. 전 재산을 제 수중에 두고 싶어요. 찰스가 절 도와줄 수 없을까요?"

"물론 도와드릴 수 있어요. 그리고 찰스는 기꺼이 그렇게 할 거예요. 우리 아이들이 어렸을 때 부인이 정말 잘해주셨잖아요. 아이들이 부인을 정말 좋아해요. 찰스를 믿으셔도 됩니다. 아침에 같이 올게요."

하인즈 부인은 변호사의 조사와 조언 덕분에 자신이 그토록 오래 살았던 주택과 다른 주택 두 채, 중앙에 위치한 부지, 신뢰할 수 있는 은행에 예치된 5만 달러 모두가 자신의 소유임을 확인할 수 있었다. 찰스는 부인에게 세부내역을 모두 알려주면서 지혜로운 조언을 곁들였다.

부인이 말했다. "그게 다 내 소유인 건가요? 모두 다 내가 하고 싶은 대로 할 수 있어요?"

"동전 한 푼까지도 부인께서 하고 싶은 대로 하실 수 있어요. 가지고 계신 걸 다 팔아서 가난한 사람들에게 주셔도 돼요. 물론 그렇게 하시라는 건 아니고요. 모든 재산을 제게 주셔도 돼요. 물론 전 큰 금액을 청구하진 않을 겁니다."

프랭크 피터슨은 불쾌해했으며 그 사실을 굳이 숨기지 않았다. 애러웨이 부인 역시 오빠가 변호사임에도 동생이 다른 변호사와 상의를 한 건 좋아 보이지 않을 뿐더러 사려 깊지 못한 행동이라며 불쾌감을 드러냈다.

핼쑥해진 하인즈 부인은 입술을 꾹 다물고 인내하는 표정을 지을 뿐 그들의 비난과 항의에 단 한 마디의 이견도 내지 않았다. 쇠약한 부인은 그들의 책망에 침묵하면서도 침착한 태도로 의지를 굽히지 않았다.

하인즈 부인은 기력을 회복하자마자 변호사는 물론이고 자신이 다니는 교회의 목사와 복수의 부동산 중개업자들에게도 자문을 구했다. 부인은 즉시 자신이 살던 집을 팔았는데 심지어 밑지는 가격에 처리해 부인의 언니가 말하는 '진짜 몰인정함'이 뭔지 보여주었다. 다른 주택 두 채는 예전처럼 임대를 주도록 찰스 오스굿 씨에게 맡겼다. 그리고 집을 판 수익금으로 신용장을 개설하고 여행자 수표를 매입한 후 곧바로 여행길에 올랐다.

"이렇게 비정상적인 경우는 본 적이 없어요." 부인의 언니가 주장했다. "에바는 심지어 행선지도 밝히지 않겠대요. 변호사가 자기 편지를 전달해줄 거라나요. 자기 변호사가 말이에요! 변호사인 친오빠가 버젓이 있는데! 자기가 무슨 짓을 하는지 아는지나 모르겠어요. 미친 게 분명해요."

하지만 오스굿 박사가 모든 질문을 해결해주었다. "당치 않아요. 부인은 기분도 전환할 겸, 충분히 휴식을 취하기 위해 여행을 떠난 거예요. 제가 그렇게 하시라고 했습니다. 부인이 행선지를 밝히고 싶어 하지 않는데 굳이 밝혀야 할 이유가 있을까요?"

하인즈 부인은 사실 어디로 가는지 자신도 몰랐다. 다만 단호하게 결심한 것이 한 가지 있었으니 그렇게 오랫동안 자신을 죄수처럼 가둬둔 그 집을 팔아서 받은 돈이 바닥을 드러낼 때까지 여행을 할 작정이었다.

무엇보다도 부인은 어떠한 희생을 치르더라도 건강하고 싶다는, 활력을 찾고 싶다는 깊고 간절한 소망이 있었다. 그리고 자신의 돈을 투자해서 번 수익금으로 옳은 일을 할 수 있기를 간절하고 진지하게 갈망했다.

"난 이만큼은 쓸 거야. 그냥 다 쓰겠어!" 부인이 중얼거렸다. "집 두 채에서 나오는 월세를 가지면 충분히 잘 살 수 있어. 5만 달러는 좋은 일을 위해서 써야지. 그러려면 먼저 건강해야 해. 튼튼해야 하고 머리도 맑아야 해."

부인은 가장 먼저 뉴욕의 한 호텔에 '욕실 딸린 방'을 잡았다. 음악과 꽃이 있고 조명이 환하게 밝혀진 커다란 방에서 약간 쭈뼛거리며 저녁 식사를 한 부인은 새로운 잡지 세 권을 한꺼번에 훑어보며 홍청망청 시간을 보냈다. 그리고 자신이 마침내 탈출에 성공한, 크기만 할 뿐 불편하기 그지없었던 구식 저택에서 반쯤 포기한 상태로, 타협한 채, 혹은 불편한 곳을 임시로 손 봐가면서 살아온 기억을 자못 기쁜 듯이 떠올리면서 하얀 타일이 깔린 반짝이는 욕실과 환한 도자기 욕조, 콸콸 쏟아지는 뜨거운 물을 느긋하게 즐겼다.

"제이슨은 보일러도 설치하지 않았을 거야. 도자기 욕조도. 도자기 욕조는커녕 에나멜 욕조도 들이지 않았을걸. 돈이 없는 것도 아니었는데.” 부인이 생각했다.

그러고는 널찍하고 부드럽고 편안한 침대에 들어가서 잠을 청했다. 부인은 얼마나 곤하게 잤는지 눈을 떴을 때 마치 깊은 물속에서, 완전히 유리된 세상에 있다가 나온 듯한 느낌이 들었다.

“여기가 어디지?” 제일 먼저 이 생각과 함께 제이슨과의 아침식사에 늦을지도 모르겠다는 무의식에서 우러난 걱정 섞인 두려움이 떠올랐다.

그 순간 부인의 머릿속에 모든 게 떠올랐다.

잠시 꼼짝 않고 누워 있던 부인은 널찍한 침대의 모서리 끝에 닿을 정도로 있는 힘껏 즐겁게 스트레칭을 했다. 텅 빈 방에서 나는 냄새는 얼마나 신선한지! 부드럽게 불어오는 바람에 커튼은 얼마나 은은하게 물결치는지! 하인즈 부인은 창문을 열어두는 걸 좋아했지만 제이슨은 반대였다.

부인은 시계를 본 다음 행복한 미소와 함께 다시 자러 갔다. 마침내 잠에서 깬 부인에게 아이디어 하나가 떠올랐다. 대담하고 기분 좋은 아이디어였다. 부인은 아침식사를 올려 보내달라고 요청할 생각이었다!

체구가 작은 부인은 몇 주 동안 평상시와 달리 게으름과 자유로움을 즐기고 휴식을 취하면서 원기를 회복했다. 그리고 뭔가 하고 싶을 만큼 기운이 생겼다는 느낌이 들자 기나긴 여름의 반은 정신을 고양시키는 서늘한 산에 가서, 나머지 반은 원기를 북돋우는 시원한 바다에 가서 보냈다.

그 집구석은 얼마나 더웠는지!

부인은 여름을 휴식과 운동, 연구 이렇게 유쾌한 세 가지 활동에 균등하게 배분했다. 부인은 그 대도시에서 자신이 알고 싶은 게 뭔지 깨달았으며, 여름 내내 새로운 지식으로 머리를 채웠다.

세계가 스스로 발전하기 위해 뭔가를 한다는 생각이 마치 계시처럼 부인에게 떠올랐다. 마음 여린 부인은 인류가 가진 슬픔, 부인과는 아무 관련 없는 슬픔에도 가슴 아파 하곤 했다. 그리고 냉철한 머리로 사람들을 도울 방법을 생각하곤 했다. 하지만 부인에게는 시간과 기회가 없었고 돈도 없었다. 부인의 아이디어는 여자들이나 할 법한 어리석은 생각이라며 조롱당했다.

부인은 비로소 냉철한 두뇌의 소유자인 기업가와 정치인, 의사, 작가, 과학도 모두가 이런 목적을 가지고 생각하고 일한다는 사실을 깨달았다.

이제 부인에게는 시간이 있었다. 남는 게 시간이었다. 부인은 자유로웠다. 무엇보다도 수중에는 5만 달러라는 돈이 있었다.

여행은 1년 동안 이어졌다. 부인은 서두르지 않을 생각이었다. 실수는 용납할 수 없었다. 이곳에서 저곳으로 차근차근 여행하면서 좀 더 세심한 관찰을 통해 최근 연구를 보완했다. 그녀의 머리는 실태 조사와 독서를 통해 배운 상황에 대한 가슴 설레는 통찰로 채워졌다. 뉴욕에 있는 사회복지국은 부인에게 요구사항들을 분명하게 제시했고, 그녀는 빠른 속도로 배워나갔다.

"자선사업이 되어서는 안 돼." 그녀가 중얼거렸다. "사업, 그것도 훌륭한 사업이어야 해. 돈을 벌 수 있다는 걸 보여줘야 해."

고향에 다시 돌아왔을 때 부인은 쥐에서 코끼리로 환생한 것처럼 몸에 힘이 넘치는 걸 느꼈고, 인생관 또한 훨씬 넓어졌다. 또 인격을 수양하고 매사에 초연해지자 부인에게 늘 무례한 횡포를 일삼는 탓에 핏줄을 나눈 형제들이 주고받는 자연스런 감정마저 가지기 힘들었던 오빠에게도 애정 같은 게 느껴졌다. 부인의 언니 역시 더 이상 부인의 마음에 찬물을 끼얹는 사람이 아닌 것 같았다. 부인의 마음은 그들의 한계를 향해 미소를 지을 만큼, 그들의 한계가 더 이상 언짢게 느껴지지 않을 만큼 강해져 있었다. 부인의 눈에는 마을마저 쾌적해 보였다. 놀랍게도 전나무 옆에 있던 집은 식료품점으로 변해 있었다.

부인은 최고 호텔에 방 두 개를 잡았다.

애러웨이 부인의 항의는 끝나지 않았다. 결국 하인즈 부인이 입을 열었다. "이것 봐요, 줄리아 언니. 내 나이가 이제 쉰이에요. 내 마음을 헤아려야 할 나이지요. 난 당분간 이 호텔에 머무르고 싶어요. 언니도 그 사실을 받아들여야 할 거예요." 부인은 온화하지만 단호했다. 그러자 평화가 찾아왔다.

읍내에는 찰스 오스굿과 그의 부친이 살았고, 목사가 한 명 거주하고 있었다. 그리고 많은 여성클럽 중에 유용한 기관이 되겠다는 진짜 야심을 가진 여성클럽이 하나 있었다. 변변치는 않지만 자선기관들도 있었다. 이 모든 게 그들이 가진 자산이었다. 무지와 타성, 편견, 보수성과 이기심. 이것들은 그들에게 주어진 부채였다.

그곳은 큰 규모의 읍 또는 작은 도시라고 할 수 있었다. 하지만 소도

시임에도 대도시에서나 볼 수 있는 수많은 단점들이 개선되지 않고 남아 있었다.

부인은 소리 소문 없이 일을 해나갔다. 교회와 클럽 및 자선 단체에 자신의 이름을 올리고는 금전적 기부와 봉사 같은 적절한 기여를 통해 고향에 새로운 토대를 마련하면서 귀향 후 첫 계절을 보냈다. 사람들이 부인을 알게 되었으며, 부인을 아는 사람들은 예전보다 그를 더 좋아하게 되었다.

부인이 귀향 후 그 해에 실질적으로 한 유일한 일은 강연을 위한 회관 설립을 추진한 것이었다. 진보적인 교회가 강당을 제공했고 하인즈 부인이 자금을 댔다. 성실하고 활기찬 일꾼 다수를 엄선해서 읍내로 불러들였다. 그러자 지역 주민들의 관심이 크게 고조되었다. 다음 해 가을이 오기 전에 좋은 곳에 위치한 하인즈 부인의 소유 부지에 건물 한 채가 올라갔다. 부인은 자신의 남편을 추모하기 위해 건립한 건물임을 조용히 알렸다. 그 건물은 단순하게 하인즈 빌딩이라고 불렸다. 부인은 여타의 기념관과 마찬가지로 이 건물 역시 여러 사회적 편의시설들을 갖추고 있는지 주의깊게 살폈다.

널찍하고 통풍이 잘 되는 지하공간은 수영장과 체육관을 갖추고 있었다. 옥상에는 다양한 게임을 할 수 있는 방이 있었는데 티가든으로 사용될 수도 있었다. 강당에서는 설교와 강연, 대중 집회가 열렸고, 공간이 극장으로 전용되기도 했다. 최상층 전체는 춤이나 박람회, 전시회를 위한 공간으로 마련되었으며 다과를 준비하고 제공할 수 있는 공간이

딸려 있었다.

하인즈 도서관은 시설이 다소 빈약한 공공 도서관을 보완해줄 아주 훌륭한 시설이었다. 하인즈 부인과 찰스 오스굿, 진보적인 목사, 그리고 그들이 고용한 대단히 진보적인 사서로 구성된 위원회가 도서관에 구비될 도서들을 선정했다. 선정된 도서들은 과학과 소설 분야로 모두 사회 문제와 관련된 책들이었는데, 원하지 않는 사람들은 꼭 읽을 필요가 없었다.

크고 작은 클럽 방들이 기념관의 남은 공간을 채웠다.

건물이 완공되었을 때 하인즈 부인이 말했다. "그래요!"

극장을 메운 초청객들에 의해 기념관의 문이 열린 후 저명한 목사와 독지가 들이 개관 축하 연설을 했고 연회장에서 다과가 곁들여진 축하연이 이어졌다. 모든 사람들이 옥상부터 지하실에 이르기까지 건물 전체를 흥미롭게 살펴보면서 감탄해마지 않았으며, 사회 발전에 관심이 있는 사람들은 뜻이 맞는 사람들끼리 모여서 이 세계를 위해 가장 중요하다고 생각하는 점들에 대해 의견을 나눴다.

하인즈 부인은 읍내에 있는 최고의 자선단체 두 곳을 위해 숙소를 무료로 개방했으며, 이 제안은 신속하게 받아들여졌다. 부인은 클럽 방들을 매우 합리적인 가격에 임대했으므로 여성클럽들이 클럽용 방을 사용하는 횟수가 점차 늘어났다. "딱 중심지에 있잖아요. 원하기만 하면 차 같은 음료도 마실 수 있어요. 이 역시 굉장히 합리적이에요." 사람들이 기쁘게 동의했다.

부유한 사람들은 그 큰 연회장이 천장이 높고 시원해서 무도회를 열기 좋을 뿐 아니라 널찍한 옥상은 연인들이 춤을 추다가 산책하기에 안성맞춤이라는 사실을 알게 되었다. 여성클럽은 물론 남성 클럽들도 방을 예약하기 시작했고, 여학생 클럽과 남학생 클럽, 다양한 종류의 수업과 강연, 토론, 개인 공연이 그곳에서 열렸다.

도서관은 저녁마다 열렸다. 많은 이들은 도서관이 휴식을 취하면서 책을 읽거나 친구를 만나기 좋은 장소일 뿐 아니라 체육관이나 연회장, 바람이 잘 드는 레스토랑, 바람이 더 잘 통하는 옥상에 가기 전에 들러서 옷을 갈아입기에도 더할 나위 없이 편리한 장소라는 사실을 알게 되었다.

연회장은 특별한 단골손님들의 예약이 없을 때에도 비어 있는 경우가 별로 없었다. 훌륭한 부부 무용 선생이 고용되었고, 피아놀라보다 명확하고 고른 소리를 내는 피아노 연주자가 연주하는 멋진 음악과 옹골찬 소년이 연주하는 바이올린도 있었다. 이 소년은 지칠 줄 모르는 오른팔과 민첩하고 튼튼한 손가락으로 남편 잃은 어머니를 부양했다. 이들은 다양한 연령대에 맞춰 강의를 개설했는데, 40대 이상만 참여할 수 있는 수업이 어린아이들 수업보다 더 재미있었다.

임대료는 낮았다. 그럼에도 사람들은 하인즈 빌딩을 애용했다. 그곳은 깜짝 놀랄 정도로 인기가 높아졌다. 하인즈 빌딩을 정기적으로 이용하는 사람은 누구든지 클럽 이용권이나 수업 수강권만 있으면 위층에 있는 여성 전용 응접실이나 지하실에 있는 남성용 휴게실을 이용할 수 있었는데 이 특권을 이용하는 사람들 수가 놀랄 정도였다.

건물 구내에 작은 아파트를 소유한 건물 관리인 부부는 유능하고 평판이 좋았는데 특히 사람들이 남학생 클럽과 여학생 클럽에 대한 관심을 유지하도록 한다는 점에서 그랬다. 그들이 제안하는 계획과 방향은 늘 유용했다.

보이스카웃과 캠프파이어 걸스도 그곳에서 모임을 가졌다. 옥상에 있는 '로크' 코트를 이용하는 회원 수가 꾸준히 증가했다. 수영과 체조 강습도 경쟁하듯 빠르게 뒤를 이었다. 수상스포츠를 할 수 있는 곳이 충분하지 않았는데 이곳에 있는 수영장은 규모가 크고 물이 깨끗하고 맑을 뿐 아니라 스프링보드와 반짝이는 미끄럼틀과 순수하고 자연스런 재미를 주는 온갖 기구들로 인해 생동감이 넘쳤다.

분주한 강의실과 열정이 넘치는 클럽룸, 명랑한 연회장과 조용한 열람실부터 지하실을 꽉 채운 즐거운 무리들이 내지르는 큰 웃음소리까지 모든 공간이 즐겁고 자연스럽게 사회성을 키워가는 사람들로 가득했다.

그 해가 가기 전에 하인즈 부인은 기쁘게도 기념관이 그녀가 부담하는 총 비용에 10퍼센트를 더한 금액을 그녀에게 지불할 것이며, 그녀의 투자금이 10년 내에 감채기금으로 대체될 가능성이 크다는 소식을 접했다.

"잘 됐어! 어쨌든 제이슨이 이것도 싫다고 하진 않겠지!" 하인즈 부인이 말했다.

동업관계

·

아가—물론 아가가 아니라 스물두 살 처녀였으나 이 처녀의 부모는 자신을 '아가'라고만 부르지 말아달라는 딸의 주장을 외면했다—가 결혼해서 출가한 후 헤이븐 부인은 집 안을 치우기 시작했다.

그녀는 마음을 단단히 여민 다음 이를 악문 채 다락방부터 지하실까지 구석구석 청소했다. 그 집은, 같은 집이었는데도 과거 그 어느 때보다도 휑했다. 식구들이 많아져서 더 이상 첫 번째 집에 살기 힘들어진 후 이 집으로 이사 왔을 때 식구 여섯에 요리사와 하녀와 유모까지 있었다. 식구 중 하나라도 아픈 사람이 있으면 숙련된 간호사가 머물 때도 있었다. 손님이 머물기도 했다. 아이들이라면 모두가 그렇듯 자식들이 커가면서 커다란 집과 널찍한 마당을 좋아하게 되자, 마법이라도 부린 듯 아이들 네 명이 단번에 마흔 명으로 뻥튀기된 듯했다. 아이들이 집으로 친구들을 데려온 덕분이었다.

여느 성실한 미국 어머니들과 마찬가지로 (할 수만 있다면) 아이들에게 평생을 바친 헤이븐 부인은 자식들이 언젠가 자신의 슬하를 떠나리라는 생각을 단 한 번도 하지 않았다.

자식들은 어머니가 준 인생을 마음껏 누렸으며, 여느 자식들처럼 자라서 이젠 모두가 출가했다. 아들 둘은 다른 도시에서 사업을 했으며 딸 둘은 결혼해서 다른 도시에서 살았다. 그와 동시에 오셀로가 할 일 역시 완전히 사라졌다. 그리고 그녀는 이야깃거리가 사라졌다는 깊은 상실감이 들기 시작했다.

헤이븐 부인은 늘 결혼은 동업이라는 유쾌한 이론의 소유자였다. 물론 육아에 있어서 그렇다는 말이다. 그녀는 자신이 맡은 역할을, 사랑과 보살핌, 봉사라는 자신의 몫을 헤이븐 씨가 고지서 요금 내는 것만큼이나 충직하고 훌륭하게 해냈다. 하지만 이제는 부모로서 동업은 막을 내렸다. 그들은 이제 퇴물이었다. 사실 집에 없는 젊은 자식들이 보내는 편지를 읽거나 자식들이 자신들에게 털어놓는 희망이나 기회에 대해 조언을 해줄 수는 있었다. 하지만 이따금 날아오는 편지에 대해서나 얘기하고 마는 건 꽤나 적극적인 부모에게는 충분히 만족스럽지 않았다.

그 큰 집이 먼지 한 톨 없이 깨끗해지고, 새로 생긴 네 개의 '예비 침실' 역시 기존의 예비 침실과 간호사 방, 유모 방과 마찬가지로 냉기가 돌 정도로 말끔해지자 헤이븐 부인은 약간의 공허함이 느껴졌다. 그녀는 바느질할 것들에 눈을 돌렸고, 현실 속 바쁜 여인으로 돌아갔다. 옷을 죄다 정돈하고, 낡은 것들을 갖다 버리거나 적당한 자선단체에 보냈다. 남편의 옷장을 매의 눈으로 살피고는 자신의 옷장 역시 말끔하게 정리했다. 이 모든 일을 하는 데 어느 정도 시간이 걸렸고, 하는 동안은 재미도 있었다.

하지만 생기 넘치고 능력 있고 혈기왕성한 마흔아홉 살 여인이 식구들의 옷가지를 정리하면서 하루 온종일을 보낼 수는 없는 노릇이다. 특히 식구가 둘로 줄었을 경우에는 더더욱.

그녀는 허탈함과 직면하지 않으려 애썼다. 하지만 그 감정은 밀물처럼 몰려왔고, 그녀는 감정의 파도에 휩쓸리고 말았다. 그녀는 수평선이 보이지 않는 고요한 회색빛 바다에서 해엄치는 사람이 된 것 같았다.

어느 날 저녁 헤이븐 부인이 폭발했다. "제럴드! 당신은 도대체 어떻게 견디는 거예요?"

"뭘 견딘다는 거요?" 남편이 신문을 내리면서 자연스럽게 물었다.

"아이들이 모두 가버렸잖아요!" 그녀가 버럭 소리를 질렀다. "모두 다! 하나도 남김없이요!"

"당신은 여기 있잖소, 마지," 제럴드가 다정하게 말하면서 그녀에게 키스하기 위해 다가왔다.

그녀는 남편에게 꼭 매달렸다. "여보, 그런 뜻이 아니에요," 그녀가 회한에 잠겨 말했다. "할 일들 말이에요. 당신은 나나 마찬가지예요. 제리. 당신은 내게 일거리를 주는 사람이 아니에요."

"아니, 지금도 예전만큼 할 일이 많지 않소? 난 일하는 시간이 줄었는지 전혀 모르겠는데."

헤이븐 부인은 다정스레 남편을 바라보면서 예전에는 자신들의 입장이 다르다는 생각을 하지 못했다는 걸 깨달았다. 부모 노릇을 나눠서 하는 동업 관계는 막을 내렸지만 남편의 일은 끝나지 않았다. 남편의 실제 동업자인 에저스 씨가 독신남이었음에도 남편은 최근 몇 년 동안 여전히 그들의 업무 중 절반을 처리했다. 그들의 동업자 관계는 꾸준히 이어졌다. 하지만 그녀의 동업자는 어디 있단 말인가?

그녀는 이제 남편 옆에 앉아서 그마저 사라져버릴까봐 두려운 사람처럼 그의 손을 잡았다. 헤이븐 씨가 신문을 내려놓고는 아내를 향해 부드럽게 몸을 틀었다.

그가 물었다. "왜 그래요, 여보? 뭐 원하는 거라도 있소? 있으면 하나 장만해요."

"없어요." 부인이 천천히 고개를 저으며 말을 이었다. "원하는 건 아무것도 없어요. 물론 우리 아이들을 원래대로 돌려놓을 순 없죠. 게다가 우리 딸들한테 결혼하지 말라고 할 수는 없는 노릇이잖아요. 당연히 다들 가야 해요. 그리고 내겐 당신이 있어요. 당신이 있는 동안은 난 불행할 이유가 없어요. 그런데… 이제 난 뭘 해야 하죠?"

"이해할 수 없군, 마지. 여기 이렇게 큰 집이 있잖소. 당신은 집에 관심이 없소?"

"아니, 관심이 있고말고요. 집은 정말 특별해요. 하지만 가장 큰 관심사는 아니었어요. 이 나이에 집안일을 시작할 순 없어요. 게다가 지금은 아그네스하고 엘런이 다 맡아서 하고 있잖아요. 집안일은 잘 돌아가고 있어요. 내 일이 아니에요."

“친구들도 있고, 옷가지들도 있잖소? 그래도 하루를 보내는 데 부족해?”

“그래요, 내게 친구도 있고, 옷가지들도 있어요. 그건 당신도 마찬가지예요. 그렇지만 당신에겐 그것들이 일이 아니에요. 당신에게는 당신 일이 있죠. 하지만 내 일은 사라져버렸다구요!”

헤이븐 씨가 살짝 얼굴을 찡그렸다. 그는 아내와 가정 모두 굉장히 좋아했다. 그는 밖에서는 효율적인 노동을 통해 식구 전체를 부양하는 가장이었고, 집 안에서는 아내가 양육에 어려움을 겪을 때마다 곁에서 열심히 돕는 훌륭한 아버지였다.

헤이븐 씨 역시 자식들이 보고 싶었지만 그저 사무실 일에, 자신 앞에 끝없이 펼쳐진 일에 더욱 깊이 몰두했다. 그리고 그는 지극히 보수적인 사람이었다.

그는 지금까지 단 한 번도 아내가 자신과 다르다고 생각한 적이 없었다. 그는 ‘여자’가 있을 곳은 집이라고 생각했으며 아내 역시 그런 것 같았다. 아내는 늘 집 안에 있었고, 항상 분주했으며 그 생활이 행복해 보였다. 아내에게는 여전히 집이 있고, 자신도 있었다. 아내의 저 심한 우울감은 일시적인 감정일 뿐이었다. 그는 아내의 기분을 북돋아주어야 했다.

“우리가 어떻게 할 수 있는 게 아니잖소, 마지. 당신 말대로 아이들을 다시 우리 집에 데려다놓고 싶은 건 아니잖소. 그건 자연의 섭리예요. 여자들 모두 다 처음에는 당신처럼 느낄 거요. 하지만 익숙해져야 해요.”

헤이븐 씨는 아내를 가까이 끌어당겨서 다독여주였다.

헤이븐 부인은 잠시 말이 없었다. 남편의 말이 그녀의 마음속에 음울한 기억을 불러일으켰다. 그녀는 친정어머니가 떠올랐다. 친정어머니의 삶이 어땠는지, 사느라 바빠서 어머니의 존재를 얼마나 잊고 있었는지 떠올랐다. 그녀는 공허감에 익숙해진 채 잿빛으로 변해가는 삶을 살다가 서서히 희미해져가는 나이 든 여자들이 떠올랐다. 몸을 흔들면서 뜨개질을 하거나 수다를 떠는 중년 여자, 초로의 여자, 늙은 여자 들이 모여 있는 시끌벅적한 호텔 광장이 떠올랐다. 모두 할 일 없는 삶에 익숙해진 사람들이었다. 끝없는 잿빛 바다에도 수많은 여자들이 있었다. 코르크 마개처럼 한가롭게 물위를 둥둥 떠다니는 여자들이 있는가 하면 독일식 온천의 단골손님처럼 장난감이 놓인 작은 접시들에 둘러싸인 여자들도 있었다. 어떤 여자들은 서서히 물속으로 사라져갔다. 그녀는 살짝 몸서리쳤다.

"당신에겐 당연히 흥밋거리가 있어야 해요, 여보. 찾을 수 있을 거야. 있고 말고."

헤이븐 씨는 잠자리에 든 후에도, 다음 날에도 종종 아내의 말을 생각했다. 그리고 아내의 생활에 변화를 줘야겠다고 결심했다. 그는 자신의 일을 에저스 씨가 처리하도록 손을 써둔 후 아내와 함께 긴 외국 여행을 떠났다.

그건 매우 즐거운 경험이었다. 여행은 두 사람 모두에게 유익했다. 헤이븐 부인은 여행을 통해 마음의 안정을 되찾았고 건강도 한결 나아졌다.

여행에서 돌아온 후 새로운 활력과 강한 열정으로 무장한 헤이븐 씨는 사업에 매진했으며 헤이븐 부인은 그 잿빛 바다에 몸을 담갔다.

헤이븐 부인은 여성 중앙 클럽에서 여행기에 대해 들려달라는 요청을 받고서 열의를 가지고 '클럽 일'에 몰두하기 시작했다. 헤이븐 씨는 작고 밝은 탁자 맞은편에서 과거의 일 대신 훨씬 활기 넘치는 주제에 대해 명랑하게 재잘거리는, 쾌활함을 되찾은 아내의 모습을 보자 기쁘기 그지없었다. 헤이븐 씨는 아내의 문제에 관한 한 모든 게 해결됐다고 생각했다.

헤이븐 씨의 생각은 옳지 않았다. 헤이븐 부인은 생각을 하면 할수록 생각거리가 더욱 늘어났다. 외국 여행은 그녀에게 새로운 시각을 선사했다. 증기선, 호텔, 기차에서 만난 사람들, 클럽 신문들과 관련해서 그녀가 지금 읽고 있는 서적들, 그녀가 들은 강연과 토론회들, 이 모든 것이 자극이 되어 성장으로, 놀라운 성장으로 이어졌다.

여행은 헤이븐 부인에게 놀라움을 안겨주었다. 왜냐하면 그녀는 대부분의 사람들과 마찬가지로 언제나 어머니의 역할이 끝나면 여자의 인생도 멈춘다고 생각했기 때문이었다. 그녀는 여행을 통해 다양한 경험을 하기 전에는 어머니로서 할 일을 모두 마친 후에도 인생이 계속된다는 사실을 적극적으로 인식하지 못했다.

헤이븐 부인은 자신이 참석한 주연방회의에서 발표된 '새로운 어머니'에 대한 논문이 대단히 인상적이라고 생각했다. 위험할 정도로 '진보적인' 여성으로 알려진 이 논문의 발표자는 많은 암컷이 출산하다가 죽는다며 암컷이 알을 낳고 나서 죽음을 맞는 것이 자연의 섭리였다고 말했다. 그리고 야만성이 횡행하던 문명의 초창기에는 모성이 겪는 위험과 분만의 고통이 여성에게 요구되는 추가적인 노동과 아울러 수명을 단축시키는 역할을 했기 때문에, 여성들은 어머니의 역할이 끝날 때까지 목숨을 부지하기가 힘들었다고 주장했다. 아기를 낳고 키우다가 죽은 여성들은 이렇게 말하곤 했다. "살면서 아이를 낳는 게 내 일이었다. 내가 그렇게 살다가 죽었음에도 내 딸 역시 살면서 아이를 낳는 게 일이었다."

발표자에 따르면 여성들은 후기 문명에 이르러서야 자식들이 독립할 때까지 수명을 유지할 수 있었다. 하지만 '근대적인 발전'을 이룰 기회를 박탈당한 상태로 남은 삶마저 끝나지 않는 노동과 많은 가족구성원을 위한 돌봄에 바칠 수밖에 없었다. 부가 증가하고 가족 규모가 작아지고 보편 교육이 확대된 오늘날에서야 지금까지 존재하지 않았던 '새로운 어머니'가 무대에 등장했다.

논문은 '새로운 어머니'라는 개념이 여자들에게 삶에 대한, 온전한 인간의 삶에 대한 새로운 지평을 열어주었으며, 여성들은 어머니의 역할을 마친 후 인간이 하는 일이라면 무엇이든 자유롭게 할 수 있다고 주장했는데, 이는 헤이븐 부인이 과거에는 단 한 번도 생각해보지 않은 것들이었다.

2년 후 마거릿 헤이븐은 중대한 결정을 내렸다. 남편의 애정을 소중하게 여기는 그녀는 무슨 일이 있어도 남편의 안위를 위한 자신의 역할을 게을리 하지 않을 생각이었으나, 그럼에도 밖에 있는 남편이 자신의 활동까지 제한할 권리는 없다는 생각에 확신을 갖기 시작했고, 그런 남편의 생각은 편견에 지나지 않는다는 사실을 깨달았다.

상의하는 과정은 꽤 지난했다. 그녀는 사업을 하겠다는 자신의 계획에 동의를 구하고자 최대한 인내심을 가지고 남편을 설득하려 애썼으나 헤이븐 씨는 요지부동이었다.

헤이븐 씨가 주장했다. "그건 터무니없는 헛소리예요, 마지. 사업이라고! 사업을 해서 뭐하려고? 내가 벌어다주는 돈이 적어요? 당신에게 주는 돈이 충분치 않아요? 어처구니가 없군. 정말 어처구니가 없어."

헤이븐 부인은 사업의 목적이 돈을 벌려는 게 아니라 일 그 자체라는 사실을 납득시키려 했으나 헤이븐 씨는 아내의 그런 시각을 도무지 이해할 수 없었다. 그는 아내가 영원히 생각을 단련하는 것만으로는 왜 만족할 수 없는지 이해할 수 없었다.

"당신은 평생 동안 학교에 다니고 싶은가요?" 그녀가 남편에게 물었다. "내가 머리를 쓰지 않는다면 그 머리를 단련하는 게 무슨 소용이 있겠어요? 제럴드, 난 쉰 살이고 몸도 건강해요. 그러니 일을 하겠어요."

결국 헤이븐 씨는 무뚝뚝하게 그 주제를 일축했다.

"물론 당신은 당신이 하고 싶은 대로 하면 돼요. 내가 당신을 막을 수는 없을 테니까. 아무래도 당신 일에 간여한 게 좀 늦은 것 같군, 여보. 원하는 대로 하구려. 하지만 내가 그걸 좋아할 거라는 기대는 접도록 해요. 다행이도 내 사업이 잘 되어 가고 있고 사람들도 그걸 알고 있으니 적어도 당신이 나를 돕는다고 생각하는 일은 없겠군."

헤이븐 부인은 한숨을 내쉬었다. 제럴드가 자신의 새로운 희망을 지지해준다면 훨씬 기뻤을 것이다. 그래도 그녀는 포기할 수 없었다. '할 일 없는 삶에 익숙해'져서 세월아 네월아 하며 20~30년을 보낼 수는 없는 노릇이었다. 설령 남편이 그런 자신의 모습을 원한다 해도.

헤이븐 부부가 사는 곳은 중서부에 있는 도시로 유명한 밀 산지였다. 도시는 분주하고 부유하며 점차 발전하고 있지만 많은 분야가 미개발 상태였다. 헤이븐 씨는 수많은 밀 판매상 중 한 명이었다. 헤이븐 부인이 사업에 대해 조금이라도 아는 게 있다면 바로 이것이었다. 밀 사업에 있어 그녀의 주된 관심사는 늘 생산자와 소비자 간 마지막 단계인 빵이었다. 젊고 경험이 미숙하던 시절, 헤이븐 부인은 이렇게 품질 좋은 일류 밀가루가 삼류 식품을 만드는 데 쓰인다는 제럴드의 불만 섞인 투덜거림을 듣곤 했다.

이 도시에서 생산되는 밀가루는 도시의 자랑이었지만, 빵을 자랑으로 내세울 만한 도시는 그녀가 아는 한 빈뿐이었다.

남편의 비판에 자극받은 그녀는 오래전 비교적 간단한 빵을 만드는 법을 마스터했으며, 자신이 만든 '홈메이드' 롤과 흰 빵, 전맥분으로 만든 빵, 통밀 빵에 큰 자부심을 가졌다.

유럽에서 헤이븐 부인은 제빵사들이 만든 빵, 그러니까 어머니가 경멸하라고 그녀에게 가르쳤던 그 빵들의 뛰어난 품질에 감탄을 금할 길이 없었다. 그리고 외국 비평가들과의 토론을 통해 좀처럼 믿기지 않는

굴욕적인 사실을 알게 되었는데 제빵 분야에 관한 미국의 국가 표준이 상당히 낮다는 점이었다.

이 낮은 국가 표준을 올리기 위해 뭔가 해야겠다는 결심이 그녀의 마음속에서 서서히 커졌다.

"사람들은 늘 여성들을 빵을 제공하는 사람이라고 하지. 그렇다면 우리는 더 나은 빵을 제공해야 해. 남자들이 할 수 없다면 우리가 해야 해."

이게 바로 제럴드 헤이븐 부인이 제빵 사업에 뛰어든 이유였다.

헤이븐 부인은 자신의 회사에 '뉴 홈 베이커리'라는 이름을 붙였다. 그리고 솜씨 좋은 자신의 요리사가 연장 근무를 하면 추가 급여를 지불했고, 그렇게 만들어진 빵을 여성들을 위한 거래소에서 판매하는 등 아주 소박하게 사업을 시작했다. 주문이 늘어나자 그녀는 젊고 성실한 노르웨이 여자를 고용한 다음 예전의 요리사에게 그랬듯 부엌에서 직접 그녀를 훈련시켰다.

이 모든 게 조용하고 순조롭게 진행되었다. 헤이븐 씨는 연료비가 많이 나온 걸 빼면 살림살이에서 달라진 점을 찾을 수 없었다. 헤이븐 부인은 연료비를 자신이 지불하도록 둘 수 없다는 남편의 말에 사업으로 번 돈을 은행에 넣었다. 그녀의 빵을 찾는 손님은 점점 늘어났고, 손수레를 가지고 뒷문으로 드나들던 심부름꾼 소년은 말이 필요하다고 항변했다.

좋은 포도주가 그렇듯 좋은 빵 역시 광고가 필요없는 법이다. 헤이븐 부인은 사업을 시작한 두 번째 해에 작은 가게를 열었고, 부드럽고 달콤하고 색이 진하며 스펀지처럼 작은 구멍이 송송 뚫린 그녀만의 특별한 '핫 워터' 진저브레드를 상품에 추가했다. 또한 이스트 없이 달걀만으로 잘 부풀린 자신만의 진짜 스폰지 케이크도 추가했다.

이 빵들 역시 분주한 매니저가 뿌듯하리만큼 손님들의 사랑을 받기 시작했고, 그들의 입소문에 힘입어 날개 돋친 듯 팔려나갔다.

밖에서 품질 좋고 믿을 만한 제품을 구할 수 있다는 확신만 있다면 여자들 대부분은 기꺼이 빵 굽는 일을 포기할 것이다. 그리고 '뉴 홈 베이커리'는 대부분의 단골손님이 직접 구운 빵보다 훨씬 훌륭한 빵을 제공했다.

사업은 헤이븐 부인에게 점점 더 큰 기쁨을 안겨주었다. 그녀의 여러 친구들은 제과점에서 만들어진 빵을 싫어했지만 부인이 만든 빵에는 호의를 보였다. 어쨌든 친구들의 지지는 그들의 인정보다 부인에게 더 큰 가치가 있었다.

헤이븐 부인은 여성클럽에 '국내외 제빵'에 관한 글을 기고했는데 이 글이 열띤 반응을 이끌어냈다. 학교 위원회의 한 사람으로서 열정을 가진 젊은이들을 위한 요리 강좌도 열었다.

일하는 여성들을 위한 클럽 하우스에 그녀가 제공하는 '어제 만든 빵'은 어려움을 겪는 클럽에 상당한 도움이 되었으며, 클럽 젊은이들에 따르면 뉴 홈 베이커리가 제공하는 '어제 만든 빵'은 그 어떤 곳에서 제공하는 '내일의 빵'보다도 훌륭했다.

한편 헤이븐 부인은 다방면에 걸쳐서 연구를 지속했다. 일에서 느끼는 젊음이라는 놀라운 감각은 어쩌면 헤이븐 부인이 일에서 얻은 가장 행복한 결실이었다. 젊음은 시작이다. 젊음은 '처음 해보는 것'으로 가득하고 처음인 그 순간들을 즐긴다. 너무나 놀랍게도 그녀는 이 새로운 사업이 자신이 다시 느낄 수 있을 것이라고 생각하지 못했던 생생하고 열렬한 기쁨, 바로 시작의 기쁨을 불러일으켰다는 사실을 깨달았다.

어느 사회복지사업가가 읍내에서 노동조건에 대해 강연하면서 수많은 빵이 생산되는 제과점들의 혐오스러운 환경을 폭로했다. 이 폭로의 심각성에 큰 충격을 받은 헤이븐 부인은 새로운 야망을 품게 되었다.

그녀는 3년 동안 사업으로 번 수익과 꾸준히 폭을 넓힌 후원을 기반으로 '모범 제과점'을 열었다. 그리고 런던의 작은 우유가게에서 본 '공공 검사 환영' 표지판을 기억해낸 그녀는 그 아이디어를 자신의 가게로 옮겨왔다.

어쨌든 배달차가 필요했던 그녀는 시내에 비싼 임대료를 지불해서 작업장을 마련하기보다는 외곽에 자신의 작은 가게를 두는 편이 더 효율적이라는 사실을 깨달았다. 베이커리는 좀 더 외곽에 있는 깔끔하고 쾌적한 작은 건물에 있었는데, 건물이 서늘한 정원 안에 위치한 덕에 신선한 초목내음에 베이커리 특유의 매력적인 냄새가 더해졌다. 깨끗하고 편안한 복장을 한 여자들은 합리적인 시간 동안 일한 후 나무 아래에서 휴식을 취하며 여가 시간을 즐겼다.

그곳을 방문한 사람들은 한 소녀의 안내를 받아 작업실 전체를 견학

했다. 먼지 하나 없이 반짝거리는 유리와 대리석, 니켈로 이루어진 작업실에서 흰색 모자와 흰색 작업복을 갖춰 입고 일하는 일꾼들, 실제로 빵을 구울 때만 데워지는 커다란 가스 오븐들, 이 모든 게 구매자들의 결정에 영향을 미쳤다.

헤이븐 부인의 노력은 기분 좋은 결과로 이어졌는데, 다른 베이커리들 역시 경쟁에서 살아남으려는 노력을 통해 훨씬 발전했다는 사실이었다. 이런 종류의 경쟁은 사실 '시장의 생명'이다. 이 여성의 정직한 노력 덕분에 읍내 어디를 가도 빵이나 제빵에 대한 기준이 예전보다 높아졌으며 기쁘게도 그녀의 긍지 역시 함께 올라갔다.

헤이븐 부인은 서서히 사라지거나 시들지 않았으며 '아무 할 일이 없는 공허함에 익숙해'지지도 않았다. 대신 해가 갈수록 지혜로워졌다. 그녀는 능력을 쌓았으며, 더욱 효율적으로 일하고, 더 많은 분야에 관심을 가졌다. 그러자 학교, 클럽에서 '빵에 관한 이야기'를 해달라는 수많은 요청을 받았다.

누구보다도 진심으로 아내를 사랑한 헤이븐 씨였기에 아내에 대한 그의 긍지는 자신도 모르는 사이에 점점 커졌다. 이러니저러니 해도, 빵 만드는 게 여자들 일이 아니라면 대체 뭐가 여자들 일이란 말인가?

헤이븐 씨에게 기어코 뜻밖의 불운이 닥치고 말았다. 동업자인 에저스 씨가 돌연 그들의 모든 사업자금을 가지고 사라져버린 것이었다. 그 사실은 곧 헤이븐 씨의 사업이 파산하는 것을 의미했다.

아내가 말했다. "제럴드, 세상에, 여보! 그런 식으로 생각하지 말아요! 그 사람이 그랬더라도 무슨 상관이에요! 그 불쌍한 인간은 머릿속에서 지워버려요. 당신은 여전히 젊으니 재기해서 훨씬 더 잘할 수 있을 거예요. 그리고 난 당신이 날 도와주면 좋겠어요. 내 사업은 이제 내가 관리하기 힘들 정도예요. 당신이 일선에 나서서 나 대신 사업을 이끌면 좋겠어요."

헤이븐 씨는 아내 사업과 관련된 서류를 훑어본 후 놀람과 동시에 저도 모르게 만족감을 느꼈다. 아내의 사업은 이미 거래량이 많았는데도 점점 증가 추세였다. 이웃 읍내에서도 수요가 있었고, 이미 문을 연 분점 한 곳 말고도 도시에 세 곳의 분점을 둔 상태였기에 세심한 관리가 필요했다.

헤이븐 씨는 자신의 경험과 큰 사업에 대한 이해를 바탕으로 아내에게 도움을 아끼지 않았다. 그녀는 돈 부문은 기꺼이 남편에게 넘기고 자신은 빵 개발을 이어나갔다.

몇 년 후 크고 탄탄한 제과회사를 차린 부부는 성공을 확신했다. 그리고 어느 날 저녁 무렵, 부부가 함께 앉아서 날로 번창하는 사업을 흐뭇해하며 가게 한 곳의 작은 문제에 대해 상의하는데, 그녀가 불쑥 탁자를 돌아 남편의 품으로 달려왔다.

아내가 외쳤다. "아, 제리! 제리! 난 정말 행복한 여자예요. 이제 우린 동업자잖아요. 영원히!"

내가 남자라면

그건 아름다운 몰리 매슈슨이, 드물긴 하지만 제럴드가 자신의 말을 듣지 않을 때마다 내뱉는 말이었다.

그건 화창한 이 아침에 제럴드가 청구내역서와 함께 배달된 긴 계산서를 들고 소란을 피우자 작고 굽 높은 슬리퍼를 신은 몰리가 쿵쿵 발걸음을 옮기면서 내뱉은 말이었다. 그 계산서는 그녀가 처음에는 까먹고 제럴드에게 주질 않았고, 그 다음에는 차마 두려운 마음에 주질 않자 제럴드가 직접 집배원으로부터 받은 것이었다.

몰리는 '전형적인' 여자였다. 그녀는 사람들이 숭배하는 마음을 담아 '진정한 여성'이라 부르는 여성의 아름다운 모범이라 할 만했다. 당연히 그녀는 체구가 작았다. 진정한 여성이라면 체구가 크진 않을 것이다. 그녀는 물론 예뻤다. 진정한 여성이 평범할 리 없었다. 그녀는 엉뚱하고, 변덕스러우면서도 매력적이고, 변화무쌍하며, 예쁜 옷에 많은 걸 쏟아부었으며 밀교(密敎)에서 말하듯 언제나 '옷들을 아름답게 소화해'냈다.

(물론 이 말은 옷에 대한 칭찬이 아니다. 옷은 전혀 내구성이 뛰어나지 않았다. 다만 그 옷들을 멋지게 입을 수 있는 특별한 은총을 받은 이는 매우 소수였다.)

몰리는 늘 사랑스런 아내이자 헌신적인 어머니였다. 그녀는 '사교 능력'이 있었으며 당연히 '사교계'에 대한 애정도 있었다. 하지만 이 모든 것에도 불구하고 그녀는 자신의 집을 좋아하고 집에 대한 자부심이 있었으며 대부분 여성들이 그렇듯 훌륭하게 살림을 꾸렸다.

이 세상에 진정한 여성이 있다면 그 사람이 바로 몰리 매슈슨이었다. 하지만 몰리의 마음과 영혼은 자신이 남자이길 바랐다.

그리고 놀랍게도 그녀는 남자였다!

떡 벌어진 어깨에 몸을 꼿꼿이 세우고 늘 그렇듯 아침 기차를 타기 위해 서둘러 길을 걸어가는 그녀가 바로 제럴드였다. 그리고 고백하자면 그는 부아가 난 상태였다.

자신이 내뱉은 말이 귓가에 맴돌고 있었다. '마지막 말'뿐 아니라 그 전에 한 말들까지. 그녀는 애당초 미안해할 만한 말을 하지 않기 위해 입술을 굳게 다물었다. 그녀는 베란다에서 성을 내는 저 왜소한 인간의 태도를 묵인하는 대신 스스로 우월하다는 자부심과 나약함에 대한 연민, 그리고 화가 나긴 하지만 '그녀에게 관대하게 대해야 한다는' 생각이 들었다.

남자라니! 진짜 남자였다! 그녀는 잠재의식에 남아 있는 기억 덕분에 남녀의 차이를 금방 인식할 수 있었다.

일단 크기감과 무게감, 두께감이 기묘했다. 발과 손이 별나게 컸는데,

길고 곧고 자유분방한 다리로 성큼성큼 걸어가는 느낌이 마치 죽마를 딛고 걷는 듯한 느낌이 들었다.

하지만 기묘한 느낌은 이내 지나갔고, 하루 종일 다니다 보니 지금이 자신에게 잘 어울리는 몸이라는 새롭고 기분 좋은 느낌이 그 자리를 채웠다.

이제 모든 게 잘 맞았다. 등은 의자 등받이에 오붓하게 기댔고, 바닥을 딛고 있는 그녀의 발 역시 편안했다. 그녀의 발이라고? 그의 발이지! 그녀는 자신의 발을 세심하게 살폈다. 학창시절 이후 지금까지 발이 이토록 자유롭고 편안한다는 느낌을 가져본 적이 없었다. 걸을 때 발이 땅에 닿는 느낌은 단단하고 굳건했고, 알 수 없는 충동에 재빨리 뛰어가서 차를 잡아 탈 때에는 스피드와 탄력, 안전함이 느껴졌다.

또 다른 충동이 느껴진 그녀는 편리한 호주머니에 손을 집어넣어 동전을 찾았다. 그리고 이내 무의식적으로 차장에게는 5센트짜리 동전을, 신문팔이 소년에게는 1페니를 건넸다.

이 호주머니들은 놀라웠다. 그녀는 호주머니들이 거기 있다는 건 당연히 알고 있었다. 호주머니를 세어보기도 하고, 조롱하기도 하고. 직접 수선하기도 하고, 심지어 부러워하기도 했다. 하지만 호주머니가 있다는 게 진짜 어떤 느낌인지는 꿈에서조차 생각해본 적이 없었다.

신문을 펼쳐든 그녀의 의식은, 온갖 감정이 기묘하게 뒤섞여 이 주머니에서 저 주머니로 넘나들던 의식은 모든 물건이 손 안에 있다는, 급한 상황이 닥쳤을 때 즉시 꺼내 쓸 수 있다는 자신감에 매혹되었다.

꽉 차 있는 시가 케이스는 그녀에게 따뜻한 편안함을 주었다. 주머니에 단단히 고정되어 있는 만년필은 물구나무서기를 하지 않는 한 안전했다. 각종 열쇠와 연필들, 서신들과 서류들, 공책, 수표책과 고지서를 모아놓은 서류철까지. 그녀는 문득 마음 깊은 곳에서 힘과 자부심이 솟았고, 동시에 평생 단 한 번도 느껴보지 못했던 감정인 돈이 있다는 느낌, 직접 번 돈이자 남에게 줄 수도, 주지 않을 수도 있는 내 돈, 돈 달라고 애원할 필요도, 졸라대거나 구슬릴 필요도 없는 내 돈이 있다는 느낌이 들었다.

그 청구서가 만약 그녀에게, 그러니까 그에게 왔다면, 그는 의당 청구서를 지불한 후 그녀에겐 말 한 마디 꺼내지 않았을 것이다.

남자가 되어 호주머니에 돈을 넣은 채 그렇게 편하고 안정된 자세로 앉아 있다 보니 몰리는 남편이 평생 가지고 있었을 돈에 대한 의식에 눈을 뜨게 되었다. 유년기에는 그때만의 욕망과 꿈과 야망이 있었다. 청년기에는 그녀를 위한 집을 마련하려고 뼈 빠지게 일해 돈을 벌었다. 근래 몇 년 동안은 근심과 희망과 위험이 공존했다. 그리고 지극히 중요하고 특별한 계획을 위해 동전까지 싹싹 그러모아야 하는 지금 이 시기에 한참이나 연체된 이 대금 지불 청구서는 그녀가 처음 받았을 때 제럴드에게 주기만 했어도 아예 불필요했을 불편함을 의미했다. 게다가 제럴드는 '지불청구서'를 끔찍하게도 싫어했다.

"여자들은 정말 사업에 대한 생각이 없다니까!" 그녀는 이렇게 말하는 자신을 발견했다. "게다가 돈을 죄다 온갖 모자 사는 데 쓰다니. 바보

같고 쓸 데도 없는 그 못생긴 것들을!"

그녀는 이런 생각을 하면서 전에는 모자를 한 번도 본 적이 없는 사람처럼 차안에 있는 여성용 모자들을 훑어보기 시작했다. 남성용 모자들은 평범하면서 기품 있고 보기 좋을 뿐 아니라, 굉장히 다양해서 개인 취향에 맞춰 고를 수가 있고, 그녀가 전에는 주목하지 않은 부분인데 모자별로 스타일과 어울리는 연령대도 다 달랐다. 그러나 여성용 모자들은…

그녀는 이제 남자의 눈과 남자의 사고방식으로, 짧게 자른 머리에 불편함 하나 없이 잘 맞는 모자를 쓰고 평생을 자유롭게 살아온 남자의 기억으로 여자들이 쓴 모자를 관찰했다.

여자들의 부풀린 머리는 매력적이면서도 우스꽝스러웠다. 그 머리 위에 얹어진 형체 불명의 물건은 온갖 재질을 동원해 만들어졌는데, 색깔은 휘황찬란하고 모양은 어느 쪽에서 봐도 구부러져 있거나 뒤틀리고 꼬여 있었다. 그리고 빳빳한 깃털과 사람의 눈길을 끌 만큼 거추장스럽고 반짝거리는 리본이 그 형체불명의 모자를 장식하고 있었는데, 모자를 쓴 여자들이 움직일 때마다 그 너저분한 장식들이 흔들리면서 행인들의 얼굴을 괴롭혔다.

그녀는 여자들이 사랑하는 이 모자들이 막상 그걸 돈 주고 산 사람들 눈에 정신 나간 원숭이나 쓸 법한 장식처럼 보인다는 사실을 단 한 번도 상상조차 한 적이 없었다.

그런데 누구보다도 바보 같으면서도 동시에 예쁘고 사랑스러워 보이는 여자 한 명이 차 안으로 들어오자 제럴드 매슈슨이 몸을 일으키더니 자리를 양보했다. 조금 있다가 볼이 발그레하고 예쁘장한 소녀가 색깔은 난잡하고 요란한 데다 모양은 여느 모자 못지않게 별난 모자를 쓰고 차 안으로 들어와서 제럴드 가까이에 섰다. 그리고 그 모자에 달린 부드럽게 휜 깃털이 그의 뺨에 두어 번 스쳤을 때 제럴드는 돌연 은밀하고 간지러운 그 감촉에서 쾌락을 느꼈다. 반면에 몰리는 가슴 저 깊은 곳에서 부끄러움이 모자 수천 개를 삼켜버릴 만큼 거대한 파도가 되어 밀려오는 게 느껴졌다.

기차를 탄 제럴드가 흡연칸 자리에 앉았을 때 그녀는 다시 한 번 놀랐다. 주변에 있는 사람들 역시 모두가 출근하는 남자들이었는데, 상당수가 제럴드의 친구들이었던 것이다.

남자가 되지 않았다면 그녀는 여전히 그들을 '메리 웨이드 씨의 남편' 혹은 '벨 그랜드와 약혼한 남성'이거나 '저 돈 많은 쇼워스 씨' 아니면 '유쾌한 빌 씨'로 알고 있었을 것이다. 남자들은 모두 그녀를 향해 모자를 들고 고개 숙여 인사하고는 말이 닿는 거리였다면, 그녀와 정중하게 대화를 나눴을 것이다. 특히 빌 씨는 말이다.

몰리는 이제야 지인들의 모든 면면을 알게 됐다는, 남자로서 남자들을 안다는 느낌이 들었다. 여기서 듣는 정보만 해도 놀라웠다. 유년시절 대화를 통해 알게 되는 배경에 관한 이야기나 이발관과 클럽에 대한 소문들, 아침저녁으로 기차에서 나누는 대화들, 정치 관련 정보들, 사업의 상태와 전망에 대한 정보들과 사람에 대한 정보들까지. 여자였을 때는 전혀 알지 못하던 것들이었다.

이 사람 저 사람이 제럴드를 찾아와 말을 붙였다. 제럴드는 꽤 인기가 있었다. 남자로서 갖게 된 새로운 기억을 바탕으로, 남자들의 이 모든 생각을 새롭게 이해한 상태로 그들과 이야기를 나누다 보니 저 밑에 감춰진 잠재의식 위로 새롭고 놀랄 만한 정보들이 쏟아졌다. 바로 남자들이 가지고 있는 여자들에 관한 진짜 생각이었다.

거기에 있는 사람들은 평균적인 미국 남자들이었다. 대부분은 행복한 생활을 누리는 기혼남이었다. 이 모든 남자의 의식 속에는 두 개의 층이 존재하는 듯했다. 이 두 개의 층에는 여자들에 대한 남자들의 생각과 감정이 저장되어 있는데, 그곳은 나머지 생각들이 저장된 장소와 동떨어져 있었다.

두 개의 층 중 상층부에는 아주 부드러운 감정들, 아름다운 이상과 달콤한 추억, '가정', '어머니'를 향한 사랑스러운 감정과 우아하고 근사한 형용사들이 자리하고 있다. 그곳은 베일을 쓴 조각상처럼 맹목적으로 숭배 받는 여성이 머무는 안식처이며 평범하지만 우리가 사랑하는 기억을 함께 나누는 곳이기도 했다.

한편 하층부에 숨겨져 있던 남자들의 잠재의식에 대해 알게 된 그녀는 날카로운 고통을 느꼈다. 그곳에는 사뭇 다른 생각이 들어 있었다. 아내에 대한 순수한 마음을 가진 남자들마저도 이곳은 만찬에서 들은 이야기와 거리나 차에서 엿들은 더 심한 이야기, 천한 관습에 관한 이야기, 음탕한 욕설, 역겨운 경험에 대한 기억으로 가득했다. 알면서도 여성들과는 공유하지 않는 것들이었다.

여자에 대한 기억과 감정은 그 두 층에 저장되어 있었다. 한편 그 외의 다른 의식 속에 존재하는 것들은 하나같이 몰리에게 낯선 정보들이었다.

새로운 세상이 그녀 앞에 펼쳐졌다. 그곳은 그녀가 성장한 세상이 아니었다. 몰리가 자란 곳은 집이라는 세상이었다. 집 밖 세상은 '다른 나라'이거나 '미지의 세상'이었다. 말하자면, 만듦과 삶, 앎, 이 모든 행위의 주체가 남자인, 그야말로 남자의 세상이었다.

건축업자들이 받아든 청구서나 건축 재료, 건축 방식과 같은 기술의 관점에서 차창 밖으로 빠르게 지나가는 집들을 바라보고, 소유자는 누구고 마을의 권력자는 얼마나 빨리 국가 권력을 추구하게 되는지 도로를 저렇게 포장한 게 왜 문제인지 어렴풋하게나마 깨달은 후 지나가는 마을을 바라보고, 또 상점을 단순히 갖고 싶은 물건들의 진열장이 아닌 사업체로 바라보기 시작하자 현기증이 났다. 대부분은 바다 속으로 가라앉는 중이었고, 돈을 벌면서 순항할 만한 곳은 얼마 보이지 않았다. 그녀는 새로운 세상 속에서 정신을 잃을 지경이었다.

몰리인 그녀는 아직도 집에서 청구서 때문에 울고 있겠지만 제럴드인 그녀는 그 청구서의 존재를 이미 까맣게 잊었다. 그는 이 남자와는 '사업에 대해 얘기'하고 저 남자와는 '정치에 대해 얘기'했다. 그리고 지금은 골칫거리를 숨긴 채 전전긍긍하고 있는 이웃을 동정하고 있었다.

반면에 몰리는 과거에 언제나 저 이웃의 아내를 측은하게 여겼다.

그녀는 이 거대하고 권위적인 남성 의식에 격렬하게 저항하기 시작했다. 자신이 읽고 들은 책과 강연 내용들이 선명하게 떠오르면서 지극히 폭력적이면서 편협한 저 남자들의 시각에 돌연 맹렬한 분노가 치밀었다.

길 맞은편에 살고 있으며 땅딸한 체구에 부산스러운 성격인 마일스 씨가 목소리를 높이고 있었다. 그에게는 현실에 안주하는 덩치 큰 아내가 있었다. 몰리는 그녀는 별로 좋아하지 않았지만 마일스 씨는 꽤 괜찮은 사람이라고 생각했다. 그는 사소한 예의에도 꽤 민감한 사람이었다.

그런 그가 제럴드에게 얘기를 하고 있고 있었다. 이런 얘기를 말이다!

"여기로 올 수밖에 없었소. 자리에 눈독 들인 여자한테 내 자리를 내줬거든요. 여자들이 갖겠다고 결심하면 천지에 가지지 못할 게 없잖아요?"

옆자리에 있던 거구의 남자가 말했다. "눈에 뵈는 게 없어요! 대단한 결심을 할 필요도 없지. 마음을 먹기만 하면 다 바뀌니까."

성공회교회에 새로 부임한 앨프레드 스미스 목사가 입을 열었다. "진짜 위험은 여자들이 하나님이 정한 영역의 한계를 넘어서려 한다는 점이지요." 그는 키 크고 깡마른 체구에 신경질적인 성격의 소유자로, 얼굴을 보면 몇백 년 전 사람처럼 느껴졌다.

존스 박사가 활기차게 말했다. "여자들의 타고난 한계가 그들의 발목을 잡을 겁니다. 생리학을 이길 수는 없다니까요."

마일스 씨가 말했다. "저는 여자들의 한계를 모르겠던데요. 돈 많은 남편부터 좋은 집, 셀 수 없을 정도로 많은 보닛과 드레스 들, 거기에 최신 자동차와 다이아몬드까지 원하는 게 끝이 없어요. 남편들 몸이 열 개라도 모자랄 수밖에요."

통로 건너편에는 피곤에 찌든 백발 남성 한 명이 있었다. 그 남자에게는 늘 옷을 근사하게 차려입는 굉장히 멋진 아내와 역시 아름답게 차려입고 있는 미혼의 딸 셋이 있었다. 몰리는 그들과 안면이 있었다. 그가 굉장히 열심히 일한다는 사실을 아는 몰리는 이제 약간 불안하게 그를 바라보았다.

하지만 그는 기분 좋게 미소를 지었다.

그가 말했다. "착하게 살게, 마일스. 그럼 남자가 뭘 위해 일을 하겠나? 세상에 좋은 여자보다 더 좋은 건 없네."

"그리고 나쁜 여자는 세상 그 무엇보다도 최악이죠." 마일스가 대꾸했다.

"전문적인 관점에서 보면 여자는 굉장히 나약한 존재예요." 존스 박사가 근엄한 어조로 단언하자 앨프레드 스미스 목사가 덧붙였다. "세상에 악을 퍼뜨린 게 바로 여자 아닙니까."

제럴드 매슈슨은 자세를 고쳐 앉았다. 무엇인가가 그를 자극했다. 그게 무엇인지 정체를 알 수 없었지만 아무튼 참을 수가 없었다.

제럴드가 건조한 어조로 말했다. "모두들 노아처럼, 혹은 고대 힌두 경전에 쓰인 대로 지껄이고 있군요. 물론 여자들에겐 한계가 있어요. 하지만 그건 우리도 마찬가지예요. 신은 알고 있지요. 우리 모두 우리만큼이나 똑똑한 여자들을 학교나 대학에서 만나지 않았습니까?"

"여자들은 남자들이 하는 운동을 못 하잖아요." 목사가 차갑게 대꾸했다.

제럴드는 노련한 시선으로 목사의 야윈 몸을 가늠해보았다.

"제 자신은 축구를 특별히 잘하지 못했지요." 그가 겸손하게 시인했다. "반면에 어느 모로 보나 남자보다 뛰어난 체력을 갖춘 여자들도 있더군요. 게다가 운동이 인생의 전부는 아니잖아요!"

그것은 불행하게도 사실이었다. 사람들 모두가 통로를 내려다보았다. 거기에는 창백한 안색에 차림새가 볼품없는 거구의 남자가 홀로 앉아 있었다. 자신의 사진과 헤드라인으로 신문 칼럼 톱을 장식한 적이 있는 남자였다. 하지만 지금 그의 지갑은 그 누구의 지갑보다도 얇았다.

"깨어날 시간이에요." 익숙하지 않은 말이었지만 계속 하고 싶다는 충동에 사로잡힌 제럴드가 말을 이었다. "여자들도 똑같은 사람이에요. 제겐 그래요. 물론 여자들 옷차림은 우스꽝스러워요. 하지만 누가 거기에 돌을 던질 수 있죠? 여자들이 쓰는 그 멍청한 모자들도 죄다 남자들이 만든 거잖아요. 그리고 여자들이 입는 터무니없는 의상들 역시 우리가 디자인한 것들이에요. 게다가 만약 어떤 여자가 용기를 내서 상식에 맞는 옷을 입고 신발을 신는다고 합시다. 그 여자와 춤추고 싶은 남자가 과연 우리 중에 있을까요?

맞아요. 우리는 남자들에게 빌붙어 산다면서 여자들을 비난해요. 하지만 남자들이 과연 아내가 일을 하도록 내버려둘까요? 그렇지 않잖아요. 그렇게 되면 우리 자존심이 상처를 입을 테니까요. 우린 항상 여자들이 돈에 눈이 멀어 결혼을 한다며 그들을 비난하지만 막상 돈 한 푼 없는 얼간이와 결혼하는 여자를 뭐라고 부르죠? 불쌍한 바보라고 하잖아요. 그리고 여자들도 그 사실을 알아요.

존스 박사님, 여자들의 신체적 한계라면 우리 남자들도 거기에 약간은 책임이 있는 것 같은데요?

그리고 이브 이야기는요, 제가 그 자리에 있었던 게 아니니 이야기 자체를 부인할 수는 없겠군요. 하지만 이 점은 분명히 해야겠군요. 이브가 세상에 죄악을 가져왔다 해도 그 후 이 세상에 악이 쭉 계속되어온 것에 대한 가장 큰 책임은 남자들에게 있다는 사실이지요. 어떻습니까?"

그들은 도시로 들어왔다. 온종일 일하는 내내 제럴드의 의식은 새로운 시각과 낯선 느낌 들을 어렴풋하게나마 의식하고 있었고, 잠재의식 속의 몰리는 배우고 또 배워나갔다.

피블스 씨의 마음

·

그는 가구만 단출하게 갖춰진 작고 아늑한 거실의 소파에 누워 있었다. 불편하고 딱딱할 뿐 아니라 길이도 짧고, 끝이 가파르게 휜 소파였다. 하지만 소파는 소파이니 꼭 필요하다면 거기에서 잠을 청할 수도 있었다.

피블스 씨는 이 덥고 조용한 오후에 불편한 자세로, 약간 코를 골면서, 정체를 알 수 없는 고통에 시달리는 사람처럼 가끔 실룩거리면서 잠을 자고 있었다.

피블스 부인은 무기로 쓸 질 좋은 종려나뭇잎 부채와 방어용 수단인 실크 우산을 손에 들고는 중요한 볼일을 보기 위해 현관 계단을 삐걱거리며 내려갔다.

"너도 가지 그래, 조안?" 그녀는 출발에 앞서 옷을 입으며 동생을 설득했다.

"왜 가야 해요, 언니? 집이 훨씬 편한걸. 그리고 난 형부가 깼을 때 옆에 있어야 해."

"오, 아서 말이니? 아서는 일어나면 바로 가게로 갈 텐데. 그리고 올더 부인이 쓴 보고서가 정말 흥미로울 거야. 네가 여기서 살게 된다면 클럽에 흥미를 붙이는 게 좋을걸."

"난 여기서 한가로운 부인이 아니라 의사 노릇을 하면서 살 거예요, 언니. 언니나 가요. 난 괜찮으니."

그리하여 엠마 피블스 부인이 엘스워스 여성을 위한 홈 클럽 멤버들 틈에 앉아서 생각을 단련하는 동안, 조안 배스컴 박사는 자신이 읽던 책을 찾기 위해 거실로 내려갔다.

피블스 씨는 여전히 거북한 자세로 잠들어 있었다. 조안 박사는 창가에 있는 등나무줄기로 만든 흔들의자에 앉아서 잠시 동안, 처음에는 직업적인 시선으로, 하지만 곧 깊은 인간적 관심을 가지고 피블스 씨를 지켜보았다.

통통한 몸매에 희끄무레한 머리카락들이 얼마 남지 않은 피블스 씨는 손님이 있을 때는 친근한 미소로 얼굴을 포장하고 있지만 손님이 없을 때에는 근엄하고 완고한 성격을 보여주는 주름이 입 꼬리 주변에 깊이 패여 있었다. 그는 쉰 살이었고 옷차림이나 행동거지, 외모 모두가 지극히 평범한 남자였다. 그는 아라비아 이야기에 등장하는 '사랑의 노예'라기보다는 의무의 노예였다.

그는 늘 자신의 임무를 다하는 전형적인 남자였다.

그가 아는 의무란 여자들을 부양하는 것이었다. 일단 그의 모친은 경제적으로 여유가 있을 뿐더러 능력 있는 여자였다. 남편과 사별한 후 농장을 경영했으며 아서가 성인이 되어 '그녀를 부양하'기 전까지 여름에 하숙을 쳐서 돈을 벌어 수입에 보탰다. 그 후 그녀는 살던 곳을 팔고 '아서를 위한 집을 꾸리기 위해' 이 마을로 이사를 했는데, 우연하게도 그 일을 도울 하녀를 구한 사람이 아서였다.

아서는 가게에서 일했다. 그녀는 광장에 앉아 이웃들과 수다를 떨었다.

모친은 아서 나이가 거의 서른이 다 됐을 때 결국 세상을 떠났는데, 아서는 그때까지 어머니를 봉양했다. 그 후 아서는 다시 하녀의 도움을 받아 자신을 위해 살림을 꾸려줄 다른 여자를 들였다. 그는 아름답지만 경솔하고 남에게 의지하는 버릇이 있는 작달만한 여자와 결혼했다. 그녀는 오랜 기간 아서의 힘과 신중함에 소리 없이 애원해온 끝에 그와 결혼했고, 지금까지 줄곧 그에게 의지해서 살았다.

게다가 한 여동생은 결혼할 때까지, 다른 여동생은 세상을 떠날 때까지 그에게 빌붙어 살았다. 자식인 두 딸 역시 의존적이긴 마찬가지였지만 적절한 시기에 건장한 젊은이들과 결혼한 후 그들의 피부양자는 아버지에서 각자의 남편으로 바뀌었다. 이제 아서가 먹여 살릴 여자는 아내밖에 남지 않았으니 그 어느 때보다 그의 어깨는 가벼웠다. 적어도 수적으로는.

그러나 오랜 기간 자신에게 기댄 여자들 때문인지, 아니면 나이가 들어가면서 더욱 끈질기고 집요하게 의지하는 아내 때문인지 아서의 피로감은 더욱 커져갔다.

아서는 불평하지 않았다. 살아가는 내내 아서의 머릿속은 온통 법적인 관계를 맺은 여인들을 부양할 생각뿐이었다.

아서는 만약 조안 박사를 부양해야 했다면 기꺼이 그녀를 자신의 피부양자 명단에 올렸을 것이다. 그녀가 굉장히 마음에 들었기 때문이었다. 조안은 자신이 아는 여자들과는 달랐다. 언니 엠마와도 모든 면에서 달랐고, 정도의 차이는 있지만 엘스워스에 사는 여느 여자들과도 달랐다.

조안 박사는 어린 나이에 집을 떠났다. 한 마디로 말하면 어머니의 뜻을 거스르고 가출을 한 것이었다. 온 마을이 쑥덕공론으로 벌집이 되고 문제의 남자를 수소문하느라 정신없었는데, 결국 그녀는 대학에 간 것으로 밝혀졌다. 그녀는 자신의 방식대로 공부하면서 대학의 교과과정에 포함된 내용보다 훨씬 많은 걸 배웠다. 그녀는 숙달된 간호사가 되었고 의학을 공부했으며 그 후 오랫동안 자신이 맡은 분야에서 훌륭한 성과를 거뒀다. 그녀가 꽤 많은 돈을 벌어서 곧 은퇴할 거라는 소문이 파다했다. 반면에 조안이 실패한 게 분명하다며, 그렇지 않다면 집으로 되돌아왔을 리가 없다고 주장하는 사람들도 있었다.

이유가 무엇이든 조안 박사는 그곳에서 환영받는 손님이었다. 그녀는 언니에게는 진정한 자부심을, 형부에게는 정체를 알 수 없는 만족감을 주는 사람이었다. 아서는 그녀가 풍기는 친근한 분위기에서 오랫동안 쓰지 않았던 에너지가 꿈틀거리는 게 느껴졌다. 재미있는 이야기들이 떠올랐고, 그걸 이야기하는 법도 기억났다. 어릴 때 관심이 있었지만 잊고 지내온 큰 세계의 움직임에 관한 흥미가 되살아나는 게 느껴졌다.

"정말 평범하고 매력도 없고 착하기만 한 남자라니까…." 조안 박사가 아서를 바라보며 이런 생각을 하고 있을 때 그의 한쪽 팔이 소파에서 미끄러지더니 손이 거실 바닥을 때렸다. 곧이어 아서가 눈을 뜨더니 놀다가 들킨 사람처럼 서둘러 몸을 일으켜 소파에 앉았다.

"그렇게 갑자기 몸을 일으키면 안 돼요, 형부. 심장에 안 좋아요."

"내 심장에 별 문제 없잖아?" 아서는 선뜻 미소를 지으며 물었다.

"모르겠어요. 아직 검사를 안 했으니까요. 이제 가만히 앉아 계세요. 오늘 오후에는 가게에 손님이 하나도 없어요. 만약 손님이 오면 제이크가 응대할 거예요."

"엠마는 어디 있지?"

"아, 언니는 '클럽'인가 하는 곳에 갔어요. 저에게도 같이 가자고 했지만 전 형부랑 얘기하고 싶어요."

클럽은 높게 평가하는 반면 스스로를 낮게 평가하는 아서는 기쁘면서도 의아한 듯했다.

아서가 흔들거리는 얼음통에서 마실 것을 따른 후 등나무줄기로 만든 커다란 의자에 편안하게 자리를 잡자 불쑥 조안 박사가 물었다. "있잖아요, 뭔가 할 수 있다면 뭘 하고 싶으세요?"

"여행." 피블스 씨도 덩달아 불쑥 말했다. 그는 그녀의 놀란 표정을 보았다. "그래, 여행이야! 항상 여행을 가고 싶었어. 어릴 때부터. 하지만 소용없었지! 갈 수가 없었어. 그리고 지금은… 갈 수 있을지 몰라도 엠마가 싫어할 거야." 그는 체념하며 한숨을 쉬었다.

"형부는 가게를 유지하고 싶으세요?" 그녀가 날카롭게 물었다.

"가게를 좋아하느냐고?" 그는 활기차고 태연한 표정으로 그녀를 향해 미소를 지었지만 그 미소의 이면에는 기이할 정도로 공허한 절망이 숨겨져 있었다. 그는 정색하며 고개를 저었다. "아니, 그렇지 않아, 처제. 눈곱만큼도 좋아하지 않아. 하지만 그렇다 한들 뭘 어쩌겠어?"

그들은 잠시 침묵했다. 그리고 그녀가 다른 질문을 던졌다. "만약 형부에게 직업을 선택할 기회가 있었다면 뭘 했을 것 같아요?"

아서가 대답했을 때 조안은 대답의 내용과 망설임 없는 속도, 거기에 담긴 깊은 감정 때문에 아까보다 세 배쯤 더 놀랐다. "음악이지!"

"음악이라구요!" 그녀가 반복했다. "음악이라니! 왜 난 형부가 음악을 연주하거나 음악에 관심이 있다는 사실을 몰랐을까요?"

조안에게 이야기하는 아서의 눈이 포도나무 덩굴 그늘이 드리워진 창 너머 먼 곳으로 향했다. "내가 젊었을 때 아버지가 집에 기타 한 대를 가져오시더니 제일 먼저 치는 법을 터득하는 사람에게 그 기타를 주겠다고 하셨어. 물론 딸들을 염두에 두고 하신 말씀이었지. 사실 내가 제일 먼저 배웠어. 하지만 기타를 가지지 못했지. 내가 음악을 한 건 그때뿐이었어. 교회에서 듣는 걸 빼면 이곳에서는 음악을 들을 기회조차 별로 없지. 난 축음기가 한 대 있으면 했는데…." 아서는 약간 겸연쩍게 웃었다. "엠마는 내가 축음기를 집에 들이면 그걸 부셔버리겠다고 하더군. 축음기가 고양이보다도 더 끔찍하다면서. 알겠지만 취향이 달라, 처제."

아서가 다시 조안에게 미소를 지었는데, 그 미소는 입꼬리를 꼬집힌 듯 우스꽝스러웠다. "이제… 다시 일하러 가야겠군."

조안은 아서를 보낸 후 진지한 태도로 자신의 일에 관심을 쏟았다.

하루인가 이틀이 지난 후 조안이 제안했다. "언니, 내가 여기에서 하숙을 한다면, 그러니까 여기에서 산다면 어떨 것 같아요? 그러니까 지금 당장 말이에요."

"난 네가 그러면 좋겠는데." 조안의 언니가 대답했다. "네가 이 동네에서 일하면서 나랑 같이 살면 좋을 것 같아. 우리 자매가 함께."

"형부가 좋아할까요?"

"그럼! 게다가 그이가 못마땅해 하더라도 넌 내 동생이고 여긴 내 집이야. 오래전에 그이가 이 집을 내 명의로 해뒀거든."

"그렇군요. 알겠어요." 조안이 말했다.

그리고 잠시 후였다. "언니, 언니는 사는 게 만족스러워요?"

"만족스럽냐고? 세상에, 물론이야. 만족하지 못한다면 죄인이지. 딸들 다 결혼을 잘 했잖니. 난 둘에게 만족해. 이 집은 정말 편안해. 알아서 잘 굴러가거든. 마틸다 같은 보석이 없어. 마틸다는 사람이 많은 걸 전혀 개의치 않아. 사람들을 위해서 일하는 걸 좋아해. 맞아. 난 걱정할 게 하나도 없단다."

"언닌 건강이 좋아 보여요." 동생이 언니의 맑은 안색과 빛나는 눈을 보며 말했다.

"응. 적어도 난 불평할 게 하나도 없어." 엠마가 인정했다. 하지만 그녀는 감사할 이유로 남편은 언급도 하지 않을 뿐 아니라 조안이 진지하게 그의 건강상태에 대해 물을 때까지 남편은 안중에도 없는 듯했다.

"그이 건강? 아서 말이야? 왜, 남편은 늘 건강해. 평생 아픈 날이 단 하루도 없었다니까. 가끔 기력이 떨어질 때 빼고는." 그녀가 뒤늦게 떠오른 생각을 덧붙였다.

조안 배스컴 박사는 소도시에서 직업적 친분과 함께 사회적 친분도 쌓아갔다. 그녀는 이곳에서 가장 먼저 알게 된 노박사, 브레이스웨이트 씨로부터 실패한 사무소를 물려받아 진료를 시작했는데, 오래된 사무실이 집처럼 편하게 느껴졌다. 언니의 집 아래층에는 편안한 방이 두 개 있었고 위층에는 커다란 침실이 하나 있었다. "딸들이 없으니까 방이 많이 남아." 부부가 조안을 안심시켰다.

집이 편안해지고 진료실도 자리를 잡자 조안 박사는 언니에 대한 형부의 애정을 다른 곳으로 돌리기 위한 비밀스런 작업에 착수했다. 물론 그 애정을 자신에게 돌리겠다는 건 아니었다! 어릴 적 그녀가 누군가에게 의지할 필요성을 느꼈다 하더라도 그건 정말 오래전 일이었다. 그녀는 아서를 옴짝달싹 못하도록 옭아매고 있는 촉수로부터 영원히 자유롭게 해주고 싶었다.

조안은 축음기와 가장 좋은 음반 한 세트를 산 다음 미소 띤 얼굴로 언니는 음악을 듣지 않아도 된다고 엠마에게 말했다. 그리고 엠마가 부루퉁한 표정으로 반대편 안방에 앉아 있는 동안 조안과 아서는 음악을 즐겼다. 엠마는 시간이 지나니까 음악소리에 익숙해졌다며 조금씩 다가왔고, 이를테면 현관 같은 데에 앉아 있기도 했다. 한편 아서는 편안한 마음으로 오랜 시간 외면해온 즐거움을 만끽했다.

음악은 이상하게도 그를 동요시켰다. 일어나서 걸어가는 그의 눈에는 새로운 불길이, 참을성 있는 입 주변에는 새로운 단호함이 엿보였다. 조안 박사는 지도와 항해목록, 실속 있는 여행 이야기 등을 공부하면서, 대화와 책과 그림을 통해 그 불길에 부채질을 했다.

엠마가 말하곤 했다. "난 대체 음악이나 저 작곡가들의 어떤 면이 두 사람의 흥미를 끄는지 도무지 이해할 수가 없어. 난 생소한 것에는 관심이 없어. 음악가들은 아무튼 다 우리랑 다른 사람들이잖아."

아서는 결코 아내와 다투지 않았다. 다만 침묵하는 시간이 길어졌고, 아내가 음악에 대해 그런 식으로 말하면 그의 눈에서 반짝이던 관심마저 사라졌다.

그러던 어느 날 피블스 부인이 다시 클럽에서 시간을 보내고 있을 때, 현 상황에 만족하면서도 더 큰 변화를 원하는 조안 박사는 대담하게도 형부의 굳은 신념에 이의를 제기했다.

"형부, 형부는 저를 의사로서 신뢰하세요?"

아서가 기분 좋게 대답했다. "응, 지금껏 만난 다른 의사보다도 처제랑 상의하는 게 나아."

"형부에게 필요한 걸 제가 얘기한다면, 그러니까 제 말은 제가 형부에게 처방을 해도 될까요?"

"그럼, 물론이지."

"제가 처방한 약을 복용할 건가요?"

"물론이야. 맛에 상관없이 복용할 거야."

"좋아요. 그렇다면 유럽에서 2년 머무는 걸 처방할게요."

아서는 깜짝 놀라서 말없이 그녀를 응시하며 말했다. "하지만 엠마는…."

"언니는 신경 쓰지 말아요. 언니에겐 집이 있잖아요. 옷을 사 입을 돈도 넉넉해요. 그리고 모든 게 잘 굴러가도록 제가 하숙비를 넉넉히 내고 있어요. 언니에겐 형부가 필요 없어요."

"그렇지만 가게는?"

"가게를 파세요."

"가게를 팔라고! 말은 쉽지. 그걸 누가 사겠어?"

"제가 사겠어요. 네, 진심이에요. 형부가 할부 조건으로 팔면 제가 가게를 인수하겠어요. 재고랑 모든 걸 포함하면 7천이나 8천 달러 정도 가치가 될 거예요. 그렇죠?"

아서가 묵묵히 동의했다.

"그럼 제가 사겠어요. 형부와 취향이 비슷한 남자 한 명이 외국에 2년 정도 머무르려면, 2,000에서 2,500달러 정도가 필요해요. 우리가 함께 읽은 이야기들 있잖아요. 쉽게 할 수 있어요. 그리고 돌아오시면 지금 가게보다 훨씬 좋은 곳에 5천 달러 정도 투자할 수 있을 거예요. 그렇게 하겠어요?"

그의 머릿속에는 반대와 무리라는 생각뿐이었다.

조안은 그 생각들을 단호하게 물리쳤다. "말도 안 돼요! 형부도 할 수 있어요. 언니는 형부가 전혀 필요하지 않아요. 나중에는 필요할 수도 있겠지만. 딸들도 형부가 필요하지 않아요. 역시 나중에는 바뀔지도 모르지만요. 이제는 형부의 시간이에요. 바로 지금이요. 사람들 말이 일본인들은 쉰 살이 넘어 귀리 씨앗을 뿌린대요. 형부도 그렇게 하세요! 그 정도 돈으로는 아주 신나게 즐길 수는 없을 거예요. 그래도 독일에서 1년 머물면서 언어도 배우고 오페라 관람도 하세요. 도보로 스위스 티롤 지방 여행도 하고. 잉글랜드랑 스코틀랜드, 아일랜드, 프랑스, 벨기에, 덴마크도 돌아보세요. 2년이면 많은 걸 할 수 있어요."

아서는 매료된 채 그녀를 바라보았다.

"안 될 게 뭐가 있어요? 형부 인생인데 한 번쯤은 형부가 주인공이 되면 어때요? 다른 사람이 원하는 것 말고 형부가 원하는 걸 하세요!"

아서가 '의무'에 대해 뭐라고 중얼거렸지만 조안이 날카롭게 대꾸했다.

"형부는 정말 해야 할 도리를 다 했어요. 형부는 혼자 힘으로 잘 사실 수 있는 어머니도 부양했죠. 여동생들도 오랫동안 부양했고, 신체 건강한 아내도 마찬가지였죠. 지금 언니는 형부가 없어도 아쉬울 것 하나 없어요."

아서가 항변했다. "그건 좀 섭섭하군. 엠마는 날 보고 싶어할 거야. 분명히 그럴 거야."

배스컴 박사는 다정한 눈길로 형부를 바라보았다. "그 문제라면, 언니가 형부를 정말 애타게 그리워한다면, 언니에게도 형부에게도 그보다 더 좋은 일이 없을 거예요."

"엠마는 내가 가는 걸 절대 좋아하지 않을 거야." 아서는 아쉬워하면서도 끈질기게 주장했다.

"제가 끼어들면 돼요." 그녀가 침착하게 말했다. "형부는 주치의를 선택할 권리가 있어요. 그리고 심각하게 형부의 건강을 염려한 주치의가 환자에게 외국 여행과 휴식, 변화, 음악을 즐길 것을 권고하는 거예요."

"하지만 엠마는…."

"자, 아서 피블스 씨, 한동안 아내는 잊으세요. 내가 언니를 보살필게요. 그리고 제 말 좀 들어보세요. 이건 다른 얘기예요. 이런 변화는 언니에게도 도움이 될 거예요."

아서는 혼란스러운 표정으로 조안을 쳐다보았다.

"진심이에요. 형부가 떠나 있는 게 언니에게는 스스로 일어설 수 있는 기회가 될 거예요. 형부가 여행지에 대한 편지를 보내면 언니도 관심을 가질 거예요. 그러면 언니도 언젠가 가고 싶어할지도 모르죠. 그렇게 해보세요."

그 말에 아서의 마음이 흔들렸다. 지나치리만큼 순순히 버팀목 역할을 해온 사람들은 덩굴나무 같은 여자들의 가능성을 과소평가하곤 한다.

"이 문제는 언니랑 상의하지 마세요. 끝없는 갈등만 만들 거예요. 제가 가게를 인수할 수 있게 서류를 준비해주세요. 제가 형부에게 수표를 발행할 테니 형부는 다음 잉글랜드 행 배를 타세요. 그리고 그곳에서부터 계획을 세우세요. 이건 형부의 편지와 수표를 처리할 은행 주소예요."

모든 게 끝났다. 엠마가 항변할 시간도 없이 모든 게 끝났다. 할 말을 잃은 엠마는 여동생을 호되게 나무랐다.

조안은 친절하고 참을성이 강할 뿐 아니라 철석같이 단호했다.

“하지만 조안, 대체 이걸 어떻게… 사람들이 날 뭐라고 생각하겠니? 버려진 거잖아. 이런 식으로!”

“사람들은 우리가 설명하는 대로, 언니가 행동하는 대로 생각할 거예요. 언니가 그저 형부가 건강이 많이 안 좋아서 주치의가 해외여행을 권했다고 말하면, 그리고 한 번만 언니 자신을 잊고, 형부에게 자연스러운 감정을 조금만 보여준다면 언니는 아무 문제도 없을 거예요.”

남편의 이타심 때문에 더욱 이기적인 사람이 되어버린 그 여인은 자신을 위해 여동생의 뜻에 따르기로 했다. 네, 아서는 건강상의 이유로 해외에 체류 중이에요. 배스컴 박사가 그이에 대해 굉장히 염려했어요. 몸이 완전히 망가질 수도 있다고 그러더군요. 너무 갑작스러운 것 아니냐고요? 맞아요. 의사가 서둘러 떠나도록 했어요. 그이는 잉글랜드에 있어요. 도보여행을 할 거예요. 의사도 그이가 언제 돌아올지 모르더군요. 가게요? 팔았어요.

배스컴 박사는 가게를 성공적으로 운영할 유능한 매니저를 고용했는데, 실제로 그는 가게 운영에 별 관심이 없었던 피블스 씨보다 훨씬 성공적으로 가게를 운영했다. 그녀는 가게를 많은 수익을 올리는 사업으로 변화시켰다. 훗날 가게를 다시 인수한 아서에게 가게는 더 이상 짐이 되지 않았다.

한편 대부분의 일을 맡아서 처리한 사람은 엠마였다. 엠마는 대화와 책을 통해, 지도를 따라가면서 세심하게 보내오는 아서의 편지를 읽으면서, 딸을 보기 위해 떠난 여행과 여행에 대한 두려움을 떨치게 해준 또 다른 여행들을 통해, 집을 관리하고, 이야기 친구로 삼을 겸 집에 들인 하숙인 한두 명을 보살피면서, 오랫동안 비어 있던 마음의 땅을 쟁기와 써레로 고르고 그곳에 씨를 뿌렸다. 그리고 마침내 결실의 조짐이 보이기 시작했다.

아서는 튼튼하지만 둔한 여자를 남겨두고 떠났다. 그녀는 생활에 필요한 탈 것이나 짐꾼처럼 아서에게 의지하면서도 그의 끊임없는 노력에는 마음의 눈길을 주지 않았다.

집에 돌아온 아서는 더 젊고, 더 강하고, 더 호리호리하고, 더 민첩해졌으며, 사고가 확장되고, 생기가 넘치고, 자극을 받아 관심도 다양해졌다. 그는 자신을 찾았다.

아서는 아내 역시 기분 좋게 변했음을 깨달았다. 그녀는 살림하는 손길만 능수능란해진 게 아니라 제 발로 설 수 있는 힘을 길렀다.

아서가 또다시 여행의 갈증에 목말라할 때 엠마 역시 가고 싶다고 생각했다. 그리고 뜻밖에도 유쾌한 동반자의 면모를 드러냈다.

다만 부부 중 누구도 베스컴 박사로부터 피블스 씨의 건강을 위협한 병에 관한 분명한 진단을 듣지 못했다. '심장이 위험할 정도로 확대'되었다는 언질이 전부였다. 그리고 예전 같은 문제가 전혀 없다는 아서의 말에 그녀는 진지하게 고개를 흔들면서 "병이 치료에 반응한 것"이라고 말했다.

옮긴이의 말

요즘 여성들은 20대에 접어들면 대학에 진학하거나 직장을 알아보고, 월급을 받으면 자신의 명의로 된 은행 통장에 꼬박꼬박 저축을 하는 게 자연스러운 일로 여겨지지만, 100년 전만 해도 여성이 고등 교육을 받고, 은행에 자신의 계좌를 열고, 결혼 후에도 꿈을 좇아 일을 계속하기 위해서는 수많은 타인의 시선과 싸워야 했고, 여성 억압에 최적화되어 있는 사회 구조를 전복시키려는 노력이 필요했다. 그러니 21세기를 살아가는 여성들은 지금 우리가 당연하게 누리는 권리들을 쟁취하기 위해 끊임없이 분투한 선배 여성들에게 상당한 빚을 지고 있는 셈이다.

샬럿 퍼킨스 길먼은 100년 전 여성 해방을 위해 일생을 바친 개혁가이자 작가로서 버지니아 울프, 케이트 쇼팽 등과 함께 페미니즘의 선구자로 평가받고 있다.

왕성한 활동가였던 길먼은 다양한 강연과 수많은 집필 활동을 통해 남성 중심적인 사회 구조를 비판했고, 여성은 경제적 자립을 통해 남성의 억압에서 벗어날 수 있으며 여성이 돈을 벌려면 그들의 심신을 옭아매고 있는 가사노동과 육아의 사회화가 선행되어야 한다고 주장했다. 길먼의 이러한 주장은 그녀의 대표 장편소설인 페미니즘 유토피아 3부작, 『내가 깨어났을 때』, 『허랜드』, 『내가 살고 싶은 나라』는 물론, 이 책에 실린 20편의 단편소설에서 집요하게 반복되고 다양하게 변주되어 있다.

이를테면, 「다섯 소녀」는 재능 있는 다섯 소녀가 자신들의 힘으로 가사노동과 육아의 사회화를 이루고 결혼 후에도 우정을 나누면서 꿈을 향해 나아가는 과정을 그렸고, 「세 번의 추수감사절」은 남편과 사별한 후 다른 남성의 끈질긴 구애를 거절한 채 스스로 경제적 자립에 성공할 뿐 아니라 공동체의 성장에도 기여하는 중년 여성을 보여준다. 「엄마의 자격」에서는 공동체를 위해 목숨을 희생한 여성을 바라보는 삐딱한 시선을 통해 진정한 모성애에 대한 질문을 던지고, 「솔로몬 가라사대」에서는 아내를 '은혜를 베푸는' 대상으로 여기는 남편이 등장하며, 「멸종된 천사」에서는 남자들의 억압과 폭력, 끝없는 가사노동에 시달리는 존재인 여성이 인간을 위해 희생하는 존재인 천사에 비유된다. 길먼은 「내가 남자라면」에서 당시 세계가 '만듦과 삶, 앎이 모든 행위의 주체가 남자인 세상', 여성이 완전히 배제된 세상임을 고발하고, 「전혀 다른 문제로 바뀔 때」를 통해 똑같은 두 상황이지만 성별이 뒤바뀌자 판단이 달라지는 남성들의 모습을 통해 여성들을 향한 보수적이고 억압적인 당시 사회의 시선을 비판하며, 성인 자식들을 독립시킨 후 중년 여성들의 공허한 삶을 인상적으로 묘사한 「동업관계」에서는 사업을 통해 경제적 성공을 이룬 후 남편의 진정한 동업자가 되었음을 깨닫고 행복해하는 여성을 그린다. 「가출」과 「그녀의 아름다움」에서는 질곡의 고통에 절망하기보다는 끊임없이 발을 내딛음으로써 홀로 서기에 성공하는 주체적 여성상을 보여준다.

표제작인 「누런 벽지」는 길먼의 초기 작품으로 결혼 후 산후 우울증을 앓은 작가의 자전적 소설이다. 길먼은 이 작품 속에서 우울증을 앓는 여성이 의사 남편이 내린 '휴식 요법' 처방 탓에 지적 활동을 금지당한 채 집안에 갇혀 지내면서 점차 파멸해 가는 과정을 생생하게 묘사함으로써 일찍이 자신의 문학적 역량을 증명해 보였다.

길먼의 단편선을 번역하면서 철 지난 듯 보이는 20세기 초 페미니스트의 이론을 녹여낸 작품들을 21세기에 꺼내들어야 할 이유가 무엇일까 잠시 고민한 적 있다. 그것은 아마 길먼의 작품 곳곳에 배어 있는 희망과 연대 때문일 것이다. 길먼은 여성에게 교육 받을 권리도, 참정권도 없던 시절에, 여성이 남성의 노골적인 억압과 폭력에 시달리던 시절에 여성이 대학에 가고, 의사와 변호사 혹은 디자이너가 되고, 투표권을 행사하는 세상을 꿈꿨다. 작품 속에서 여성들은 희망을 품었고 서로 연대함으로써 세상을 변화시켰다. 그리고 길먼과 같은 꿈을 꾼 여성들이 연대하여 그녀가 창조한 소설 속 세계를 현실로 소환해냈다. 상상을 현실로 실현한 원동력은 연대였고, 희망은 그 연대를 더욱 끈끈하게 만든 접착제였다. 그리고 지금을 살아가는 여성들이 연대하고 희망해야 할 이유는 분명하다. 우리에겐 지금은 눈에 보이지 않는 세계, 하지만 현실로 소환해야 할 세계가 여전히 존재하기 때문이다.

수록 작품의 원제명

· 누런 벽지 The Yellow Wall-paper (1890)

· 진귀한 보석 That Rare Jewel (1890)

· 전혀 다른 문제로 바뀔 때 Circumstances Alter Cases (1890)

· 멸종된 천사 An Extinct Angel (1891)

· 버림받은 남편 Deserted (1893)

· 가출 An Elopement (1893)

· 그녀의 하루 Through This (1893)

· 다섯 소녀 Five Girls (1894)

· 엄마의 자격 An Unnatural Mother (1895)

· 세 번의 추수감사절 Three Thanksgivings (1909)

· 솔로몬 가라사대 According to Solomon (1909)

· 작은 집 The Cottagette (1910)

· 어머니의 힘 The Widow's Might (1911)

· 엘더 부인의 계획 Mrs Elder's Idea (1912)

· 그들의 집 Their House (1912)

· 그녀의 아름다움 Her Beauty (1913)

· 하인즈 부인의 돈 Mrs Hines's Money (1913)

· 동업관계 A Partnership (1914)

· 내가 남자라면 If I Were a Man (1914)

· 피블스 씨의 마음 Mr. Peebles's Heart (1914)

샬럿 퍼킨스 길먼이 걸어온 길

1860년 7월 3일	미국 코네티컷 주 하트퍼드에서 메리 퍼킨스와 프레데릭 비처 퍼킨스 사이에서 태어났다. 어린 시절, 아버지의 가출 후 어머니와 함께 여러 친척집을 옮겨 다니며 살았다. 『톰 아저씨의 오두막』을 쓴 해리엇 비처 스토 등 스토 가문 친척들의 영향을 받으며 성장했다.
1867년(7세)	매우 어려운 형편 때문에 학교를 일곱 군데나 옮겨 다니는 등 제도권 교육을 제대로 받지 못했으며 그마저 열다섯 살에 중단되었다. 고립되고 외로웠던 어린 시절, 도서관을 자주 찾아가 책을 읽으며 고대 문명을 공부했다.
1878년(18세)	로드아일랜드디자인스쿨에 입학해 공부한 후 카드 디자이너, 가정교사로 일했으며, 화가로도 활동했다.
1884년 3월 23일(24세)	화가 찰스 월터 스텟슨과 결혼하지만 이 결혼이 자신의 인생을 위한 올바른 결정이 아님을 직감한다.
1885년(25세)	딸 캐서린 비처 스텟슨 출산 후 산후우울증을 심하게 앓기 시작했다.
1888년(28세)	이혼이 아주 드문 시기였음에도 남편과 별거를 시작했다. 별거 후 딸과 함께 캘리포니아 주 패서디나로 이사했으며, 태평양여성언론인협회 및 부모협회 등의 여러 페미니스트 및 개혁가 단체에서 활동했다.
1892년(32세)	단편 「누런 벽지」를 발표했다.
1893년(33세)	어머니가 세상을 떠난 후 사촌인 조지 휴턴 길먼과 교제를 시작했다. 첫 번째 시집 『이 세상에서(In This Our World)』를 펴내 대중의 관심을 받았다.
1894년(34세)	서류상 이혼 절차를 마무리한 후 딸 캐서린을 아버지에게 보냈다. 1895년까지 태평양여성언론인협회가 발행하는 문학잡지 《임프레스》의 편집장을 지냈다.

1896년(36세)	사회개혁가로서 활발히 활동했다. 특히 미국 워싱턴에서 열린 미국여성참정권협회대회와 영국 런던에서 열린 국제사회주의노동총회에서 미국 캘리포니아 대표로 활약했다.
1897년(37세)	4개월에 걸친 강의 투어를 마치고 성차별과 경제를 주제로 한 연구를 더 깊이 진행했다.
1898년(38세)	『여성과 경제학(Women and Economics)』을 출간했다. 이 책에서 억압받는 여성에 관해 사회구조적으로 분석하고, 해결책으로써 육아와 가사노동의 사회화와 여성의 경제적 자립과 같은 주제를 이론화했다.
1900년(40세)	사촌인 조지 휴턴 길먼과 재혼했다.
1903~1904년(43~44세)	베를린에서 열린 국제여성대회에서 연설을 했으며, 다음 해에는 영국, 네덜란드, 독일 등을 순회했다. 이 해에 집필한 『가정: 그 역할과 영향(The Home: It's Work and Influence)』은 가장 논쟁이 된 책으로, 여성이 가정에서 억압받고 있으며 그들이 살아가는 환경이 건강 상태에 맞게 개선되어야 한다고 주장했다.
1909년(49세)	잡지 《선구자(Forerunner)》를 창간하여 1916년까지 여성운동을 주제로 한 시와 소설, 논픽션을 발표했다.
1909~1910년(49~50세)	《선구자》에 『다이앤서가 한 일(What Diantha Did)』을 연재했다.
1911년(51세)	《선구자》에 『십자가(The Crux)』와 페미니스트 유토피아 3부작 중 첫 권인 『내가 깨어났을 때(Moving the Mountain)』를 연재하기 시작했다.
1912~13년(52~53세)	《선구자》에 『맥-머조리(Mag-Marjorie)』와 『원 오버(Won Over)』를 연재했다.
1914년(54세)	『베니그나 마키아벨리(Benigna Machiavelli)』를 《선구자》에 연재했다.
1915년(55세)	페미니스트 유토피아 3부작 중 두 번째 책인 『허랜드(Herland)』를 《선구자》에 연재했다.
1916년(56세)	페미니스트 유토피아 3부작 중 세 번째 책인 『내가 살고 싶은 나라(With Her in Ourland)』를 《선구자》에 연재했다.
1934년(74세)	남편 휴턴이 뇌출혈로 급사한 후 캘리포니아 주 패서디나로 다시 이주했다.
1935년 8월 17일(75세)	유방암에 걸린 것을 비관하며 자살로 생을 마감했다.

에디션 **F 04**
샬럿 퍼킨스 길먼

누런 벽지

1판 1쇄 찍음 2022년 6월 15일
1판 1쇄 펴냄 2022년 6월 24일

지은이 샬럿 퍼킨스 길먼
옮긴이 임현정

주간 김현숙 | **편집** 김주희, 이나연
디자인 이현정, 전미혜
영업·제작 백국현 | **관리** 오유나

펴낸곳 궁리출판 | **펴낸이** 이갑수

등록 1999년 3월 29일 제300-2004-162호
주소 10881 경기도 파주시 회동길 325-12
전화 031-955-9818 | **팩스** 031-955-9848
홈페이지 www.kungree.com | **전자우편** kungree@kungree.com
페이스북 /kungreepress | **트위터** @kungreepress
인스타그램 /kungree_press

ISBN 978-89-5820-775-7 04840

책값은 뒤표지에 있습니다.
파본은 구입하신 서점에서 바꾸어 드립니다.